译文纪实

FACTORY GIRLS
FROM VILLAGE TO CITY IN A CHANGING CHINA

Leslie T.Chang

[美] 张彤禾 著   张坤 吴怡瑶 译

打工女孩
从乡村到城市的变动中国

上海译文出版社

Illustrated map by Laura Hartman Maestro
©2008

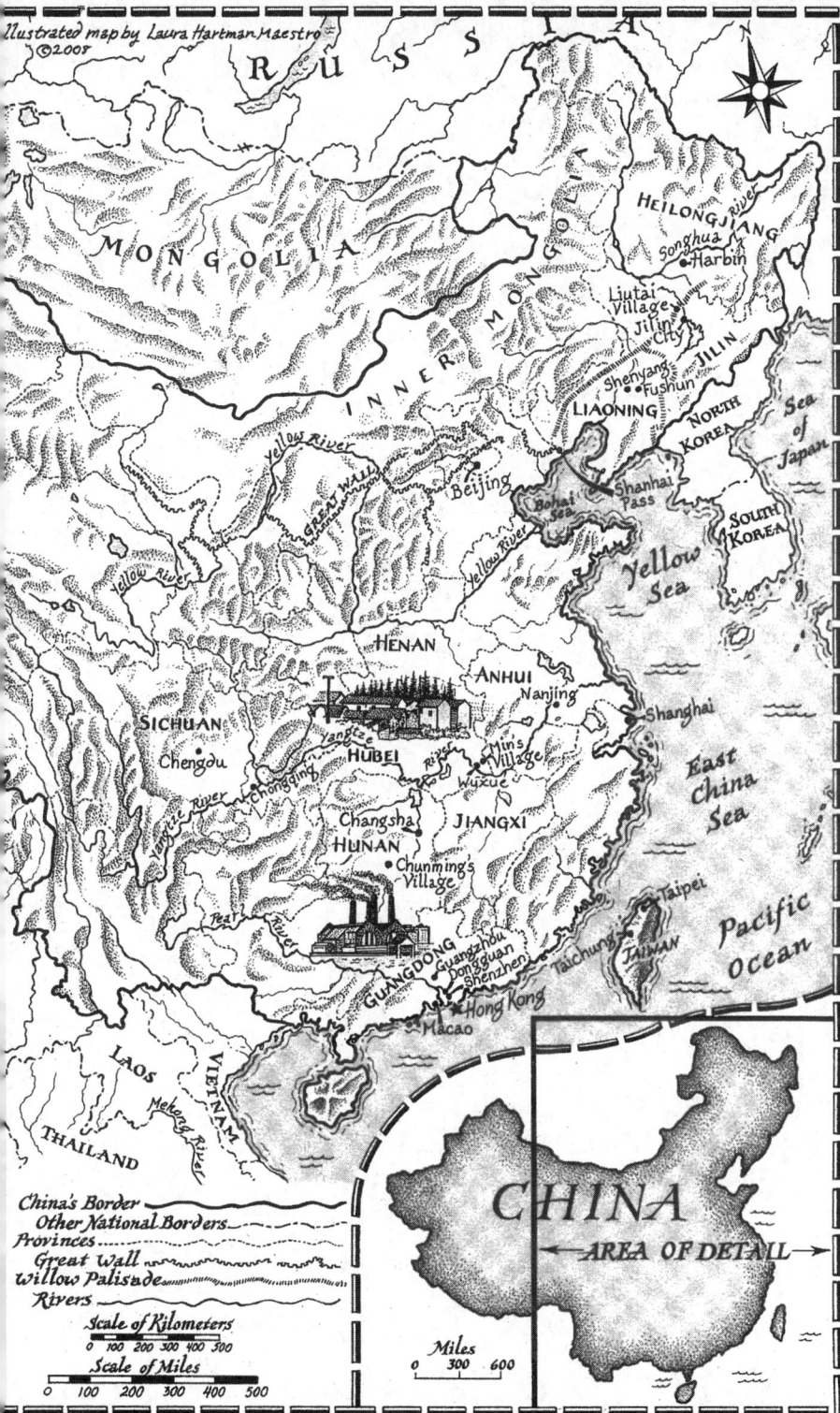

RUSSIA

MONGOLIA

INNER MONGOLIA

HEILONGJIANG

Songhua River
Harbin

Liutai Village
Jilin City

Shenyang
Fushun

LIAONING

JILIN

NORTH KOREA

Sea of Japan

Great Wall

Yellow River

Beijing

Yellow River

Bohai Sea

Shanhai Pass

SOUTH KOREA

Yellow Sea

HENAN

ANHUI

Nanjing

SICHUAN

Chengdu

HUBEI

Yangtze River

Min's Village

Shanghai

Chongqing

Wuxue

East China Sea

Yangtze River

Changsha

JIANGXI

HUNAN

Chunming's Village

Taipei

Pacific Ocean

GUANGDONG

Guangzhou
Dongguan
Shenzhen

Taichung

TAIWAN

Hong Kong

Macao

LAOS

VIETNAM

Mekong River

Pearl River

THAILAND

China's Border
Other National Borders
Provinces
Great Wall
Willow Palisade
Rivers

Scale of Kilometers
0 100 200 300 400 500

Scale of Miles
0 100 200 300 400 500

CHINA

← AREA OF DETAIL →

Miles
0 300 600

献给我的父母亲

目 录

中文版序

自打记事以来，我就一直想离开家。我在纽约郊区长大，在学校里我是班上唯一的华裔。童年时，我去朋友家玩，隐隐有种感觉，仿佛我不属于这里——我只是假装跟其他人一样。警察随时可能破门而入，揭穿我冒充者的身份，赶我出去。如今这种恐惧已经离我而去，但疏离感仍在。

我离家去读大学，主修历史和文学。大四时，毕业论文我写的是 19 世纪美国西部——写那些抛下故土迁徙的人，想象着在那未曾到过的地方，能过上更好的生活。毕业后，我不断地搬迁，始终为新闻事业奔波：佛罗里达，布拉格，香港，台北，上海，北京，科罗拉多，现在到了开罗。但从本心讲，我并不是个喜欢流浪的人。我不曾像有的朋友那样，乘坐火车横穿欧洲，或是买打折机票环游世界；被迫无奈从一个国家跋涉到下一个，让我觉得又累又无趣。不，我喜欢在一个地方安顿下来，知道去哪个摊子吃饭，摸熟小街小巷，有固定的路线，过惯常的日子。过些时候，我会收拾行装，换一个地方从头再来。

也许这是我血脉中注定的。我父母在中国长大，正值第二次世界大战和随后的内战时代。家是一连串的城市，由日军的位置和国民党的处境决定：北平，西安，重庆，南京，上海，台北，台中。我父母在美国生活了五十年，却从未真正对居住的社区产生归属感。家似乎永远在别处：离去多年的中国，住在台湾的年迈双亲，遍布全球的华人朋友圈。以致我现在也没有一个可以回去的家了。我成长的纽约那个家早在十几年前卖掉了；我父母在圣地亚哥的家里，几乎没有我记忆中的东西。我父亲已去世快五年了，母亲至今仍未决定怎样安置他的骨灰。

当我想写本关于中国的书时，这个国家的农民工吸引了我——几百万人，离开村庄，去城市工作。直到后来，我才发觉，原来我跟我写到的那些女孩有那么深的联系。我，也离开了家。我了解生活在举目无亲的地方那种孤独漂浮的感觉；我亲身感受到人轻易就会消失不见。但我更理解那种全新开始生活的快乐和自由。在东莞这个遍布工厂的城市，我是个外人，但我遇到的每个人也都一样。我想，正是这种共同的身份，让我们相互敞开了心扉，跨越了历史、教育背景、社会阶层的重重鸿沟，建立友情。2005年冬天，我跟着我书中写到的人物吕清敏，回她在湖北农村的老家去过春节。两个星期过去后，她发现自己已经不再属于她认定是故乡的地方了。在回城的大巴上，她似乎接受了这一现实。"家里是好，"她对我说，"但只能待几天。"

在写这本书的过程中，我也研究了自己的家庭迁徙史。一百年前，我的祖父离开了在吉林老家的村子，改了名字，决心重塑一个新时代的自己。他先就读于北京大学，后来又登船去了美国。在日记里，他抄下一行行的英文单词，激励自己努力学习，这种自励的语言对于如今在东莞待了这么久的我而言，是那么熟悉而似曾相识。我必须百分之一百二地用功。关于马歇尔·菲尔茨①值得记住的十件事。七年后，他回到中国，我的父亲跟四个兄弟姐妹都出生在这里。多年后，他们又一一去了美国，这次，他们留了下来。

　　但我家人的迁徙历程远远不仅于此。大约在康熙年间，1700 年前后，有个名叫张华龙的农民，离开人口稠密的华北平原，去到东三省的大草原。他的后代在六台村生活了十四代；我是第十一代。在中国传统家谱中，一个家族要追溯到其"始迁祖"，即第一个离开家乡，在别处扎根的人。在一般人的想象中，传统中国是超越时间的存在，人们都静止不动。其实中国的家族史都建立在迁徙的基础之上。知道自己属于这样的传统，我的根基，我的故事，我的家庭，我的名字，全都与之紧紧相系，这令我感到安心。

　　如今，家是我和我丈夫，带着两个女儿选择居住的地方——这里有我的书，相册，日记，信件和笔记。全是纸。我们的双胞胎女儿出生在科罗拉多州的 Grand Junction 城，但她们将来大概也不会在这个小城生活。我们打算在开罗住几年，再回中国去。女儿们十二三岁前，我们会回到美国，

---

① Marshall Fields，马歇尔·菲尔茨（1834—1906），美国著名商业大亨，创立了总部在芝加哥的马歇尔·菲尔茨连锁百货商店，后发展为美国主要的连锁百货企业之一，2005 年被梅西百货收购。——译者

到科罗拉多西南的一个小山城，我们已经在那里买好了一小块地，孩子们可以走路去上学，跟邻居们结识——一个我们可以称之为家的地方。

2013 年 1 月
写于埃及开罗

第一部　城　市

一 出 去

　　当你碰到另一家工厂的打工女孩，你会马上探探她的底细。你哪一年的？你们相互打听，好像谈论的不是人，而是汽车。一个月多少？包吃包住？加班费多少？你可能会问她是哪个省的。你根本不问她叫什么名字。

　　在工厂里交个真心朋友不容易。十二个打工女孩睡一间房，在狭小的宿舍里你得守住自己的秘密。一些姑娘进厂的时候，用的是借来的身份证，从不会告诉别人她们的真名叫什么。一些姑娘只跟老乡谈，但是这也有风险：很快八卦从厂里传到村里，你一回家，七大姑八大姨都知道你挣了多少，存了多少，有没有跟男孩子出去约会。

　　当你真的交到一个朋友，你什么都会为她做。如果朋友辞职了，没地方住，你会让她跟你挤一个铺，即使一旦发现就会被罚十块钱。如果她上班的地方离你很远，你会起个大早坐几小时的公车去见她，虽然你好不容易才能休息一天，她也会为了陪你而请假一天——这次罚款就一百块。你可能会留在你不喜欢的工厂干活，或者离开一个自己喜欢的厂子，都只是因为朋友要你这样做。朋友之间每个星期都会互相写信，虽然那些出来时间比较长的姑娘会觉得这太幼稚了。她们会发短信沟通。

朋友间经常会失散，因为生活改变得太快。世界上最容易的事就是和别人失去联系。

发工资那天是一个月里最棒的一天。但某种意义上也是最糟的一天。辛苦工作那么长时间，却恼火地发现就为了一些蠢事被扣了那么多钱：某个早上迟到了几分钟，某次请了半天病假，制服从冬装换成夏装而不得不额外付钱。一到发工资那天，大家都挤到邮局寄钱回家。刚出来的打工女孩更热衷于寄钱回家，但是那些出来时间比较长的姑娘会笑她们。一些打工女孩给自己开了存钱的户头，尤其是交了男朋友的那些姑娘。大家都知道哪些姑娘特别会存钱，存了多少钱；当然也知道哪些是最会花钱的主儿，那些抹着亮闪闪的唇膏，拿着银色的手机，戴着桃心坠子项链，有很多双高跟鞋的准是。

打工族总是说要走。老板要工人做满六个月，就算半年到期了也不一定保证同意离职。工人头两个月的工资扣在工厂手里；未经许可就走人意味着失去两个月的工钱，得到别的地方从头来过。这是局外人难以理解的打工生活。进厂容易，出来难。

要找好工作的唯一办法是辞掉手头的活。面试必须占用工作时间，一旦录用估计要马上开始干活。辞职也最能确保找到新工作：要有地方吃饭睡觉，这种急切的需求逼得人立刻就得找到工作。打工女孩们经常一窝蜂地辞职，人多胆子大，大家发誓一起跳槽到同一家工厂，虽然结果往往不太可能。世界上最容易的事就是和别人失去联系。

吕清敏很长时间都是一个人。她姐姐在深圳的工厂打工，去那儿坐公车要一个小时。她的朋友散布在中国沿海南北各处的工厂，但是敏——她的朋友都这么叫她——并没有和她们联系。这跟自尊有关——因为她不喜欢打工的地方，就不告诉别人她在哪里。于是她在她们眼前消失。

她打工的厂子叫佳荣电子制品厂，这家香港公司生产闹钟、计算器，以及显示世界各个城市时间的电子日历表。2003 年 3 月，敏去面试的时候觉得厂子看起来挺体面的，大楼贴着瓷砖，庭院里铺着水泥，金属的伸缩式大门紧紧关闭。这种好印象直到她被录用并进到厂里面才有所改变。十二个工人挤一间睡房，上下铺紧挨着厕所；屋里又脏又臭。食堂的伙食也不好：一顿只有一荤或一素，米饭和一碗寡淡得跟水似的汤。

流水线上的工人从早上八点连续工作到半夜——工作十三个小时，另加两顿饭的休息时间——而工人们连续很多星期每天连轴转。有时候周六下午不用加班，那就是他们唯一的休息时间了。工人一个月挣四百块，算上加班费接近八百，但工钱总是拖欠。工厂雇了一千人，大部分是女的，要么是十几岁刚出来干活的，要么是三十岁以上的已婚妇女。

二十几岁的年轻姑娘才是打工世界的精英，工厂雇不到这些人，从这点你能看出这家厂的档次。敏一想到未来十年每天都要坐在流水线上就充满恐惧。她才十六岁。

一进厂她就想走，但是她发誓要撑半年。吃点苦对她而言是好的，眼下的选择余地也很有限。合法的打工年龄是十八岁，虽然十六七岁也能干点儿工时不那么长的活儿。通常那些毫无顾忌违反劳动法的工厂，就是敏说的"最黑的工厂"，才会用她这样年纪的孩子。

敏上班的第一个星期里过了十七岁生日。她请了半天假，一个人逛街，买了些糖果，然后自己一个人吃了。她不知道别人都玩些什么。进城前，她对到底什么是工厂没什么概念。她模糊地将工厂想象为一个社交场所。"我还以为在流水线上班会好玩，"她后来说。"我以为会是很多人一起做事，大家一边忙，一边聊天，一起玩。我以为会很自由，但根本就不是那么回事。"

上班不许说话，说话罚款五元。上一趟厕所限制在十分钟以内，还得填表签字。敏在质检车间，电子产品在流水线上传递到她面前，敏要确定按钮正常工作，塑料零件咬合紧密，电池扣牢。她不是模范工人。她不停地聊天，和流水线上的其他女工一起唱歌。坐着不动让她觉得像鸟入牢笼，所以她经常跑去厕所，就为了看一眼窗外的青山。青翠的山让她想到家。东莞这座城市置身于亚热带的青山翠谷里。有时候，仿佛只有敏一个人注意到了这一点。因为她，工厂加了一条规定，工人每四小时才能去一趟厕所，违者罚款五元。

六个月后，敏去见老板，他是一个二十几岁的男人。她说她要走，老板不同意。

"你在流水线上表现不好，"敏的老板说，"你瞎了么？看不明白？"

"就算瞎了，"敏反驳道，"我也不给你这种没心没肺的人打工。"

第二天她翘班以示抗议，结果被罚了一百块。第三天她又去见老板，再次要求辞职。他的反应让敏有些意外：老板要求她留下来干活直到春节放假，也就是再干半年，她可以拿回工厂欠她的头两个月工钱。敏的老板认准了她会留下来。春节之后打工者像潮水一样涌进东莞这样的地方，那时候找工作竞争最激烈。

一番抗争之后，敏的老板对她态度好一点了。他几次怂恿她考虑留下来，甚至谈到让敏升职做车间文员，虽然就算升职也不会加工资。敏还是坚持要走。"你的厂不值得我在这里浪费青春，"她跟老板说。她在附近的一个商业学校报名上电脑课。晚上不用加班的时候，她就省出晚饭时间，去上几个小时的课，学打字，学电脑制表。大部分打工族觉得自己反正没受过多少教育，上这种培训班根本就是白搭，但是敏不这么想。她觉得，"学总比不学要好"。

她打电话跟家里说想辞职。她的父母在农村种着一小块地，还有三个更小的孩子在读书。父母反对她跳槽。"你总是想东跳西跳，"她爸爸说。女孩子不应该心思这么活络。他要敏安生待在一个地方，存点钱。

敏觉得这个建议不太高明。"别担心，"她说，"我会自己管自己。"

现在她在工厂里交到了两个真心朋友，梁容和黄娇娥，她们都比敏大一岁。敏去上课的那些晚上，她们会帮敏洗衣服。这是个没完没了的活儿，因为工人只有几套衣服。下班后那些闷热的夜晚，女工们总是排成长龙从宿舍的洗手间来回地提水。

一旦你有了朋友，打工的日子就能开心一些。好不容易晚上不用上班，三个姑娘不吃晚饭直接去玩滚轴溜冰，然后回工厂看一部夜场电影。入冬之后，没有暖气的宿舍里姑娘们冻得睡不着。敏会拉着朋友们去院子里打羽毛球，直到身体热起来再回去睡。

2004 年的春节在 1 月下旬。工人只放四天假，时间不够他们返乡再出来。敏几天都待在宿舍里，两天内给家里打了四次电话。假期结束之后她又去见老板，这次老板放她走了。敏跟梁容和黄娇娥说她要走的时候，她们俩都哭了。在这座陌生的城市里，这是两个唯一知道敏要离开的人。她们求她留下来。她们认为别的厂子条件不会更好，走不走最后都一样。敏不这么想。

她答应两个姑娘找到新工作拿到薪水之后就回来看她们。敏那天走的时候，背包里塞了衣服，还有厂里还她的头两个月工资。她没带走毛巾和铺盖；那些东西虽然是花钱买的，但是哪怕再多看一眼，她都觉得无法忍受。

流水线上的十个月里，敏寄回家三千块钱，交了两个真心朋友。

她本应该感到害怕。但她只知道她自由了。

在吕清敏的老家，几乎所有人都姓吕。村子里住了九十户人家，每户有一小块地，种水稻，油菜和棉花。清敏家种了三亩地，大部分的收成供自家吃。

她还是孩子的时候，似乎未来就已定型，这是农村生活的核心信条所决定的——每家必须有个儿子。敏的妈妈先生了四个女儿，第五胎终于才得了个儿子。政府推行独生子女政策的最初几年，大多数农村都执行得很潦草。但五个孩子终究是不小的经济负担，随着 80 年代改革开放，生活的花销上去了。作为老二，敏得承担很大一部分经济负担。

她不喜欢上学，成绩也不好。她记得自己惹的麻烦不断。她爬到邻居家的树上偷李子，被抓到就是一顿打。有一次她妈妈喊她干杂活，她不肯。"家里那么多人，为什么非让我干?"妈妈拿棍子追打她，赶了几百米。

敏很会玩。她学游泳，学开卡车，特别喜欢滚轴溜冰，受伤也不让妈妈知道。"有多少种摔法，我全都摔过，"她说。"但是你不能老想着要摔跤。"敏是爸爸最喜欢的孩子。有一年夏天，爸爸租了一辆卡车，敏和他开着车在乡下卖自家种的西瓜。他们白天开车，晚上就睡在车里。这是她最美好的记忆。大多数农民工会把自己的老家和贫困、落后联系起来。有些人甚至不愿意告诉别人老家的村名。但是敏进城这么久了，还是会谈到她的老家，似乎老家是个美好的地方。

90年代末期，敏的父母都出去打工给孩子挣学费。她爸爸在沿海一家鞋厂打工，但因为身体太差不得不打道回府。她妈妈也出去过一年。敏在附近县城的中学住读，周末回家给爸爸和弟弟妹妹们洗衣服做饭。

村里的年轻人差不多都出去了。敏还在上中学的时候，她的姐姐桂敏到东莞的工厂打工。不久，敏中考落榜，父母也想把她送出去打工。桂敏给家里打电话，竭力说服他们让敏继续上学。桂敏说，自己打工挣的钱能帮着付学费。爸妈同意了，敏上了两年中专，也由此成为村里学历最高的人——比姐姐还高，多亏了桂敏牺牲自己的学业，帮衬家里的结果。

2003年的春节桂敏回了老家，走的时候带着敏一起出去。敏还有一个学期才能毕业，但是她想省了学费，直接去找工作。离开家乡让她很兴奋，敏从来没有坐过火车，也没见过工厂。"我想早点出来，学点东西，见见世面，"她说。

在东莞，桂敏给敏租了一个便宜的旅馆房间，帮她在一个做液晶显示器的日本工厂找了一份工作。敏在那儿做了一个月就离开了。她从来没有在一个谁都不认识的地方待过，寂寞得受不了。她回到旅馆，在另一个工厂找到了工作，但是没去上班。姐姐愿意继续帮她付房钱，但敏觉得自己变成了姐姐的负担。在公交车站，她看到一张招工传单，有一家电子产品工厂要招流水线工人。她打了广告上面的电话——

有不少骗民工钱的假广告——接电话的人告诉敏怎么到工厂。她坐了三个小时的巴士，来到了东莞的东南角，就是佳荣电子厂。敏在这里一个人艰难地度过了一年。

敏踏进工厂的那一刻，就意识到这地方还不如她甩掉的那个日本工厂。但是现在想回去已经来不及了，而且她也不想再要姐姐帮忙。她已经习惯了自己处理事情——这样更好。

出去，农民工用这个简单的词给他们的流动生活下定义。家里没事做，所以我出去了，出去打工的故事就是这样开始的。

这个城市并不让农民工轻松过日子。出力气的活工资很低，往往低于官方规定的最低收入标准，每月四百五十到六百元。工作时间常常超过每周四十九小时的法定上限。受伤，生病，或者怀孕，都没人管你。地方政府对于保护工人兴趣不大；他们的工作就是让工厂老板开心，带来更多的投资和税收。但是农民工并不认为自己在忍气吞声。从家里出来进厂打工是他们做过最难的事情，也是尝试一种探险。是自尊，而非恐惧，让他们留在城市里：早早打道回府就是承认失败。走出家乡并留在外面——出去，就是改变命运。

农民工是农村里的精英。他们年轻，受过较好的教育，比留在村里的那些人更上进。城里人叫他们“流动人口”，仿佛在说一群漫无目的的乌合之众，但是大多数农民离家的时候心里都有一个工作目标，也有已经摸着门道的亲戚或者老乡陪伴。而且，如今大多数年轻的农民工不再是种地出身，而是从学校出来。种地其实只是他们看见自己父母做的事。

人口流动是经济改革的一个意外产物。1958年，中国政府建立了户籍登记系统，给每个居民分配了城市户口或农村户口。城市居民能享受安排工作、住房，获得粮票和其他生活必需品的配给票券；农村居民无法享受这些特权，只能困在土地上。

70年代晚期，政策改革允许农户在市场上出售一部分收成，而不必全部上交国家。农业产量突飞猛进。忽然间，全国各地的市场上出现了各种食品供应，农村居民也第一次能够独立地在城市里生存。1984年政府下令允许农民在小城镇定居；流动不再以违法犯罪论处。人口加速迁移，1990年，全国已有六千万流动人口，其中大多数奔向飞速发展的工厂和沿海城市。

如今中国已经有一亿五千万农民工。他们在工厂打工，餐馆里服务，工地上干活，开电梯、送快递、当保姆、带孩子、收垃圾，美容理发，站街接客，几乎所有活都是农民工在干。在北京和上海这样的大城市，农民工人数占到城市人口的四分之一；在南部工厂林立的城市，农民工在拉动国家出口经济的流水线上全力以赴。他们代表了人类历史上最大规模的人口迁徙，相当于一百年间欧洲向美国移民总数的三倍。

但是政府对人口流动的现实反应得太慢。多年来，农民工必须躲着城里的警察，一旦被抓到没有居住证就得罚款或者遣送回原籍。终于在 2003 年，国务院发布了一个综合文件，宣布人口流动是国家发展的关键。文件禁止歧视农民工，呼吁给予他们更好的工作条件，给他们的子女提供教育机会。农村的砖墙上出现了为农民工说话的口号：**出门去打工，回家谋发展。劳力流出去，财富带回来。**

外出打工正在抽空农村的年轻劳力。在农村，耕地收粮食的都是年迈的男女，他们一边种地，一边还要照顾年纪尚小还在读书的小孩。在农村，外出务工人员寄回家的汇款已经成为财富积累的最大来源。但是挣钱不是出去打工的唯一目的。调查显示，农民工将"见世面"，"自我发展"，"学习新技能"与增加收入置于同样重要的地位。在许多案例里，驱使农民出去打工的动因并非是极端贫困，而是无所事事。责任田很小一片，父母很容易就能打理好；附近的县市则鲜有工作机会。家里没事做，所以我出去了。

许久以后，敏还记得她第一次去人才市场的情形，有些细节像梦一样让她难以解释。2004 年 2 月的一个周日上午，敏已经从佳荣电子厂辞职了，她去了人才市场，在那儿待了四个小时。敏很紧张。她什么都没带。她找工作的全部策略可以浓缩为四个字：放低目标。她参加了五六个招聘文员的公司面试。文员要会打字，接听电话，填写表格，发送文件，接待来客，倒茶；文员是办公室阶级体系里等级最低的人。"你不能想找规格太高的公司，"敏后来说，"那样会被拒绝，很快就失去信心。"

在奕东电子公司的摊位上，一个招聘员要看敏的简历。她从没想过要准备一份简历。招聘的人让她在一张申请表上填写工作经历。她连笔都没带，于是那女人借给她一支笔。那个女人对着敏微笑。"我也不知道。她就对我笑。大概就是吧。"就这样，敏后来会翻来覆去地回想这一天，试图揭开这改变命运瞬间背后的谜。

那个女人让敏去工厂再参加一轮面试，但是敏没有去。那地方太远了。但是在奕东电子总部，一个叫李朋杰的经理在翻看报名表，他的目光停在敏的那份表格上。李朋杰注意到敏的字写得很好。

按中国传统看法，书法是一个人教养的标志。好的字迹体现出一个人良好的修养和文学造诣。书法也能暴露出一个人性格中的弱点。但是李朋杰心里想的比较实际：他需要一个文员管理厂里设备的文件，而文件都是手写的。在这个制造手机接口和背光灯的工厂里，书法这门古老的手艺最顶事。

李朋杰用手机给敏的表哥打电话——敏自己没有手机。他让敏来参加一个三小时的面试。

首先，电脑考试就弄砸了。"别的姑娘电脑懂的比你多，"李朋杰跟敏说。

他问敏都有哪些工作经验。

"我没干过这个，"她说。"我没有经验。"

然后他给她一份笔试卷子，她写得不错。李朋杰告诉敏，她被录取了，他是敏的新上司。李朋杰让敏把东西收拾一下，当天搬到厂里来。

这份工作来得太突然，敏根本不知道要说什么。但是当她离开李朋杰办公室的时候，她忽然冲口而出："那么多人都想要这份工，"她对新上司说。"为什么你选了我？我什么都不懂。"

"你很直，"他说，"而且你比其他人都诚实。"

第二天敏成了设备部门的一名文员。她的部门负责追踪管理冲床、磨床、轧床这些做手机零件的机器。一本厚厚的文件夹记录着每一台机器的状况和历史，就像一个哑巴病人庞大的病历。敏的工作就是把这些文件按顺序整理好。八个工人一间房；一餐伙食包括米饭，三菜一汤，有荤有素。办公时间一天十个小时，有时候周六或周日休息。敏一个月赚八百块，是她过去那个工厂基本工资的两倍。

三个星期后，我第一次遇到敏。她矮小结实，一头卷发，眼睛乌黑，目光敏锐。像许多中国农村的年轻人一样，她比实际年龄看起来还小。她可能十五岁，或十四岁，甚至十二岁，像一个穿着工装裤和运动鞋的假小子，不耐烦地盼着长大。她有一张娃娃脸，圆圆的，对世界无所保留，神情里充满着孩子的怡然自得。

我是在一个叫林雪的朋友家里见到敏的。林雪为一家杂志撰稿，杂志的目标读者是打工族。我之前跟林雪说起我在给《华尔街日报》写一些有关年轻打工女孩的文章；林雪的妹妹在工厂打工，还邀了一位同事一起来，她就是敏。那个时候我见过许多打工族，对敏这样的故事已经很熟悉了。

　　"我从湖北的农村出来，家里五个孩子，我老二，"她对我说。"父母是种地的，家里条件不好。"

　　"我跟我姐姐一起出来，她去深圳了。我们想在同一个地方打工，但是我们又不能在同一个地方打工，"她说。

　　她戏剧性地停顿了一下。

　　"为什么不能？"我问。

　　"因为我们总是吵架，"然后她笑了起来。

　　敏什么事情都愿意说。她不像我认识的大部分中国人，很显然她挺喜欢讲自己的故事。我对她好奇，她对我也同样好奇：敏后来告诉我，她那天来林雪家是因为想"看看美国人长什么样"。我唯一担心的是她可能太安稳了——手上有一份稳定的办公室工作，或许她生活里最戏剧性的一段已经过去。其实我完全不需要担这个心。

　　我们认识的那天，敏跟我说她的人生规划。她要在东莞工作七年，寄钱回家以报答父母养育她成人，这也反映了中国传统的观念：孩子要报答父母，感谢父母的生养之恩。等她二十三岁的时候，欠父母的恩情已经还清，她就会回到老家，找个人结婚。

　　她那天心情很好。她已经"从车间里出来了"，就像打工族说的，跨过了干脑力活和干体力活之间的阶级界线。"上帝还是公平的，"她说。"他让我辛苦了一年，但是给了我一个新的开始。"她刚满十八岁，却已经是开创新生活的专家了。

二 城 市

　　漫长的旅程在广州火车站终止，坐了二十小时，甚至是三十、五十小时的火车后，旅客从车厢奔涌而出。大部分人都很年轻，只身来到广州，拖着箱子或者背上驮着曾用来装米的粗麻布袋子。车站前巨大的广场上密密麻麻都是人，你听到的第一个声响就是寻人广播，有些人刚来就迷路了。河南来的某某，你的哥哥在找你。嫂子，到出站口来。**欢迎来到美丽的花城**：一家巴士公司正在招揽乘客。但是这座城市看起来既不美，也没有什么花。

　　爬过一个陡坡穿过天桥就是长途汽车站，那儿有直达巴士，开往三十公里外的东莞，每十分钟一班。巴士挤得满满，全是汗水和衣服不常换洗的气味，这是打工族的味儿。

　　巴士一路冲向高高架起的高速公路，高架下方是一座又一座的工厂：印刷厂，油漆厂和塑料厂，手机厂，螺丝厂，沙发厂。厂房上贴着白色的瓷砖，仿佛是巨型的公共厕所。工人宿舍的阳台上晾着花花绿绿的衣服。中国的工厂取名都讲究个吉利，去东莞这一路就像是通往美德与财富的高速之旅：**高精空调。永诚制衣。新时代拉链公司。**

　　离第一批工厂建起已有二十年，但给人感觉却仿佛此地才刚开始起步发展。山的一面被炸开，露出光秃秃的红土内脊。高速公路的下坡出口消失在杂草丛生的沼泽地；从一个全新的企业总部望出去，四周是稻田、鱼塘，鸭场。仍有人在这里种地，真是一个奇迹。17世纪，这里的居民将珠三角这个冲积平原变成了中国最肥沃的一个地区，为国家供应鱼米蔬菜，并出口丝绸到欧洲。今天，在这片加速工业化的土地上，看起来格格不入的反而是这些自然景色。这里的农民大多数也是移民，是底层中的最底层，因为他们背井离乡从千里之外来到这里，依旧摆脱不了种地。

　　巴士在东莞出口减速，工厂越来越近。厂房正面吊着红色的标语，仿佛笑咧着下垂的嘴角欢迎你的到来：**招聘有经验女工**。一家工厂的大门口，外来务工者聚集在一起，默不作声地盯着招工广告看得发呆：**每天下午1:30，侧门集合**。一家名叫"跳槽公司"的——这名字不错——在招工。巴士穿过另一片巨大的工地——不对，是公交车站——放乘客下车。

　　了解东莞这个城市最好的办法就是走走看。高耸的银行总部外墙贴了反光玻璃，一旁是卖摩托车零件和塑料管的街头铺子和牙科诊所。马路有十个车道那么宽，市内街道像高速公路一样。农民工走在路肩上，带着行李箱或者铺盖卷，公交车和卡车从身后急速驶去。到处都是打桩的工地，电钻哒哒作响，摩托车呼啸而过，尘土飞扬。街边上的噪音震耳欲聋。道路宽阔平整，却没有红绿灯和斑马线。这座城市是为机器建造的，而不是为了人。

在中国的其他城市，几乎每一条街上都有政府的办公机构，但是在东莞却根本看不到。到处是黑摩托的士，骑车的男人招呼着行人上车。卖假文凭的在街角出售伪造的大学毕业证。在东莞有一家山寨版的宜家家居和一家名叫"麦肯基"的快餐连锁，以及一幢自称为"君悦饭店"的十层大楼，酒店大厅是大理石制的，侵犯版权也是明知故犯（酒店前台的一个姑娘说，"我们饭店的名字里面有个'i'，他们没有"）。东莞一共有三十二个镇，每个镇都专攻一项制造业。长安是做电子元件的，大朗以做毛衣而知名，厚街是做鞋的。三星和先锋在寮步开厂；南城有世界上最大的诺基亚手机生产基地；中国消费的所有雀巢速溶咖啡都是东莞市中心的一家工厂生产的。工厂就是公交车站，就是纪念碑，就是地标，而城市里所有其他东西的存在都是为了工厂服务。东莞的公路网是国内最密集的，目前还在不断扩张，只为了把商品更快地送到全球各地。为了让工厂的客户们心满意足，豪华酒店和高尔夫球场如雨后春笋般四处涌现。世界各地的采购商住在东莞喜来登酒店，服务台给客人们列了一张表，上面有他们需要去的所有地方：

广东国际会展中心

东莞国际会展中心

鸦片战争博物馆

太平码头

沃尔玛

家乐福

百佳超市

海逸高尔夫球会

峰景高尔夫球会

长岛高尔夫球会

没有人知道东莞确切的人口数量。根据市政府的说法，东莞有一百七十万本地居民和大约七百万外来务工人员，但是很少有人相信这个官方数据。关于东莞人口的猜测众口不一。东莞有八百万外来民工。东莞每年增加一百万外地人。东莞有一千万农民工，但说只有七百万是为了避税。市长或许知道得多一点儿，但是他也不说："东莞的实际人口比公开的数据要多得多，"在 2005 年的一次论坛上他对记者说。他个人"保守地估计"，按他的话说，超过一千万。

东莞是个未完成的城市，一切都处于正在成为另一件事物的过程中。一条人行道上堆着高高的石头地砖，上方有标识写着**欧式宫殿级写字楼**。中央商务区黧开坑坑洼洼的大口子。城市的东边，一个新的市中心正在崛起，将来的某一天会有政府办公楼，图书馆，科技馆和剧院。而现在这片地区宽敞的大道上没有车辆，静悄悄的商场里杂草丛生，篱笆修剪成整齐的几何图形。东莞的口号是"一年一大步，五年见新城"。

塑造新生活的速度甚至更快。几节电脑课能让一个人即刻平步青云进入另一个阶层；在人才市场，一个上午足以令人建立起新的职业生涯。在照相馆花二十块能照一套相片，布景上绘有高档住宅前的栅栏和庭院，将洗出的照片寄回家，或者送给亲友，或者贴在宿舍的墙壁上，宣告着照片中的那一位如今已经面目一新。在城市的墙壁上，在招工和梅毒诊所的广告旁常常贴着寻人启事：**他五年前离家，肤色黑，脸上有麻子，说话语速快，喜欢打电脑游戏**。失踪者的家人张贴告示，寻找被这座巨大城市吞没的亲人。

周末，年轻人占领了整个东莞，公园和广场感觉好像露天的高中校园一样。女孩子成群结队地在街上徜徉，穿着花边上衣和紧身牛仔裤，互相搂着肩膀。男孩子的阵容小一些，穿着工厂制服，袖子挽到腋窝下面。情侣们招摇过市却心思各异，女孩子骄傲地展示着她们的男友，男孩子则比较懒散而冷淡。一到星期一的上午，东莞的公园和广场就出奇的安静。工厂的大道上只有一张张漠然的脸孔面对着世界，女孩和男孩们都被吞没在这寂静中。工业生产不需要运动和活力，正相反——一条又一条街上，只有沉默。

晚上公路两旁一长溜的工厂灯火通明。仔细一点，有时能看到窗口闪过的影子，像萤火虫一样转瞬即逝——只要灯亮着，就有人在工作。每一行夜幕中亮着蓝光的窗户都告诉你这是一家工厂；窗户一行隔着一行，就像是海上巍峨的巨轮。从远处看，真美。

两个姑娘从家里出来才二十天，城里的一切都很陌生，她们连工厂老板是谁都不知道。这天，她们什么也没带：没有饮料，没有装着水果和零食的塑料袋。她们就坐在广场上，大太阳底下，这个区在东莞以小型鞋厂闻名。

　　她们一个叫田永霞，一个叫张大丽。十六岁，第一次离家。大年初九——这天是出远门的黄道吉日——她们从河南农村的老家出来。村里有个姑娘在东莞的一家厂里打工，一个月挣八百块，她们也想挣。她们每人付给一对夫妇四百块钱，这对夫妇答应给她们安排进厂工作，并带她们从村里出来，坐了三天的汽车。可是到了东莞，没有工作，这对夫妇也不见了。

　　两个女孩在公交车站捱了四个晚上，终于和某个老乡联系上了。老乡给她们找了一家电器厂的工作，一个月三百。工资很低，但她们也没法跟老板谈工钱。"那个时候我想进厂，就为了睡个好觉，"永霞说。她的脸宽宽的，小眼睛，爱笑。大部分时间都是她在说话。大丽要苗条些，更好看，五官精致，牙齿不齐。

　　两个女孩子很快就了解了工厂生活的等级，她们身处最底层。先来的工人瞧不起新来的，也不跟她们说话。这是一个较小的分厂，工资低，但是在公司的总厂打工需要有技术，还必须有像样的身份证。两个女孩进厂时用的文件是找别人借的，因为她们还没有申领自己的身份证。一天在流水线上八小时班，周末休息，但这并不是好事，因为加班才意味着更多的工资。做鞋的厂子工资更多，但大家都知道鞋厂的工时极长，两个女孩经常辩论，为了多赚点钱是否值得累到筋疲力尽。永霞和大丽进厂没多久，就开始谈到辞职。

两个姑娘离家前有一个约定：如果到东莞的第一份工泡汤了，她们就直接回家。但是当第一份工真的化为泡影时，她们留了下来。她们已经来到了城市，和从前不同了。

遇到永霞和大丽的时候，是我刚来东莞的第二天。那是一个2月的上午，天空暗白，空气里满是热气和摩托车的尾气。在珠三角，下个月就将开始入夏。我带着两个女孩去了一家面馆，给她们点了可乐。她们小心翼翼地从吸管里啜着可乐，告诉我她们离家的故事。

我对她们解释说，我是《华尔街日报》的记者。永霞翻来覆去看我的名片，琢磨着上面陌生的北京地址。"我们能给你写信吗?"她突然说。"我们很想妈妈。我们很寂寞。"透过面馆的窗户，一个姑娘发觉外面有情况。两人起身散开，好像一对受惊的鸟。"不好意思，我们得走了。"

我追上她们的时候，她们已经快到下一个街区，俩人站在人行道上，中间有个姑娘——她们的意外收获——就是去年来东莞打工，一个月挣八百的那个老乡。她可是有门路的，这次永霞和大丽不会放过她了。

我问永霞要她宿舍的电话，但她刚来，还不知道号码。她答应给我写信。我们说好两星期后，就在那天上午我们碰头的那个广场上再见。然后她们就消失了。她们才十六岁，在中国最杂乱的新兴城市里四处游荡，没有大人陪着，自力更生。她们是各种坏人的猎物，缺乏生活经验和信息，就这样做着人生的各种决定。她们很想妈妈。但她们也第一次享受着这样的自由自在。

两个星期后，我从北京坐飞机南下东莞，按约好的在广场上等她们。我们说好的，上午十点碰面，但她们可能有各种原因来不了。也许她们找到了更好的工作，要加班，没空出来。也许她们觉得不能信任我。也许她们只是忘了，或是有更有意思的事情要做。也可能她们已经加入了失踪人员的行列。她们为什么要来呢？我唯一的希望是永霞说过的一句话："我们很寂寞。"

我一直等快到中午。这时候我知道，她们不会来了，但我也知道，一旦我离开广场，她们对我来说就永远消失了。她们十六岁，从河南来，关于她们，我所知的仅此而已，包括名字。她们穿花边上衣，紧身牛仔裤，扎着马尾，看上去就像几百万从别的什么地方来东莞打工的年轻女孩一样。那天我再也没心情去认识谁。好几个小时，我在炽热的阳光下漫无目的地瞎逛，盯着来往的人群，跟自己说不要过去，因为没有一丁点理由过去说话。如果是一群人，那就很难和她们说上话；如果她们在吃吃喝喝，那就说明她们过得太好，不是我要找的人。看到这么多我永远都不会认识的打工者真令人丧气。仿佛她们任何一个人的故事都完全没有意义。

之后的几个月，我每次来到东莞，都会仔细地看街上打工女孩的脸，希望能再找到永霞和大丽。许多女孩子也会看我，眼神有几分提防，几分狐疑，又或是好奇。东莞有几百万年轻女子，每个人都有值得诉说的故事。我应该从观察她们的脸开始。

2004年2月，我第一次来到东莞。在中国，外出务工已经有二十个年头，绝大多数的外国媒体，包括《华尔街日报》，都报道过工厂内部的恶劣环境。我希望能写点儿别的——写写工人自己怎么看待外出务工。我尤其对女性感兴趣，背井离乡，她们得到最多，也许失去也最多。东莞是中国最大的制造业城市之一，年轻而又没什么技能的人奔向这里的流水线，据估计其中百分之七十都是女性。看起来这是写作开始的好地方。

在接下来的两年里，我每个月都在东莞住一到两个星期。我认识了一些年轻的姑娘，也碰到过许多跟我说完她们的故事然后消失的打工女孩，就像广场上我再也没有见过的那两个姑娘一样。她们的冒险精神令人吃惊。如果她们不喜欢一家工厂、某个老板或者同事，她们会头也不回地跳槽到另一家。她们向我讲述过去的经历，有时会跳过在某家工厂的某段时光，因为她们不记得了。老家的父母也不太清楚他们的女儿在忙些什么。生存，对打工女孩来说，是时时刻刻的眼前之事，看起来自由自在，但也烦恼不断。在城里讨生活，意味着切断她们所熟知的一切。

　　跟我最亲近的几个姑娘身上有一些共同点：她们理解她们生活的戏剧性，也知道我为什么想要了解她们。我想她们对我的理解比我想象的更多。我来自美国，上过大学，论教育程度和社会阶层，我和她们相隔十万八千里。但是作为这座城市里的一个单身女人，我知道孤独是种什么滋味。我也被中国男人欺负过，被警察吼过，被巴士司机骗过。我也有交不交男友的两难抉择，也有父母担心我还是单身。2006年春天当我结婚的时候，一个最了解我的女孩让我吃了一惊。"你妈妈一定特别高兴，"这是她说的第一句话。"我觉得她是个传统的中国人。"

　　也许我和这些女孩之间最紧密的关联，她们永远都不知道：我和她们一样，背井离乡。从美国的大学毕业之后，我去了捷克的布拉格。我在国外住了十五年，每隔一两年回家看一次父母，就像这些农民工一样。很长一段时间，我抗拒着中国的吸引力。在大学，我回避美籍华人组织，只上过一节中文课。我主修美国历史和文学，毕业论文写的是美国作家 Larry McMurtry 的西部小说。在布拉格，我给一份外侨报纸作有关捷克政治社会的报道。1992 年的一个冬日，一对中国夫妇拖着箱子在泥泞的人行道旁用普通话向我问路。憋了很长时间，我才恨恨地、用他们的语言给他们指路——仿佛他们在逼我回到一个已经甩在身后的世界。

　　一开始，我对中国的兴趣很现实——20 世纪 90 年代初，腾飞的中国经济吸引了全球的关注，能流利地说中文成了我的资本。1993年我去了香港，成为《华尔街日报》的记者，才开始阅读中国历史的书籍，终至乐此不疲。对我来说，中国永远感觉像一场考试，而我却荒于学习。两年之后我去了台湾，那里的人经常问我是哪一年"出去"到美国的——他们的潜台词仿佛是世界上的每个人都是在中国出生的。后来我去了中国大陆，也经常被问到同样的问题。这就是台湾和大陆的相似之处，虽然严格上来说，这两个地方直到最近关系才变得融洽些，但是两者比他们想象的更相似。

大多数美籍华人来到中国的第一件事就是回祖辈的老家，但是我在香港、台湾和大陆住了十二年，也没回去过一趟。我担心我还没有准备好，去理解在老家会发现些什么。我怕去这么一趟对我来说没有任何意义。无论是哪种情况，我都能理解那些打工女孩们对家的复杂感情。

农村来的女孩教我认识这座城市。从她们那里我得知哪家工厂经营得不错；足不出东莞，这些工人就明白这个世界上各地区之间的等级。美国和欧洲老板对工人最好，然后是日本、韩国、中国香港，继而是台湾老板。中国大陆的工厂最差劲，因为"他们老是倒闭"，一个农民工跟我说。他们也知道什么时候会有重大的政策变化——2005年初，一些工人跟我说最低工资要涨了，而这时候官方还没有正式公布。

许多我读过的写中国农民工的书并不真实。农民工早已不再生活在被警察抓捕的恐惧中，相反，官方忽视了他们的存在。本地居民的歧视也并非什么问题，因为打工族和本地人几乎从不碰面。他们高度的就业升迁情形也令我感到惊讶。几乎所有我在厂里认识的高层人员都是从流水线开始做起的。我认识的姑娘并未注定要回家种地，因为她们出来之前也没种过什么地。她们多半不知道家里有多少地，也不清楚几时开始农忙。我所有的臆测都来自90年代中期的农民工研究；十年过去了，这个世界天翻地覆，变得太快，快到无暇记录。

我开始喜欢上东莞，这地方似乎铆足了劲要把中国最极端的一切表现出来。拜金、环境破坏、腐败、拥堵、污染、噪音、卖淫、不良驾驶、鼠目寸光、压力巨大、拼死拼活、杂乱无序：如果你能受得了这儿，那到哪里你都能受得了。我尽最大的努力去适应这一切。午饭我吃两块钱一碗的面条，去哪儿都坐公交车。我穿牛仔裤和凉鞋，比许多出门时穿绣花衬衫和高跟鞋的打工女孩还朴素。在东莞我就像是隐形人，我也喜欢这样。在中国别的地方，一个到处盯着陌生人看、在笔记本上写来写去的人或许会引来注意；在这里，大家都忙着自己的事情，根本没工夫理我。只有一次：我在人才市场抄录墙上的一个告示说明。一个保安问我在干什么。我告诉他我在练习英语，他就让我走了。

对于外面的世界来说，东莞仿佛是隐形的。我在北京的朋友大多都曾路过东莞，但是他们所记得的——这真令人震惊——就是无穷无尽的工厂和妓女。我在这个隐秘的世界中跌跌撞撞，我和七百万，八百万，或是一千万人分享着这个世界。在东莞生活就像是我第一次来到这里时，以一百一十公里时速冲下高速公路，四周景物变化纷呈，让人目不暇接。东莞是一个没有记忆的地方。

东莞也是一个矛盾体，因为近代中国的历史从这里开始。19世纪，英国向中国走私鸦片，蹂躏这个国家并掠夺它的财富。1839年夏天，清朝的官员林则徐在虎门港下令公开销毁两万箱鸦片，而虎门就在东莞。这个举动让中英两国爆发了第一次鸦片战争，双方在广东交火，英国的战船摧垮了中国军队，战争很快结束。《南京条约》签订后，香港割让给英国，中国开埠通商，给予外国史无前例的商业和法律特权。中国的历史课上说，虎门销烟照亮了中国的近现代纪元：对外国列强的屈服，随之而来的是清王朝覆灭，革命，战争和共产党在1949年的胜利。

但这个地方还有另一种历史。1978年的秋天，香港太平手袋厂在东莞开设了第一家外资工厂，第一年的收入是一百万港币。工厂将香港运来的材料加工为成品，再运回香港，销往世界各地。太平手袋厂开创的这种模式，被数以千计的工厂所追随。接下来的两年里，中国设立了四个"经济特区"，作为吸引外资和免税政策等鼓励自由企业措施的试验田。最大的一个特区是深圳，位于东莞以南约八十公里，并很快成为了中国对外开放的展示台。深圳是规划出来的样板城市，由北京的领导意志催生出来，得到国家部委及下属企业支持。

东莞不一样。没有任何人的指令，就这么发展起来了。深圳胸怀大志要发展高科技和创意产业，而东莞做的是它力所能及的，也就是说，香港和台湾那些低技术含量的工厂，做衣服、玩具和鞋子。这些工厂只需要廉价的土地和劳力，以及当地官员的放任自流。一开始的那些根本就不能叫做现代工业。许多早期的工厂是二三层的房子，一间屋子里坐五十个工人，在桌前做一些简单的活儿，比如缝合玩具熊或是给洋娃娃安上假发。有些厂房甚至设在铁皮搭成的棚子里面，因为老板不想花钱建一幢真正的房子。

早些时候，这里没有开通到香港的铁路。生意人从香港走过边界，先到深圳，然后打一辆出租车到他们在东莞的工厂，沿路穿越片片农田。"那时候这边没有路，没有车，没有电视，连窗帘都没有，"艾伦·李，一家台湾鞋业的主管回想当年的情景时这样说。他于1989年来到东莞。"你根本买不到那样的东西。"1989年的6月，他骑了四十分钟的自行车，去看电视上有关天安门广场示威者的新闻。

本地的劳动力很快就供不应求，邻近省份的移民开始来到东莞。林雪，就是我认识的为一家打工族杂志写稿的女子，1990年从四川农村来到东莞。"我们两眼一抹黑就来这里了，"她告诉我。"我去问卖票的，我应该买张去哪里的车票？卖票的说去哪，我们就去哪。"林雪找到了一家工厂，七十块钱一个月，她的妹妹在另一家工厂冲压胶合板。

90 年代，东莞的制造业转向电器和电脑部件。现在全世界百分之四十的个人电脑硬盘磁头和百分之三十的个人电脑磁盘驱动在东莞制造。过去二十年的经济以年平均百分之十五多的幅度增长。但有些事情依然不变。外来务工人员依然来到东莞。劳动密集型工厂依然占主导地位，虽然产品变得越来越复杂，但工作依然简单。依然有相当多的房子里坐着工人，在桌前干一些简单的手工活。

因此，东莞是一个充满历史矛盾的地方——一方面它曾高调地反对外国势力出现在中国，另一方面又偷偷摸摸地向它敞开怀抱。每个中国学生都学过虎门销烟。但是从这个任何历史课本都没提到过的太平手袋厂，到我在东莞认识的每一个人，我都能找到直接联系——从学习 Word 软件的打工族，到自学成才的大师，还有奔驰车的销售员——他告诉我 S 系和 E 系的奔驰车在东莞卖得最好，因为"这车很好，能帮老板提高形象"。对所有这些人而言，现代史开始于一个手袋厂。

我来东莞好多个月，没见过一个本地人。从高级管理人员到流水线工人，工厂都是外来民工独占的世界，尽管大老板有时候是香港人或台湾人。本地人说粤语，但工厂这个世界里运转的官方语言是普通话，因为只有说普通话，来自不同省份的人才能互相交流。打工族对当地人评价不高：都是一群没怎么上过学的农民，靠出租土地给工厂过活，工厂这么艰苦的条件，他们一天也捱不了。"就是谁也瞧不起谁，"我的朋友林雪这样说本地人和外来民工的关系。

来东莞半年之后，我采访了副市长。他叫张顺光，是东莞人：我采访的第一个本地人。我们坐在市政府大楼巨大的接待室里喝茶，用的是小小的纸杯。他的几个助手都在场，互相说着粤语。此前我没见过一个本地人，原来他们都在这里，在政府里。

"你说广东话吗？"一个助手问我。

"抱歉，不会，"我说。之前在东莞从没有人问过我这个问题。

"你是第一次来东莞吗？"

"不是，我来这里很多次了。"

"啊，都是秘密行程吗？"

"如果你们不知道，就算是秘密的吗？"

我们已经互相不爽对方了。采访当中，我抬眼看这个助手，他也回眼盯着我看。他旁边那个年轻女人睡着了。"谁也瞧不起谁"，我脑海里忽然蹦出这句话。

这次采访挺有用的：如果不是亲眼所见，我永远都不会相信政府有多么忽视移民的存在。副市长对移民的人口数量没个准数——那是全国人口统计的事儿，跟他的部门没啥关系。他也承认当地政府缺乏条件去检查工厂内部的环境。"如果我一天查一个厂子，"他说，"那么查完东莞所有的工厂要花掉我五十年。所以我们得靠那些公司自觉。"

然后，副市长谈了一个"提高东莞人口素质"的计划，但却把外地人排除在外。就像所有的城里人一样，副市长从骨子里鄙视外地人。"外来民工的素质不高，"他说，"但这是那些公司的问题。他们应该给工人上课。"

我问副市长为什么工厂里没有本地人，甚至在高层管理的职位上也没有，副市长不假思索的回答跟他刚刚讲的恰恰自相矛盾。

"因为外地人，"他说，"素质更高，薪水也要得低。"

采访结束，副市长跟我握手，夸我对东莞了解不少。我没有告诉他，我所有的信息来源都是十几岁的打工女孩——那些素质低，薪水更低的外地人。

来东莞一年后，我在市中心租了间一室一厅的公寓，每个月一千三百元。这个高层小区叫"东莞城市假日"，主要目标客户是单身女性。在城里到处有粉艳艳的大广告牌宣传"一个人的房子，一个人的精彩"。我想在这里能遇到一些年轻女人，听她们的故事，但是在大堂和电梯里没有一个人跟我说过一句话，我也从没在公共休息室里见过一个人。大家自己的事情都忙不过来，没工夫去管别人。我大部分的消息都来自小区里的通告栏，上面描绘了一个充满小偷小摸和昼夜施工的社区。

为了居民的安宁，1 月 1 日停止装修。1 月 2 日装修恢复。

有人敲门时要先确认敲门者的身份，不要轻易开门。

有了解南城区盗窃团伙线索者请联系警方。

我的女房东许多年前从广东乡下搬到东莞。她收租的时候经常穿着粉红色的睡衣和拖鞋出现在我的公寓，有一次，我听到她跟她老公打电话的时候说"操你妈"，因为他刚跟她讲出差回来要晚一点。她在一间宾馆上夜班，做销售。我很想知道哪种销售必须在半夜到早上六点之间进行，却从来没有勇气问她。她有的是办法转移话题。

"你怎么会有两个小孩呢？"我有次问她。大部分的城市家庭限生一个。

"那你说，我怎么有两个孩子的？"她反问道。

我公寓外面的购物场所不停变换。我刚搬进小区的那天，在我那幢楼的大门旁看到一家**砖炉比萨**的招牌，好兴奋，这是用家乡的味道来欢迎我嘛。等下次来住，它已经蜕变为**大志手机数码超市**。这正是中国需要的：又一家手机卖场。接下来的两个星期，我楼下的空间从一间天花板上荡着电线的空壳变成了一家彻底的手机店，站着机器人似的销售员，巨大的音响里迸发出的音乐声一直飘到空荡荡的停车场。再下一次来的时候，营销已经开始了：一个年轻姑娘站在商场门口对着麦克风念手机型号和价格，一个接着一个。我那幢楼前面又出现了另一个招牌：**有肯德基作邻居！坐收**

年利 8%。对于做肯德基的邻居，我也没觉得有什么好激动的。唯一不变的是对街的雀巢咖啡厂。夏天的时候，只要一走出去，咖啡的味道就将我包围，像是泡了一个又苦又甜的热水澡。

生活在北京，很多事都察觉不到，但是在内陆城市，你能近距离观察到中国发展不堪重负的一面。公交车常常跑着跑着，就不按规定路线而跑去加油了。缺油比较常见，所以只要有一家加油站开着，就值得停下来，哪怕车上满是乘客。全天停电是常有的事，因为政府限电，工厂必须变戏法一样地调整进度。我小区的通告栏里有一条从来没有变过：**原有的电力干线不能满足发展需求，必须更换**。

2005 年的夏天，我每次去东莞，至少有一天在停电。有时候停电前会发通知，我能事先准备一下，但有时候完全没有事先警告，我只能在摄氏三十度以上的室内待上一整天，尽量少动弹。我会打电话给物业办公室，发脾气，但这也不是他们的错。这不是任何人的错。中国经济每年增速百分之十，在南方甚至更快，一切能像这样维持运转，就已经是个奇迹了。

我去哪里都坐公交车。这样能更多地了解打工族的世界，另一方面，也是现实所迫。出租车司机是一群大骗子——不止一次，当我坐上出租车在黑暗的公路上疾驰，司机会威胁我，如果不给更多的钱，他就把我丢到路边。另一种快速谈判花招是还没到目的地，就提出以更便宜的车费放人中途下车，而不管乘客们愿不愿意。司机们总是如此短视，他们为了更快到手现钱，宁愿少拿一点。即便最老实的出租车司机也有农民的毛病：一旦他们离开熟悉的那一块地，就跟我一样找不着北。

巴士上的员工是配好对的：开车的是本地男人，卖票的是外地女人。有时候他们一路都隔着乘客的脑袋扯着嗓门说话，有时候仪表盘上方装了个小电视，这样司机可以边开车边看电视。每到一站，车还未停稳，售票员就探出车门外，以嘶吼的嗓音报站。等车的人通常容易为此所迫，如果售票员吼得时间够长，有些人就上车了。

巴士上的年轻男人散发着浓烈的汗味，那是人在室外走了很长的路却从来没有享受过奢侈空调才产生的味道。年轻女子则完美无瑕：她们没什么味道，头发总是顺滑而闪亮。每辆巴士上都会有几个外地人，拿着塑料袋罩在嘴上，静静地呕吐。晕车是乡下人的通病，他们不习惯坐车。绑在车顶上的褐色塑料袋，像是一串串熟透的香蕉，开始腐烂。巴士上的乘客带的东西五花八门到让人惊讶；农村的生活方式就是什么都不会扔掉。我看到过：有人带着老旧的电视机；装着电线的柳条筐；一个外面挂着硬泥浆、里面装着泥瓦匠工具的筒子；一把一码长、看起来像凶器的扳手。还有一次我看到有个年轻姑娘拿着两米长的扫帚柄。

车站是没有标识的，也没有站牌写明路线。你得开口问：信息要靠口口相传，仿佛我们生活在还未发明文字的古代。有两次我买了有巴士线路的地图，但两张地图都过时了。事情变化得太快，来不及用文字记下来。其他的乘客和我一样摸不着头脑，经常会喊出他们要去的但其实早已开过头的地名，然后仓皇离去。无论我去哪里，都有人找我问路。一天下午，我搞不清方向，跟一个外地女人问路，过了一会儿她问我，"你是湖北人？"这算夸我还是骂我？我只是要回家而已。

晚上巴士很早就收工，对于那些坐不起其他交通工具的人来说真是不公平。八点以后，人们就会住在朋友的宿舍里，即使大部分工厂禁止访客留宿，一旦抓到会罚很多钱。

我在巴士上从没见过老人。

一天晚上我搭了一辆从深圳到东莞的巴士。大约走了一半，巴士停了下来，司机冲乘客吼着，换一辆车。这虽然并不合法，但很常见：深夜的时候，只载满一半的巴士乐于把乘客赶上另一辆半空的车，而不是继续开下去亏钱。赶乘客的巴士司机会给接手的司机一笔钱，按交接的乘客人数算钱。

第二辆巴士上路后，售票员说这车根本就不到东莞。这也很常见：一旦第二辆巴士拿到了钱，剩下来唯一的目标就是赶紧把乘客甩掉。

巴士停了。"去厚街的在这里下。"售票员是个瘦得皮包骨的广东男人，无论说什么都用浓重的鼻音吼出来。他走到通道上，点来点去，命令一些人下车。他点到了我。

我前面的一个乘客下车了，消失在黑夜中。我走到车厢前部，在最低一层的台阶上探出身体。我们在漆黑一片的公路上，旁边是一块废弃的工地。

"这里没有出租车，"我跟售票员说。"我不下车。"

"这里有出租车，"他吼着鼻音浓重的粤语。

"我不下车。"

他走到我身后，把手搭在我肩膀上。

"别碰我！"我爬上台阶，坐在最前排的座位上。没有一个乘客挪动一下。

然后车子又开动了。巴士没法卸下乘客，就继续开。乘客陆续停站下车，仿佛什么都没有发生过。"这些车特别黑，"坐我旁边的一个脸庞又窄又黑的女人说。"你应该只坐那些穿制服的司机开的巴士。"然而她也在这车上，和我一样。

"这巴士上干活的人是坏蛋，"她大声说，"嘴里都是脏话。"我只是靠着她坐就感到很安全了，可是她也下车了。

巴士靠在路边，又停了下来。"好了，都下车，"售票员吼道。这次他走到通道中间，给每个人两块钱。

我走到通道里他站的地方。"我付了二十五块钱到东莞，我要把我的钱要回来。"

他转过来对着我。当然，他比我高，还是个男人。那一刻，我意识到自己是多么无力。

"如果你付了一百块，我就该给你一百块吗?"他吼道。

"如果我把裤子脱了，你会给我一百块吗?"

这话没有什么道理，也不好笑，但是他很喜欢，又说了一遍。"如果我把裤子脱了，你会给我一百块吗?"

"Fuck you,"我用英语骂他。"Asshole. Prick."这么做打破了我在中国生活的基本原则——永远不打"美国人"这张牌，但是有时候用英语骂人是有效的。这个男人看着我，肃然起敬。

我推开他走到车厢前部，看能不能找到一些东西扔扔。我想抢过他装钱的腰包然后甩到窗外，但是他把腰包藏得很贴身。仪表盘上有条脏毛巾，我把它甩在司机脸上，然后下车就跑。我的心怦怦作响;我想他可能会追上来。然后我停了下来，意识到自己看起来有多么愚蠢。

在一条小路上，我遇到一辆出租车，问司机到东莞多少钱。八十块。我上车了。我气得发抖。我想到我认识的、住在这里的每一个年轻女人，她们中的每一个人都曾经被像那个皮包骨的广东男人那样或许一早起来就对世界充满怨气的人骗过，欺负过，咆哮过。你对自己的无能束手无策，只能哭，只能怒火烧心。一旦对抗，所有的一切立刻变成蛮力的较量，而女人总是会输。我有钱，有了钱我能买到舒适和安全。她们没有。

但是也有好人，就像在巴士上替我说话、骂司机的那个女人。你只能往好的一面看，否则活不下去。

东莞仿佛是一个没有过去的地方，但市里的官员不这么想。在新的市中心，他们建起一座博物馆——灰色石材垒砌的巨大楼房，好像独裁者阴魂不散的陵寝。出租车司机不知道这个地方——毫无例外每次他们都会带我去街上的一个商业会展中心——2005年夏天我去过三次，这座博物馆始终空置着。

中国的历史博物馆是个令人困惑的地方。古代的文明是辉煌的——官方描述会这么说——但却是封建落后的。现代中国受尽外国势力的凌辱，但中国人民在屈辱和败局中是英勇的。1949年中国人民站起来了，但是此后有一些特别的年份——1957，1966，尤其是1989——完全不被提及。所有杂乱难解最好不谈的事情必须融入合理的模式，因为从孔子开始，历史的目的就是为了把伦理道德教给下一代。

在东莞，博物馆乏味的大厅就像一座浪费空间和十足冷气的纪念碑。指示牌写着：历史，笔直走；经济，二楼。我第一次去的时候，探访了历史。第一个展厅从史前海洋化石一直讲到清朝，玻璃柜里展示着一堆看起来像石头的东西。近近细看，这些石头带着无法理解的英文说明：蚝岗贝丘遗址出土的磨石。一整个房间的立体透视织女模型用来展示东莞早期手工业的才华。循环播放的磁带里传出纺机的声音，从一个房间到另一个房间，挥之不去。

后面还有更多成堆的石头，接着是历史跟跟跄跄地以令人惊叹的精确性推进。人口增加，到明朝天顺六年（公元1462年）已经达到150 378人。市场发达；盐业繁荣；农业兴旺。在一间大的开放展厅里，一棵假树的倒影被投射在一片假的湖泊上，那儿有一叶假舟，一座假拱桥，三只假鹅，两只假鸭。鸭子的呱呱叫声被循环播放。

讲述过去还有另一个难点。每个地方都必须反映五千年中国历史的连续性，但大多数时代没有什么记录，也没有具体的东西保留下来。有价值的艺术品被北京运走了，或是在战争和政治运动中丢失了，所以博物馆被迫把其余部分生造出来。他们伪造大炮，钟铃，成套的盔甲，将古代文书印在塑胶贴板上，挂上墙。立体透视模型占领了所有的展厅——这是它最喜欢的展示方式，也许是因为它们很占地方。东莞博物馆里唯一真实的展品是那一堆堆的石头。

一旦进入现代历史，从 19 世纪鸦片战争开始，事情就变得愈发令人困惑。有一个展示标题是"怒对英国人"，内容是英国海军官员和一个愤怒的中国官员的蜡像。对中国来说，鸦片战争的战败一直是深刻的耻辱和痛楚。但是也许在这个商业发达的城市里，不可能唤起对英国人必要的仇恨，因为隔壁的展示已经忘了这一切而向前看了。1878 年，香港总督建议成立弱势保护局以保护中国妇女和儿童。展览飞快地进阶到二战和共产主义胜利——一张模糊的照片上洋溢着幸福的面孔。百万人民欢庆解放。

在下一个展厅，一条横幅跨墙壁："梦想成为现实：从农村到 IT 城市。"一个灯箱上展示着共产党会议的一组照片，邓小平在会上阐述他改革开放的计划。那是 1978 年。从一间展厅到下一间，一下跨越了三十年，略过了新中国的成立，土地改革，打倒反革命，打倒"阶级敌人"，成立人民公社，大跃进和夺走无数人生命的大饥荒，以及十年"文化大革命"。

我走出历史进入了经济，现在，展示开始展现出活力。一个巨大的立体透视模型显示，太平手袋厂里的四个女人弯着腰在桌前缝鞋子。在政府办公室模型里，一个生意人正在申请证照，典型的东莞男人的样子：挺着啤酒肚，拎着仿皮公文包。历史加速进行——一眨眼几十年——然后是巨大的照片，有公路立交，也有污水处理厂和投资会谈。

输入——输出——输入的良性循环

第一个有百万手机用户的县级市

修公路，桥梁和电厂，以便吸引资金建更多的公路，桥梁和电厂

有一个互动的展示装置显示着城市的 GDP，出口，存款余额和税收。最后一个展览是中国 2001 年加入世贸组织的签字仪式。

一个新的时代到来了！

我离开博物馆的时候，来实地参观的三四年级小学生在大厅挤挤攘攘地排队。学生们穿着学校发的运动裤，脖子上戴着少先队的红领巾。博物馆的导游是个年轻女人，面色严厉，双腿似棍，拿着一个扩音器。我鼓起勇气准备再听听她怎么讲鸦片战争和一百五十年的耻辱。

　　"在三楼，你们会看到一个城市模型，"她开始了。"我要你们在这个模型上找到自己的家。你们都知道松山湖吗？"

　　"知道，"学生齐声回答。

　　"松山湖是我们的高科技工业区。东莞有一个口号，'一年一大步，五年见新城'。我们现在是在五年计划的第三年。"

　　她顿了一下。"你们都知道'建城、修路、开山、治河'吗？"

　　沉默。没有人知道这个。

　　"这是政府的政策。东莞还有一个对外国船只开放的港口……"

　　在7世纪，唐朝的皇帝命令朝廷史官撰写前朝的编年史。从此每个朝代都撰写前朝的历史，对事实添油加醋或闭口不谈，以巩固当朝的统治。自1949年起，政府开始同样将现代历史展示为抵抗外国势力的英勇斗争。但是在东莞，历史包含了截然不同的教训：历史是开放，市场，外商投资。历史从手袋厂开始，必须给学生灌输基础建设的伟大成就。

　　博物馆导游敦促孩子们当"文明的游客"，三四年级的孩子们排着拉拉杂杂的队伍进入历史。很快，大厅里只剩下我一个人，寻思着这个中国历史博物馆只字未提毛泽东是多么不可思议。

三 穷死是罪过

1994 年 5 月 25 日

从永通厂炒掉后，还好工资核算了，由于身上一百多块钱，我一点也不怕，说怕当时还是有点担心，毕竟我连个身份证也没有，但走投无路只好拿着一个六九年的身份证也这样去碰运气了，谁知运气还不错，总算混到了这个厂的啤机部。

想来想去，来到广东跳了四五个厂，却还是一个厂比一个厂强，更重要的是不管什么时候，我从来就靠自己，不曾求过任何人。虽然也算有几个好友，但却没有一个在我最需帮助的时候帮助过我。

记得从深圳逃回来，那时才是真正的一无所有，除了一个人没有任何什么，在外打流一个月，身无分文，甚至一连饿上两天，也无人知道……虽然哥嫂他们都在龙岩，但我不愿去找他们，因为他们毕竟帮不了什么，我时常想靠别人，是靠不住的，只有靠自己。

是的，我只有靠自己。

伍春明第一次出去的时候没有告诉她父母。那是1992年的夏天，到外面去，说起来这既莽撞又危险。在她湖南老家的村里，有种说法是进城的女孩子会被骗到妓院，就此失去音讯。

那年夏天春明只有十七岁。她中学毕业，在家附近的一个城里卖蔬菜水果；她和一个还在上学的表姐一起到东莞。两个姑娘借钱买火车票来到东莞，在一家做玩具涂料的厂里找到了工作。化学品的气味让她们头疼，两个月后她们回了家，同之前一样一穷二白。第二年春天春明又出去了。父母反对，又是吵又是哭。但她下定了决心无论如何都要走，还有邻村的几个朋友也一起，她妈妈帮她借钱买了火车票。

1993年的广东比现在还要乱。外来务工人员从农村涌到广东的大街上找工作，晚上就睡在公交车站和大桥下面。找工作唯一的办法就是去敲工厂的门，春明和她的朋友吃了好多闭门羹，终于被国通玩具厂录用了。厂里的普通工人一个月挣一百块钱；为了充饥，他们买回超大装的方便面，加点盐冲开水吃。"我们以为一个月要是能赚到两百块钱，"春明后来说，"就会心满意足了。"

四个月后，春明跳到另外一家厂，但是当一个同事说她表哥知道深圳有更好的工作时，她马上就离开了。春明和几个朋友去了深圳，在高架桥下过了一夜，第二天上午和同事的表哥见面。他把女孩们带到一家发廊，领她们上楼，一个化着浓妆的年轻女人正坐在按摩床上等客。春明一看这场面就吓坏了。"我们家很传统，"她说。"我觉得那里所有的人都是坏人，要我当妓女。我想一旦去了那里，我也会变坏。"

有人跟女孩说她们应该留下来，在公共澡堂冲个澡，但是春明不肯。她走下楼，往大门外看了一眼立刻就跑，连朋友和箱子都不要了。箱子里装了钱，身份证和她妈妈的照片。身后的脚步声越逼越近。她拐到一个巷子，又穿到另一个巷子，脚步声停了。春明冲进一个院子，在后面找到一个废弃的鸡笼。她爬进去，在那里躲了一天一夜。第二天，她的手臂上布满了蚊子叮咬的包，春明走到街上，跪在地上乞讨，但没有人给她任何东西。一个路人带她去了派出所；因为她没有发廊的地址和名称，警察也没有办法帮她。他们给了她二十块钱坐巴士回玩具厂。

还没到东莞，半路上巴士司机就赶她下车了。春明开始走路，街上有一个男人跟着她。她发现一个女孩穿着工厂制服，就问那个女孩能不能让她混进厂里过夜。那女孩借了一个工人的身份证把春明带了进去，那天晚上春明躲在一间澡堂里。早上，她偷了一身晾在澡堂外面的干净裤子和T恤，爬出工厂的大门。那个时候，她已经两天没吃东西了。一个巴士司机给她买了一片面包，让她搭车顺路回她表哥和表嫂在东莞工作的地方。

春明没有告诉他们发生了什么事。她只是在街上闲逛。她结识了一个工地上的厨师，他让春明跟工地上的其他工人一起搭伙，晚上她溜进朋友们的工厂宿舍里睡觉。没有身份证，她就找不到新工作。晃了一个多月，春明看到银辉玩具厂招流水线工人的广告。她捡到一张别人遗失的、也许是扔掉的身份证，用它找到了工作。从法律意义上说，她是唐聪芸，1969 年出生。这比她的实际年龄大了五岁，但是没人会细看这些东西。

春明在银辉厂做了一年，把大盆里的塑料混匀倒进模具里做成玩具汽车、火车和飞机的零件。她胆子大，喜欢说话，很容易就能交到朋友。她的新朋友叫她唐聪芸。于是，她真的变成了另外一个人。

离开这家厂之后这么多年，她还会收到寄给唐聪芸的信。春明从来都没搞清楚唐聪芸是谁。

春明告诉我这些事的时候我们已经认识两年了。那是在 2006 年底一个星期天的下午，当时她坐在果汁吧里，为了买生日礼物刚逛完一天的街。"我从来没有跟别人说过当时发生的事情，"她嘬着混合果汁跟我说。"我现在讲这件事，就好像昨天发生的一样。"

"你后来有没有搞清楚被你甩在发廊的那些朋友怎么样了？"我问。

"没有，"她说。"我不知道那真的是个坏地方，还是说一个可以单纯当按摩师工作的地方。但是他们不让我们走，这太吓人了。"

被她甩在身后的那些姑娘里有一个是春明最好的朋友。她们是在东莞的流水线上认识的，春明不知道她朋友老家的村名，也不知道怎么再找到她。几年之后，春明碰到一个认

识这个姑娘的女孩；她说那个朋友回家了，后来又出来，到
了东莞。从这条简短的陈述中春明推论这个朋友后来没事。
但是也没办法知道到底是怎么一回事；也许她被拐到妓院，
再也没有音讯，就像村里人说的那样。春明和她最好的朋友
失去了联系，就像她一路上认识的许多人一样。东莞的一年
很长，春明在这个城市已经生活了十三年。

1994 年 5 月 24 日

　　早上七点钟上班，晚上九点钟下班。接着冲凉、洗
衣服，十点多有钱的去吃夜宵，没钱的就睡觉，睡到早
上六点半大家都还不想起床，但没法七点要上班，还有
二十分钟爬起来揉揉肿肿的眼睛洗脸刷牙，还有十分钟
想吃早餐的还利用这十分钟去吃早点，而我却看见很多
的人没有吃，不知是不想吃，还是为了省钱，或者是为
了苗条……

　　我总不会为了苗条为了省钱而不顾自己的身体。到
底在外打工是为了什么，难道就是为了挣这几个钱吗？

春明来到东莞不久就开始写日记。在这个淡粉色封皮的笔记
本里，春明描写她的打工生活，考勤人员的苛刻，花在八
卦、零食和对男生犯花痴上的那些难得的休闲时光。你必须
每天把自己所见、所闻、所感、所想的事情，用笔给它们记
下来，这样不但可以提高自己的写作水平，还可以看到自己

成长的足迹。在同一个本子上，她写下跳出打工世界的计划，这要通过坚韧不拔的自我提升方案来实现：读小说，练书法，学说话——既要消除湖南口音，又要学会说广东话——工厂老板的语言。她最怕就是陷在当下。时间是春明的敌人，提醒她又过去了一天，而她的目标还没有实现。但时间也是她的朋友，因为她还年轻。

日记往往没有记下日期，也没什么顺序。春明写得很快，描述她的生活，给家书打草稿，抄写励志口号和歌词，鞭策自己努力工作。有时候她写的句子在两页之间行成对角线，一直歪到每个字有两厘米那么大。在春明的脑海里，她在咆哮。

我没有时间烦闷因为
我要做的事情太多了。

"时间就是生命。"

我们可以平凡但不可以庸俗。——伍春明

目前我什么也没有，我唯一的资本就是我还年轻。

差不多一点了吧！看到这本《外来工》舍不得放手，但晚上七点又要上班，睡算了，还是身体为重。
唉！我真恨时间实在是太少了，每天上班十二小时，剩下十二小时要吃饭，要冲凉洗衣服，还要睡觉，还剩下多少时间来看书，这样上夜班时间总是零零碎碎的，下班吃了饭，又要等一个小时冲凉，下午睡觉到六点钟又要起床，吃饭又是一小时这样浪费了……晚上看到十二点，还可睡六小时，还有一小时用来做其他了。

我失败了，失败了

难道在人生这条道路上我注定要失败吗？

我不相信

我决不相信

伍春明，你总不能每天就如此过下去吧！你想想你来到这个厂已整整半年了，然而你到底有些什么收获呢，你既然知道在这啤机部就是打一辈子工也不会有什么出息的，但你想到跳槽，更想找一份如意的工作：首先你必须学会讲白话，你为什么这么没有用呢，你到底是不是很笨？

为什么别人能学会你就学不会？

你也是一个人，伍春明。难道你就是一个如此无用之材吗？

你已有两个多月了，对白话一点也没有长进，记不记得刚进这个厂的目的就是要学会讲白话，如果在今年之内你学不会讲白话，你就是笨猪、笨牛，也不要在广东打工了，每月这两三百块钱，还不如在家好。

3月22日

唉，我要做的事情真是太多了，时间又太少了，有些人只说烦死了，嗨！别人烦，我可是没时间烦。

第一、要锻炼身体，太肥了可不行；

第二、要多看书，多练字，自己过得快乐、充实；

第三、要学讲话，这不能太急需慢上学。

至于睡觉时间最多只能睡六小时就足够了。

3月29日

今天发了工资，领了365元，还了50元账还有300元，要买手表，要买衣服，要买日用品，哪还有钱剩余……夏天来了，一件衣服也没有……至于手表必须得买，没有手表，不能准确地更好地利用时间。

至于寄钱回家更不可能了，下个月发工资去报读速记文秘函授大学，我一定要拿到一个大学毕业证，我来广东绝不是为了挣这二三百块钱一月……这只是我暂时的落脚点，这绝不是我的永留之地。

没有人会理解我，我也不需要别人来理解我。

我尽可以走自己的路让别人去说罢！

5 月 22 日

很多人都说我变了，我不知道我自己到底变了没有……我现在沉默了许多，再也没有以前那么爱笑了，有时笑也是极勉强的笑，有时我觉得我自己麻木了"麻木"，麻木不是不是！但我实在不知道该找个什么词来形容现在的我。

反正，我好累，好累，真的，真的，觉得好累。

不管是身体还是精神都感到好累，这样太累、太累，不要这样过了。

不要这样过了，再也不要这样过。

再也不要那样过。

究竟我该怎样过？

即使春明计划在打工界出人头地，在信里她还是努力表现出一个传统的女儿的样子。

妈妈，我给您织了一件毛衣……如果我不织毛衣的话，我可以用一天的时间看很多的书，但是，妈妈，有时我都想：我宁可做一个妈妈的乖女儿，做一个有孝心的女儿，甚至可以丢开那些我非常想看的书。

妈妈，我把我对您的爱全部织进了毛衣中……妈妈，记得在家的时候，您总是说人家的女儿多么多么的会织毛衣，你永远也没那个常心。而如今，您看您的女儿也不是会织吗？要记住，您的女儿永远不会比别人笨！

家人的期望压迫着她。农村来的女孩尤其能感到来自家庭的压力。如果她们进步得不够迅速，父母会催她们回家结婚。

终于收到了家里的一封来信……能给我写信的除了爸爸，还有谁呢？妈妈甚至连一句话也没有，说妈妈挂念我……上次那封信还附上了一句话，要我不要在外交男朋友。虽然仅此一句也使我高兴，就仿佛妈妈站在我身边在教我一样。

我是多么想把心中的话向妈妈倾吐一番，然而不能，妈妈！我的妈妈，你为什么是一个文盲，你是个文盲也没关系，你为什么连封信也不会写，你不会写信也没关系，只要你会写几个字也行，你把你要说的话乱写几个字拼起来，我也会理解你的心思。

妈妈，我知道你有很多的话要对我说，只是爸爸没有写出来……爸爸妈妈，看来我们之间是无法沟通的了，你们永远也不会知道也不会明白女儿心里真正所想的，也许您们所想的是我已经找到了我理想的厂了，有三百多块钱一个月，以为我再也不会跳厂，您们的要求也许是再也不要跳厂了，在这个厂好好做两年再回家结婚，再像农村所有女孩子那样成一个家，然而这些都不是我想的……

我要在广东闯出一番天地来……我的计划是：

第一、去读函授大学

第二、学会讲广东话

第三、一无所有，一事无成，决不结婚。

在东莞的头三年，春明没有回过一次家。她告诉朋友们工厂放假的时间太短了，但是在日记里她写道：有谁知道，我为什么不回家过年？最主要的原因，我实在不想浪费时间。因为，我要读书！她也没听妈妈的叮嘱，给车间里一个帅哥写了情书。工作的地方，男孩子很少见，长相不错的更是引人瞩目，有许多女孩子追。这个男孩对春明没感觉，还把春明给他的情书传给别人看。

流水线上工作半年后，春明得知工厂在内部招聘文员，她写了一封信给部门领导，表示她有意应聘。老板听说过春明倒追男生的名声，下令将她调到另一个部门。但是他的命令不知怎么被会错了意，春明反而当上文员。之后她表现得不错，老板也改变了对她的看法。新工作一个月三百块钱——这是春明一年前月薪的三倍。

打工女孩的故事有某些共性。刚来城市的时候总归有些稀里糊涂、摸不着头脑，也常常有这样那样坑蒙拐骗的情节。姑娘总说她们是一个人出来的，虽然事实上她们通常是跟别人一道来的；她们只是觉着孤独。她们会很快就忘了工厂的名字，但是对一些特定的日子却记得很牢，比如离家的日子，或是永远离开一家烂厂的日子。工厂是做什么的从来都不重要；关键是那份工带来的艰难或机遇。打工女孩的命运转折点永远是她向老板发难的时候。那一刻她冒着失去一切的风险，从人群中脱颖而出，迫使这个世界将她视为独立的个体。

在工厂里你很容易迷失自我，那里有成百上千个背景相似的打工女孩：在农村出生，没念过什么书，穷。你非得相信自己是个人物，就算你只是百万人中的沧海一粟。

1994 年 4 月 17 日

是呀，我毕竟是一个平凡的不能再平凡，普通得不能再普通的一个人，一个女孩子和所有的女孩子一样，爱吃零食，爱贪玩，更爱漂亮。

不要幻想能成为一个超人。

你只是一个极平凡极普通的女孩子，同样对好看，好吃、好玩的任何东西感到好奇。

还是从平凡从普通做起吧。

东莞的工厂里，男女分工很明确。女人当文员，在人力资源部和销售部门工作，流水线上绝大多数的工作也是她们的；老板们觉得小姑娘更勤奋也更好管理。男人垄断技术工种，比如模具设计和机修。他们通常占据工厂的高层职位，但也出现在最底层毫无出路的岗位上：保安，厨子，司机。工厂外面，女人做服务员、保姆，美发师和妓女。男人在工地干活。

这种性别划分也反映在招工广告上：

高埗手袋厂招聘

销售：限女性，英语四级
前台：限女性，会讲粤语
保安：男，30 岁以下，身高 1 米 7
**　　　或以上，退伍军人，懂消防，**
**　　　会打篮球者优先**

这同时暗示了不少信息。年轻姑娘享有流动性更强的工作机会；她们可以进厂做流水线工人，然后升职到文员或者销售。小伙子进厂则更难，一进去往往就难以改变。女性不管在厂内厂外，都有更广泛的社交，很快就能接纳城市的穿着、发型和口音。男人则容易自限在局外人的世界里。女性更容易融入城市生活，要留下来的意愿也更强。

女性占中国流动人口的三分之一。她们往往比打工的男性更年轻，也更可能是单身；她们离家更远，在外的时间更长。她们更有自我提升的动力，也更可能将打工视为改变一生的机会。一项调查显示，男性表示获得更高的收入是离家打工的主要目的，而女性则渴望"有更多的生活经历"。和男人不同，女人无家可回。根据中国的传统，儿子结婚以后要带老婆一起回他父母家；男人永远在他出生的村子里有一个家。女儿，一旦长大成人，便永远不会回家居住——直到她们结婚，否则哪里都不是她们的归宿。

从某种程度上说，这种根深蒂固的性别歧视对女性有好处。许多农村的父母期望儿子离家近一些，或是在附近的城里送货或者卖菜。没什么盼头的小伙子可能就这样混，干些杂活，抽烟喝酒，把微薄的薪水赌掉。小姑娘——没那么多人宠，也没那么多人疼——可以远离家乡，自己做打算。正因为没那么重要，她们能更自由地做自己想做的事情。

但这好处也不牢靠。如果说外出打工将女性从农村解放出来，它也同时把女人置于缺少异性接触机会的环境中。在农村大多数姑娘二十出头就结婚了，但是推迟结婚年龄的打工女孩就会冒着永远失去这种机会的风险。东莞人口的性别比例不平衡，据说百分之七十的劳动力是女性，很难找一个素质高的对象。社会流动又把找老公这事儿弄得更加复杂。从流水线开始向上流动的姑娘瞧不起农村的男人，但是城里男人反过来又看不上她们。打工族把这叫作高不成，低不就。

我认识的那些打工女孩从不抱怨做女人所面对的种种不公。父母重男轻女，老板喜欢漂亮秘书，招工广告公然搞性别歧视，但她们却从容面对这些不公——在东莞这三年，我从来没有听到任何一个人说过任何女权主义论调的话。也许她们理所当然地认为大家过得都不容易。唯一要紧的鸿沟横在农村和城市之间：一旦你跨过这条线，就能改变你的命运。

　　春明晋升得很轻松。1995 年，她跳槽到东莞较偏远的一家做水枪和 BB 枪的工厂。她终于学会了粤语。一年之内，她的工资从一个月三百块涨到六百五十块，再到八百块，然后是一千块。她发现部门的领导们跟她做一样的事情，却比她拿得多。如果你不把我的工资涨到一千五百块一个月，她给老板写信，我就不干了。她最终达到了目的；这家厂以前从来没有人一次性涨过五百块工资。但是春明不满足于升职涨工资。她进入了一个新的世界，在那里她还要学会更多。

　　和人相处马上变得复杂起来。在村里，人际关系是由亲缘纽带和共同的家族历史而决定的。在学校里，在流水线上，大家的地位一样低。但是一旦某个人在打工界晋升，权力的平衡发生转变，就会令人不安。朋友可能变成老板；年轻姑娘可能比男朋友先得到提拔。

1996 年 3 月 26 日

　　从我这次的提升，使我看到了人生百态有人喝彩，有人羡慕、有人恭喜、有人祝福、有人嫉妒、也有人不服……

而那些羡慕我的人……就当它是前进路上的绊脚石踢开它、继续走。以后还有更嫉妒的呢!

　　给陌生人留下良好的第一印象变得重要了。春明研究了厂里的高层，就像生物学家研究标本那样专心致志。人力资源部的头儿发言的时候，春明观察到他很紧张，手在发抖。春节期间，一个车间经理假装没看到春明，直到她勇敢地上前祝他新年快乐；经理热情地回应，还给了她一个十块钱的红包。从这件事……我明白了：有些人你总认为难以接近，其实不然只要你自己变得容易接近一点就可以了。

　　春明重塑自我的计划又上了一个档次。在日记里，她不再记录生活中的细节，而是抄下让自己变成另一个人的格言，为了完成这个任务她广泛阅读，即使有时候读到的东西不那么前后一致。

　　自信，练达，端庄，优雅，是职业妇女应该塑造的形象。

富兰克林的十三条道德准则

1. 节制：食不过饱，饮不过量。
2. 静默：与人无益者，禁琐眉之谈。
3. 秩序：置物有定位，做事有定时。
4. 决断：决定做所要做之事，不屈不挠。
5. 俭朴：不费钱，费钱应在与自己和他人有益事上。

接受批评

1. 别人批评你，你要平心静气，而且明白表示你在聆听。至于你是否同意，等他说完后你再说。

2. 眼望着对你说话的人。

3. 对刚刚批评过你的人，无论如何你不能反过来批评他。

4. 不要垂头丧气，这会叫人不知如何是好。

5. 不要开玩笑。

春明日记里的理想和她生活的世界刚好颠倒。她的励志表里有一条"不称职领导者的十五个特征"完全可以换成另一个标题"怎样当东莞老板"，比如第三条：

忙于小事，参与所有事情。

以及第十五条：

当集体被授予奖金或奖励时，他第一个列在名单上，在主席台中坐头排位置。

她报了个函授班学习文秘，但是中途放弃了，因为课本看起来太难。学习公关的计划也以失败告终。

你准备如何学习公共关系学？

答：要想学好公共关系学，必须先学习如何做人。

春明一度决定自学英语。她做了一个单词表——

ABLE 能干

ABILITY 能力

ADD 加

AGO 以前

ALWAYS 总是

AGREE 同意

AUGUST 八月

BABY 婴儿

BLACK 黑

BREATH 呼吸

——但是在学到 C 之前就放弃了。

要学的东西那么多，进步的规则在日记里搅成一团。60％的人无目标。画眼影，绚丽光芒：以黑灰，金黄，宝蓝，艳红配合。Ⓐ可以干洗："A"代表所有的洗洁剂都能用。互相问候是交谈的催化剂和润滑剂。喝汤的时候不要将汤匙碰响了盘子。人不读书便言语乏味，面目可憎。

因为妈妈不在身边，打工族会从别处寻求忠告和指导。以打工族为读者群的杂志在 90 年代中期出现，尤其是在华南的制造业城市。杂志印在粗劣的新闻纸上，大约四块钱一份。打工族杂志调查外来务工人员的工作条件，并在法律、求职和感情问题方面提供咨询建议。用第一人称描写追溯打工者各自的人生经历，故事总是千篇一律：一个姑娘来到城里，吃苦耐劳获得成功，要么是自己开公司，要么是买了房。或者，一个姑娘来到城里，落入苦海，比较典型的是跟了一个又懒又不忠诚的男人，或是已婚又有了孩子的。女主角仿佛取材于 Theodore Dreiser、Edith Wharton 和 Henry James 这些为当代西方文学传统奠基的小说家的作品。但是在打工族杂志的字里行间，这些故事的寓意总是一样：你只能靠自己。

　　每一个成功故事都以个人胜利结尾，而且都能量化到会计的账簿里：公司的月营业额有多少，或是房子有几平米。在一篇"雄心造就我"的故事里，一个小保姆自学读书写字，靠卖冰棍、送货，给人剪头发和兜售保险供自己和弟弟念完大学。故事结尾时，她已经是一个保险公司销售部门的头头，还有一间一百二十平米的房子。另一篇"做自己的主人"中，一个姑娘做了两年的美发师而没有拿一分钱薪水，就为了学成这门手艺，最后开了自己的美发店。月营业额三千块，租金六百，税金一百，剩下全都是她自己的。还有一篇"想拍电视剧的女孩"，一个姑娘从最低贱的办公室杂活开始做起，勤勤恳恳——她经常连续打字十个小时不休息——最后成为一家娱乐公司的副总，还拥有一间七十平米的房子。

成功的道路漫长而艰难，许多人在路上迷失了方向。一个姑娘可能梦想着找到一个爱她、支持她的男人。但这总是歧途。

我回到家，放声大哭，不敢相信我的真爱是一个大骗子。

他看中了我那么容易被欺骗。

如果我现在就这个样子离开他，谁还会要我呢？

文章也描写了打工生活的种种不堪。一个姑娘混进麦当劳的厕所，因为她的房子设施太差劲了：麦当劳的厕所环境太好了。不仅非常干净，还有手纸和干手机。一个打工者不好意思告诉他老板他买不起手机。而那些找到办公室工作的幸运儿则发现里面的水深火热跟达尔文描述的一样残酷：

因为我有些客户没有付清款项，公司让我去负责收款，我每个月工资的百分之三十要押在公司那里，直到客户付清所有的钱。这合理吗？

我们公司规定每个月开除销售业绩最差的那个人。这合法吗？

有些时候，这种自我依靠的寓意有点过了头。有一篇文章说一个保姆遭到体罚，但没有关注家政工人的弱势处境，而是赞美她逃出主人家的勇敢。唯一能拯救王丽的人就是王丽自己。有篇报道在写一场百货商场里的致命火灾时绕开了更重要的话题——建筑质量低下和缺乏防灾措施——避而不谈，而是教人火中生还的小窍门：火烧到身上的时候要脱掉衣服或在地上打滚以扑灭火焰。

和中国媒体一成不变的说教相反，打工族杂志开拓了一片新领域。他们并没有坚持那些皆大欢喜的结尾。许多故事以苦恼或是困惑告终。在他们描述的世界里，人们互相欺骗，对于寂寞或迷失的人，他们袖手旁观。他们从来不提哪些法律需要修改，哪些行为需要改进，他们也从来不提政府。他们所写的，就是要如何活在这样的世界中。

1996 年夏天，春明在日记里写道：

朋友，我们出世时贫穷，并不是我们的过错。但穷死是罪过。

在生命过程中，我们是否努力过，是否坚持奋斗过？要想做一个成功的传销者，必须切实做到下面四点：

1. 要有决心。

2. 要有一个明确的目标。

3. 对公司的产品知识和事业计划要深入研究和透彻地了解。

4. 要学习传销的技巧。

那年夏天，一个厂里的朋友带春明参加了一个改变她一生的讲座。演讲人为一家叫做"完美日用品"的公司工作。完美销售健康补品，但是它真正提供的，是包装在"传销"这个神奇字眼里的关于财富和个人成就的梦想。传销并没有明确区分合法的直销和金字塔骗局。腐败，这个有时候似乎就存在于人们日常呼吸的空气中的东西，也渐渐渗入他们使用的语言之中。

春明开始卖完美健康产品以补贴收入，大部分卖给厂里的同事。她买完美公司的磁带，参加完美的讲座。她的日记变成了完美销售手册，夹杂着稀奇古怪的养生之道。

一次业务的成功与否在于见面的前三秒。

说话时要注意对方的眼睛。

一天认识三个人。

芦荟矿物晶能调节人体的五大系统。

会掉头发是因为体内缺少铜。

1996 年底，春明已经在厂里做着一份很有影响力的工作，当总务部门的头，但是她辞掉这份工，全职投入到销售完美产品中。她花了一万元存款租会议室和培训课程的器材。她雇用以前厂里的同事加入她的网络，承诺他们会共同致富。在日记的最后几页中，春明列出了她招来的销售员名单。许多人还不到二十岁；她网络里最大的一个人才二十五岁。

今天，我们大家聚在一起来干什么呢？无非让大家一起来探讨一下："人一辈子到底怎样去生活？"

想想看，为什么我们一直平凡？为什么许许多多的人辛苦一辈子下来，过的生活却并不是想过的生活。我们曾经都有过梦想，也曾经奋斗过，努力过，但为什么我们的付出与收获是那样的不平衡呢？在我们的身上发生过多少的遗憾啊！

总结反思后，我们渐渐地明白了一个道理，人要发展只有靠把握机会。仅仅有梦想，有决心是不够的……媒介选择不好就会忙忙碌碌一辈子。就好像我们的爸爸妈妈选择了种田，所以，忙忙碌碌了一辈子，到满头白发的时候，还是油盐钱都要去凑合。

各位朋友，我们还想不想去重复父母的路？

不想！

给你们自己一个掌声！

直销公司在二战后的经济繁荣期从美国开始腾飞。和传统的零售商不同，像安利集团和雅芳这样的直销公司，通过独立的经销商而不是商场来销售他们的产品。这些经销商通过两种渠道赚钱：一是通过自己销售产品赚取利润，再就是通过雇用销售员网络，这些人凭借销售业绩获得奖金奖励。

在 90 年代中期，网络式销售热潮席卷中国，一些传销公司模仿美国的销售模式。另外一些则纯粹向新招进的下线收取巨额加盟费，并承诺他们如果能招揽更多新的成员，就能发大财。这些就是金字塔骗局：他们的钱不是从销售实体商品赚来的，而是仅依靠收取高额的加盟费获得。这种骗局能让最早入伙的人挣到钱，但是一旦下线不足就会轰然倒塌，许多人的积蓄因此被骗得精光。

网络式销售简直是为中国社会贴身打造的理想模式，由于社会的传统道德已经崩塌，只有最残酷的规则——谁也不信，赶快挣钱——还有用。公司依赖传统的大家族和朋友之间的人际关系网络；传销业务员做的第一件事，往往是忽悠每个朋友和亲戚买点东西。包你满意，包你赚钱。他们还会指给你一条明晰的成功路线图：一天认识三个人。这个行业在珠三角的小城镇和打工群体里繁荣兴旺起来。在农村世界和城市世界交会的地方，大家都羡慕别人的成功，渴望自己也能发达。如果有一个认识的人向他们保证有即刻发财的灵丹妙药，他们很容易上钩。

传销公司的遍地开花让中央政府感到担忧。有些公司买卖假冒、走私甚至伪劣商品。他们的培训会上，有人格魅力的头头们驱使成员投入布道一般的销售狂潮，看起来像邪教一样令人不安。一些更极端的举动甚至威胁到了社会治安。1994 年，一家来自台湾卖钻石的金字塔骗局垮台后，公安出动警力驱散了上百个愤怒的经销商。中央也通过了许多法律法规以控制网络式销售行业，但是地方政府却很少执行。

部分原因是这些公司给当地带来了大受欢迎的税收和就业机会，另一部分则是因为兼职当个传销商也是地方官员流行的副业。

对春明来说，销售集会是学习演说的训练场。中国传统认为口才不是什么重要的技能——以一手好字写一篇美文才要紧——在中国演讲经常叫人不敢恭维。演说者通常只会念稿子，而内容往往又乏味不堪。像春明这样的人——年轻，农村来的，又是个女人——在比她条件好的人面前有太多的理由保持缄默。但是在商业和竞争驱动的现代中国，知道如何说话成为了一项必备的技能。

传销公司把美国本土的思维和作法直接灌输给中国的底层阶级。他们的演说风格结合了旧时传教士领读-跟读的方式以及励志型演讲师喋喋不休的高谈阔论。他们散布讯息：个人是重要的，每个人都是赢家。他们也带来了非常美式的信仰，那就是财富和美德能携手并进。

在日记里，春明收录了她演讲的草稿：

我姓伍，叫伍春明，名字非常普通，也非常平凡，但是我相信，我会让我的名字从将来的某一天起变得不再平凡……

我有一个问题想问一下大家：朋友，你将来想成为一个什么样的人？这个问题值得我们去想一下。那么，今天我们是什么样的人，重不重要？

不重要！

重要的是，你将来想成为什么样的人？在座的有很多是从内地来到广东的，也包括我自己。我们千里，背井离乡，出来打工是为了什么？

赚钱。

对了，赚钱。但是，直到今天为止，我们有没有赚到我们想赚的钱呢？

没有。

今天我们过的生活是我们想过的生活还是我们能过的生活？

是的，今天我们过的生活是我们能过的生活……

朋友，你想成为一个什么样的人？这完全在于你自己。如果你从来不敢想要成功，那么你就永远不可能成功……重要的是你要敢想，敢要……

其实，我们每个人都是世界上独一无二的生命，也没有生下来就注定要失败，因为我们都是天生的赢家。

所以，朋友，请相信我！但更重要的是要相信你自己。因为你一定能。

在完美公司，春明很快从培训生晋升到经理。1997年，她从完美辞职，加入一家叫做唐京灵塔园发展公司的台湾公司。这家公司专门建造放置骨灰的高楼。这些高楼被称为"灵塔"，而他们的销售噱头与人们的精神和物质需求以及中国人对房地产的热情真是天生的一对。对逝者而言，唐京灵塔园保证了永息的风水宝地。对生者来说，关键在于塔园的地段绝佳、席位限量，以及珠三角激增的人口数量。投资者可以买下整座灵塔，再分销给各个买家赚取利润。

春明的工作是给公司的销售人员上培训课。她已经学会说话了，现在还能转过来教别人——就像工厂一样，企业卖出的产品总是最不重要的一面。春明的营销论调融合了佛教教义，火葬对环境的好处，以及近乎肯定的三倍获利。死亡，换句话说，是最好的长线投资。

> 使我们的先人以最文明，最体面，最庄严的方式走完人生的最后旅程。
>
> 仅广东每年就有近百万的往生人口。
>
> 我公司普通型的塔位价自 1995 年 7 月的 3 500 元升至现在的 5 600 元。
>
> 服务一条龙（从火化到入塔，经过超度等）。
>
> 经营期限：1994 年 7 月 11 日至 2044 年 7 月 10 日。

春明的经营时间显然更短一些。1997 年她又跳槽了。新的传销公司卖给新会员一千块一盒传统藏药。这是纯粹的、彻头彻尾的金字塔诈骗，春明进去的时间够早，真金白银地赚到了一笔。她发展了十几个下线，都是会赚钱的主儿，几个月内她已经是一万人的上线了。这时候春明一个月赚四万块，在1998年的珠三角就是个天文数字。公司开始把她的周薪工资单塑成放大透明版，这样她就能把它作为激励工具展示给下线看。春明回了趟家，给了父母三万块翻新房子，贴上瓷砖，买些新的家居用品和一台二十九英寸的电视。春明在城里的成功使得她在家乡声名远扬。"我们那地方每个人都听说过我，"她说。

但是传销行业逐渐失控。在离东莞六十公里的淡水，一个卖足部振动按摩器的台湾传销公司最为猖獗。要加入这个企业，每个参与者必须花三千九百块买一个足部振动按摩器，这几乎是市场价格的八倍。公司告诉参与者说他们每发展一个下线，就能从加盟费当中抽取百分之四十的提成。打工族一窝蜂地涌向淡水；有些人卖了房子、家具和家里的牛凑钱付加盟费。结果证明在一个贫困的县城销售三千九百块的足部振动器并不容易，更何况有几千个人都在做同样的事情。

骗局曝光后，一些受骗的会员对拉他们入会的人动武，而另一些人则在政府办公楼前面示威，要求拿回他们的钱。公安出动警力平息了闹事人群，重建秩序，把打工族遣送回家。这时，组织者早已搬往内地，在湖南的一个县城重操旧业，在骗局再一次垮台之前拉入了大约三万名会员。

1998年4月，朱镕基总理的内阁命令所有传销公司停止运营。超过两千家公司倒闭，一个抵制政府监管数年的行业瞬间轰然坍塌。春明发现自己失业了；她的有钱人生活刚好持续了两个月。这次变故对她打击很大，她也知道为此要归咎于谁。"朱镕基上台之后,"她说,"他不允许做传销,所以我不干了。"在无所顾忌的珠三角,这个春明学会说话的地方,这个商业为王的地方,这个人人都是赢家、穷死是罪过的地方,政府伸长的手臂终于触碰到了她的生活,令人惊讶的是,这还是头一遭。

四 人才市场

　　敏下班的晚上，我会坐巴士到她工厂门口和她碰头。太阳下山后，东莞活了起来；一整天令人厌烦的热气蒸腾而去，下班的年轻工人涌向暗黑的街道——他们就在我的眼前变形，从兢兢业业的工人再次变回热情的少年。敏和我绕着她的工厂走几个街口，然后挑一家便宜馆子吃晚饭。她经常点一个荤菜，一个炒素，一条两人份的鱼——总是无可避免的全是骨头；如果我们碰头的那天临近发薪日，她会坚持由她买单。敏吃饭的样子像是从没吃过好东西。我吃完了很久之后，她还能从盘子里挑出东西来，就像挑剔的老饕，从丁点儿碎末渣渣里提炼出美味。

　　有一次她表哥在，他带我们去吃麦当劳。敏盯着她的巨无霸看了很久，头低到桌面直到汉堡和视线持平，然后一层一层地吃掉——面包、西红柿、生菜，牛肉。她从没来过麦当劳。有次过生日的时候我送给她两个小相框，我得演示给她看，怎么样打开后盖插进照片。有次她还问我什么是股票。她对国家大事完全没兴趣。有一次和她两个年长的同事吃晚饭，话题转到了 70 年代毛泽东时代他们的成长经历。

"我们永远都在挨饿，"一个男人回忆道。"一直到 80 年代才不饿了。"

"现在的毛主席是谁？"敏突然问道。"我都不知道。"

"胡锦涛，"一个男人说。

好像有点印象。"所以不再是江泽民啦？"她说。

我说不是，江泽民已经退休了，胡锦涛接班。

"哦。我以为江泽民去世了。"然后她说，"这些人离我很远。"

她自己的生活挤开了一切；几乎每次碰到敏，她都会有新的事情跟我说。有时候感觉好像自然世界的法则跟她毫不相关，因为她只用想那么一下——跳槽，跟男朋友分手——这事儿就能成。如果有一段时间没有和她见面，她可能会忘了告诉我她刚跳槽或者涨了薪水，因为在她的意识里，事情已经过去了。她很少会停下来盘算她离家之后做了些什么，在东莞这很普遍。也许大家担心如果他们停下来往回看的时间太长，会失去前进的勇气。

我第一篇写敏的报道在《华尔街日报》上发表之后，一天晚上，我们在她工厂附近的一家糕点店碰头，我给她带了一份报道的翻译稿。她看的时候都没碰一下蛋糕和冰豆沙。看到第三页，她咯咯笑起来——"你记得好清楚，"她说——看到第四页又说了一遍。她从头到尾看了一遍，翻过最后一页，看着我。"没了？"

"没了，"我说。

"还想再看呢，"她说。

"还会有更多的。"

"真的?"她说。"你在写吗?"

"是你在生活，"我说。"事情正发生着呢。"她以奇怪的眼神看了我一眼，似乎不能确定我是不是在跟她开玩笑。

她又读了那篇文章好几次，后来给我写了一封电子邮件。看看我过去的样子，她写到，我发现我真的变了。

有一件事敏没有忘，就是流水线上的日子有多艰难。在工厂的世界里，大家几乎怀旧一般地谈起过去流水线上的生活，那些日子无忧无虑，没有责任。但敏不会。"没有什么比当个普通工人更难的了，"我经常听她这样说。她从没有忘记她从哪里来。这是她身上我最喜欢的一点。

2004 年 4 月，敏领到了新工作头半个月工资，但是她没有把钱寄回家。她去商场买了一件合身的黑色衬衣和一条白色的紧身七分裤。她答应过老朋友要去看她们，而拜访老朋友要穿新衣服。第二天早上八点，敏和我坐巴士去东莞很远的一个地方，敏离家后第一年在那里工作过。巴士上坐满了周末外出的打工族。年轻的姑娘们两两坐在一起，身着盛装——白衬衣，干净的牛仔裤，顺滑的马尾辫——没座位的乘客也快乐地站在过道里排成蜿蜒的队伍，随着巴士踉跄前行。几个晕车的姑娘紧紧抓住栏杆，低着头两眼紧闭，仿佛要把难过劲儿挤出去。

一路上两个小时敏一直在说话。她希望能说服朋友跳槽，就像她自己一样。每经过一个地方她都会做一番评价。

樟木头："他们管这里叫小香港。这里很豪华。我来过很多次找工作，但是找不到。"

清溪："这里有很多做电脑的工厂，但是你得要有技术才能进去。"

凤岗："这里没有我现在的地方发达，是吧?"

对我来说，每个镇看起来都一样。工地，餐馆。工厂，工厂，工厂，大门的金属栅格像网一样闭合着。敏看这座城市的眼光完全不一样：每个镇都意味着一份比她眼下的工作更合意的机会。敏所有的那些追寻更好生活的巴士之旅，勾画出她心中的东莞地图。

敏的朋友在高架底下等我们，正朝着相反的方向焦急地张望。梁容身材高挑，脸蛋漂亮。黄娇娥矮矮胖胖，眼睛很亮，脸蛋带着软软的婴儿肥。她们两个都比敏大一岁。三个姑娘拉着手尖叫，跳上跳下，好像竞赛节目选手刚刚赢了大奖。

"哇! 你瘦了!"

"你长高了!"

"你剪头发了!"

"这身衣服是我刚买的，"敏迫不及待地说。"好看吗?"她的朋友表示肯定。

公路旁有一个小公园，里面有一片水泥广场。几张石凳被太阳晒得发白，像古墓一样；几根细瘦的树枝在石凳上投下阴影，气若游丝似的吐出了生命的最后几口气。她们找到一条长椅坐下来，互相拨弄彼此的头发。两个姑娘很喜欢敏的新衣服，敏告诉她们每一件多少钱。

"我变了吗？"敏要她俩回答。她刚好走了两个月。

"你变了，"黄娇娥说。

"怎么变了？"

"你比以前懂事。"

梁容和黄娇娥跟敏分享厂里的八卦：谁找新工作了，谁剪了头发。今天是这个月第一天休息，因为工厂停电了。薪水还是老样子，经常拖欠，要看老板的心情。

敏禁不住小小炫耀了一下她现在上班的地方。"这个厂里的人素质太低，"她说。"我现在的厂好多了。老板很有钱。"

"来我这边吧，"敏突然说。"到时候我请你们吃饭。你们什么时候来？"

"但是如果我们来了，"梁容说，"可能你刚好不放假啊。"

"你们来看我，我给你们介绍男朋友，"敏忽然冒了一句。"我厂里有很多男生。"

两个姑娘眼睛睁得好大。"哇！"她们异口同声地说，然后三个人都大笑起来。

一个乞丐拄着拐杖走过来，姑娘们不说话了。梁容迟疑了一下，然后轻轻放了一个苹果在老人的碗里，就像童话里发生的一幕。在东莞生活不容易，也许正因为这样，大家才会这样出乎意外地善待彼此。我在东莞看到的善行比在中国其他任何城市看到的都要多。打工族会怜悯老人和残疾人，但是对同龄人却毫不同情。如果你年纪轻轻又四肢健全，就没有理由不工作。

敏以前的工厂离镇上要步行三十分钟，工业化的中国发展到了农村的空地。一条死水般的小溪，泛着黑亮，好像汽油河。原本平整的大路，变成尘土飞扬的小道，两旁是面摊和露天的台球桌。穿着工厂制服和拖鞋的年轻男人三五成群打台球。敏走在中间，一边一个朋友，她的头高高抬起，就像战场上归来的古罗马百夫长。姑娘小伙冲她喊："你什么时候回来的？""你现在在哪里啊？"敏在东莞的市中心上班，这让他们很是钦佩。

"我变了吗？"敏问每一个跟她打招呼的人。

"你瘦了，黑了，"一个姑娘说。

敏有点失望。"我要你说我比以前懂事。"

梁容和黄娇娥到厂里去领工资；显然那天老板心情很好，他同意给工人们发薪。敏在大门外等着，偷看里面贴了瓷砖的楼房和庭院中堆放的小土山。工厂正在扩建。

"你觉得这看起来怎么样？"她问我。

"还可以，"我说。

"从外面看还可以，"她说。"但你永远看不到里面什么样，除非你答应在这里上班，然后你就没有别的地方可去了。"

下午，姑娘们和厂里另外两个女孩一起去了附近的公园。打工生活的一部分就是不知道怎么打发闲暇时间。在塘厦公园，她们看一个五六岁的女孩正瞄准蹲在浅池里的乌龟，拿鹅卵石扔它的头。但公园里的大部分娱乐项目要收费。游客可以用气枪射池塘里的鱼；敏看着池子里那几条瘦得皮包骨的坐以待毙的鱼，伤感地说，"没有自由就是这样。"一架缆车可以把游客带到附近的山顶，但是要花十五块钱。姑娘们远远地坐在下面的野餐点，抬头看上面穿梭的缆车。

黄娇娥在读一个电脑班。她想离开这家工厂，去人才市场找一个好点的工作，就像敏一样。"我已经做了计划，"黄娇娥害羞地说。

"你上过网吗？"敏问她。

"还没有。"

"那我教你。"敏看了看手表；已经四点了。"可能今天不行，那——下次吧。"

"尽量多学点东西，"敏嘱咐黄娇娥。"你学到一点，就可以把它带到新的工作里去。至少这是我的经验，"她谦虚地说。敏意识到自己帮不了朋友什么忙。鼓起勇气离开一家工厂，这只能靠你自己完成。就像打工族常说的：你只有靠自己。

五点钟的时候，几个姑娘用最随意的方式道别。"我还不累呢，"我们在巴士上找座位的时候敏说。"过一会儿才累。现在我太兴奋了。"当巴士穿过那些她去找过工作的地方，夜幕降临，敏的心情也变得灰暗了。她重访了她原来的生活，知道那都已经成为了过去。但她的新生活，只能算是差强人意。外面的街道旁，工厂亮起灯火，窗户上的人影无声地移动着；即便是星期天的晚上，人们依然要上班。"如果我只是上学，出来打几年工，然后回家，结婚生孩子，"敏说，"那我这辈子就白活了。"

蓝蓝的夜色里，敏和我站在她工厂的大门外。她的一个电工朋友要跟我们一起吃晚饭，我们等他换衣服。一个穿迷彩裤、长相不错的保安——**身高一米七或以上，会打篮球者优先**——从我们身旁走过，他脸上闪过一丝微笑，抛给敏一串之前拜托他代为保管的钥匙。星期天外出的工人渐渐回到厂里。敏跟一个年轻女人打招呼，对方闪进黑影中粗着嗓子喊："我饿死了。"她直接进了工厂，没有过来跟我们打招呼。

女人的无礼让敏很意外。她跟我说，那个女人最近想吃中药流产，但是没用。敏跟她一起去医院做了手术。"有些人我会假装跟她关系很好，但其实我们不是朋友，"敏说。

一个戴眼镜，挺着啤酒肚，年纪大一点的男人经过我们旁边。"是你没关办公室的门吧?"他问。

　　"我一天都在外面，"敏反驳道。

　　那是敏的老板。她恨他。"他很自大，"她说。"厂里没一个人喜欢他。"几分钟后，她的老板又经过我们，这次是要出去。他瞪了敏一眼。敏立场坚定地瞪回去。两个人谁也没说一句话。

　　"明天他会问我你是谁，"敏说。"我知道他会问，我告诉他你是个朋友，就是了。"私底下她叫他刘老头。

　　厂门口的这十分钟里，我仿佛看到了敏的整个世界:和保安轻松自如的友情，年轻女人的冷漠和她失败的堕胎，老板无端的专横。还有她立场坚定，对老板寸步不让。

　　敏的电工朋友出现了——他的手臂肌肉发达，宽脸，笑容羞涩——然后我们去一个街边馆子吃烤牛肉，红烧鱼，喝啤酒。漫长的一天即将过去，敏的不满一下倾泻了出来。"我以前那个厂，有一次我哭了半个小时，朋友想安慰我都不能，"她说。"我来这个厂，哭过两次，都没人知道。"

　　那个电工看着他碗里的米饭，一言不发。

　　敏的怒气转到下午和我们一起去公园的两个朋友身上。"我们的关系并不好，只不过假装是朋友，"她说。"胖一点的那个?她只关心找男朋友。发了工资也不寄钱回家。她会帮男朋友付手机费，或者请男生出去吃饭。她长得也不好看！另一个，有过男朋友，但是发现他有外遇，就跟他分手了。那个男的给了她一块手表，她还是戴着。"

"你看到没有，她们领这工资多不高兴？她们都在想：我干得这么辛苦，就拿这么一点儿？每天在工厂里打工真是辛苦。"

然后，她冲着我来了。"你不可能知道这种感觉，"她说。"只有经历过的人才知道。"

前不久还想得到的东西，敏现在却已经厌倦。当她意识到自己是里面地位最低的一个时，加入办公室的兴奋感很快就过去了。每个人都把工作丢给新来的、最年轻的同事，而她唯一的盟友也不见了：她来办公室两个星期之后，招她进来的那个好心男人为了一份更好的工作，回北京了。现在只剩下敏孤军奋战，学习白领世界复杂的办公室政治。她的新老板，那个啤酒肚男人，前一年因为包二奶被工厂开除——因为没有人尊敬他，敏的日子就更难过了。她的同事好像迫不及待地要看她出丑：她一进屋就没人继续说话，没有人帮她上手新工作。她发现别人常常话里有话，而她也必须学会听懂弦外之音。"在办公室，他们可能对你非常友好，但会在背后说你，"敏告诉我。"在厂里你一个朋友都交不到。"

而阶级上的越线也让她更加孤独。论年龄和背景，流水线上的工人和她最相近，但她已经不属于那个世界了。办公室的同事年纪更大，许多已经结了婚，和她毫无共同点。宿舍一到周末，就空了，因为其他人会出去看男朋友或老公。敏假装不在乎，也从来不让别人看到她哭。

4月，敏以前的老板从北京打电话来要给她一份活。他现在做组装电脑的生意，需要找个人来看店。他三十多岁，上过清华大学，也是东莞唯一向她表示过善意的成年人：这就是敏所知道的一切。她决定去北京。

她打电话给深圳的姐姐。

"你去干什么？"她姐姐问。

"看店，"敏说。

"工资多少？"

"我不知道。但是肯定比这里好。"

"你相信他吗？"

"相信。"

"小心点。"

敏给我写了一封信，告诉我她的计划：

> 不管怎样我决定要去北京，给自己一个机会。我会把握好这种"大哥"和"小妹"的关系。但是终于熟悉了这里的工作，我舍不得走……

> 快乐无法让一个人成长。快乐让人浅薄。只有吃苦才能使我们成长，改变，并且更懂得生活。

但是在这个无所依靠的地方，敏的情绪更容易发生翻天覆地的变化。她觉得到北京去投奔老板不妥当。他是个男的，又不是家里人，让她不信任他。结果她还是留在原地。

厂里的产量增加了；现在宿舍从六个人增加到九个人。这么多人有不同的轮班时间，晚上很难睡着，她再次想到离开。她的办公室隔壁是人力资源部，敏常常看到有人在那里排队找工作。每十个人来应聘，才招进一个，许多来应聘的还有大学文凭。敏又觉得自己能有手头这份工作很幸运。

她的工厂里流水线工人一个月挣三百二十块。这在东莞算低的，也让敏感到不安。她总是跟流水线工人打招呼，但却从未真的了解他们。"有些办公室里的人从来不跟工人说话，因为他们看不起工人，"敏说。"但是我也曾经当过工人。"

5 月下旬，敏给我发了一条短信。我有个惊喜给你。现在还不能告诉你。哈哈。

我正在去看她的路上，脑海里急速搜索惊喜的各种可能。她跳槽了。她找了个男朋友。她还是决定要去北京。

我回复她：我很好奇。

也许你会觉得不好，她回道。哈哈。我希望你不会失望。

她在工厂大门口等我，我看到她把头发拉直了。发尾呈不对称的弧线；她那少女式的长卷发不见了。敏告诉我，她在发廊用药水烫了三个小时，花了一百块钱。她刚拿到头一份整月的工资。

她和我分享厂里的八卦。她的顶头上司比敏大几岁，他跟女朋友吵了一架。那姑娘很聪明，挣的钱是他的两倍，办公室里的每个人都知道，沦为笑谈。那姑娘存了八万块钱；这个大家也知道。如果他们分手，他女朋友会要一万块钱作为跟了他七年的青春损失费。这就是东莞的风格：感情伤害转为财务算计，而且厂里的每个人都知道其中的所有细节。现在这位年轻的上司要跳槽离开工厂，敏说，还有其他一些人跟他一起走。没有理由再留下来，所以她昨天也辞职了。

"你决定要走了？"我问。她的决定快得令我窒息。

"我昨天交了辞职信，"敏说。

她的老板，就是她不喜欢的那个刘老头，问她为什么想要走。

"我要回家，"敏撒了谎。

"你找别的工作了吗？"他问。

"没有，"她说。"我就是家里有事。"又一个谎。

"你在这里干得不错，"她老板说。"你为什么想要走？"这一次他对她倒没有那么无礼。但他也没有同意。他跟她说，一个月之内他会做决定。

这就是敏的惊喜：她拉直了头发。她也将辞职付诸行动，跳回到不确定的状态，但显然她并不以为这是什么新闻。

那天下午，我们去了敏工厂附近的一个小公园。四周被高层住宅楼包围，里面有一个小池塘，池水泛着激浪汽水一样古怪可疑的绿色。孩子们在及膝的池水里，往盆里和玻璃瓶里灌水。"我们老家游泳的池塘，水又深又清亮，"敏说。

"小时候，一到夏天，"她继续梦幻般地说，"我们就种西瓜。离家走路十分钟，大人搭起棚子，树干做支架，顶上铺一排木板，盖上草。我们整天坐在棚子里守着西瓜，我爸爸晚上在棚子里睡觉。"

"我的姐姐，表哥，两个妹妹和我白天在那里打牌，钓鱼，游泳。我们有暑假作业，妈妈叫我们做但是我们不做。"

"我们会放几个西瓜在河里。水流很急，我们把瓜用绳子绑在岸上，这样就漂不走。吃的时候，特别凉。"

我从未听过一个打工族像敏那样聊农村的事。

"如果我是你，我有你的条件和你的钱，"她说，"年轻的时候我会努力工作。但是岁数大一点我就回到乡下找个人结婚，住在一个小房子里。你可以住在一个棚屋里，养几只鸡。"她沉默了一会儿，在脑海里编织我们俩都知道不会实现的幻想。

6月上旬，敏厂里一个新来的工人被单冲机轧断了左手的四根手指。一个星期后，同一台机器吞噬了另一个新工人的三个指尖。两名工人都没有经过正式的培训。在这个城市的车间里，工伤次数直接受生产需求影响。冬天的淡季，工厂有足够的时间培训新来的工人；春天由于订单增加，培训常常被缩减，但大批没经验的新人恰在此时涌入工厂。因为流水线是按件计薪，旺季时干得越快就意味着挣得越多——花时间培训别人也没有什么回报。这就是东莞工厂的零和逻辑——利人意味着损己。

6月底，敏意外地晋升到厂里的人力资源部。她的工作就是站在烈日下的人行道边，说服路过的人加入她的工厂；第一天她招到十个人报名。她给新来的人介绍情况，带他们熟悉环境，这些人很多年纪都比她大。敏现在没有周末了，所以我们约在周五晚上九点她加班结束的时候见面，就在工厂门外的果汁饮料店。我前脚刚到，她以前厂里的朋友黄娇娥就到了，带着一个小行李箱。她来这里的流水线上工作。

敏跟我们谈她的新工作。"我站在路边说服别人到我们厂里来工作。"

"你跟他们说什么呢？"我问。

"我跟他们说，'你们也许会觉得别的厂看起来更好。但是每个厂都有你看不到的问题。留在这儿，稳定下来不是更好吗？存点钱，有些经验，然后再决定你想做什么'。"这话好耳熟；这是她爸妈跟她说过的话。

"但是这和你做的正好相反啊，"我说。

"没错。"她点头微笑。"这和我的想法背道而驰。"

"我从来没有听过你这么夸张地说话！"黄娇娥说。

"这是我的职责，"敏为自己辩护。"你如果在我这位置也会这样做。"虽然两人互相调笑，对话也渐渐流露出尖刻的调子。这两个姑娘曾经是朋友，是平等的。但现在敏在办公室工作，地位比黄娇娥这样的流水线工人高得多。

敏到隔壁的摊子上给我买面条。"如果不是因为敏，我不会到这里来，"敏离开后，黄娇娥坦陈。两天前她来厂里看过，但不喜欢这里的条件。本来她昨天就要搬过来的，但她有点犹豫。今天她终于离开了以前的工厂，也没有找人要工厂扣下的头两个月工资。跳槽有很多方式。工人可以向老板辞职，获准离开，并拿回工厂扣下的头两个月工资。也可以暂时离职，能保证回来后恢复原来的职位。一些要走的工人会跟老板谈判，要回他们被扣下的一部分工资。但是没有比"狂离"更糟糕的了，而黄娇娥就是这样。

我问她打算在这里待多久。

"看吧，"她说。"我在考验他们，他们也在考验我。"

敏回到我们这一桌。"如果你干得好，会升上去的。"她补充道，仍然以辩护的口吻。"我们的工资也不高，一个月八百块。如果你加班的话，可能赚得比我多。"

"但是我会累死的!"黄娇娥说。

"累也有不同的累法，"敏说。"我现在的工作，就是身心俱疲。"她正在这个世界里向上移动。她的新工作包括给访客端茶倒水，她还上了一个为工厂经理开办的英语课，每周一次。"你知道 Pardon 是什么意思吗?"敏问黄娇娥。当她的朋友说知道的时候，敏看起来有点失望。

敏还有别的新闻，直到黄娇娥反复怂恿她才开口。一个男生从家里出来到东莞，找了一份流水线的活儿。他和敏读中学的时候谈过一段恋爱，但她已经三年没见过他了。上个星期，他来看敏了。

"我们之间还有感觉，"她宣称。接着，突然之间——"但是他很矮，只有一米六五。"她详细介绍，"他抽烟，喝酒，打架。他家里条件不好。他有个后妈。"

"他家里是做什么的？"我问。

"我不知道，"她说。"我也不想知道。最后我们还是得靠自己。"

之前两个人一起过了一天。午饭的时候敏给这位前男友倒茶，而他盯着挂在敏脑袋上面的电视机。中国的廉价餐馆里，总会有一个音量调到最大的电视机，老板和伙计的眼神总是粘在屏幕上面。

"为什么不聊聊？"敏戳了一下他。"你为什么一直看电视？"

他走了之后，敏给他发了一条短信。你觉得我们这一天过得怎么样？

我觉得很有压力，他回信说。我的心情很复杂。

昨天晚上他们通过电话。敏直奔要害。"你觉得我们有未来吗？"

他跟她说，需要三天时间来考虑。

"所以我两天后就会有答案了，"她说。"他说什么我都可以。"以这个学厨师的男孩为中心，她已经开始编织梦想了。"我们可以回家开个小餐馆，"她说。"这打工没有前途的。"

"你想结婚吗?"我问她。整段对话让我吃惊。

"不是那么回事,"她不耐烦地说。"我现在十八岁了。我不想浪费时间。如果他对我不认真,我要他现在就告诉我。"

最后,对于敏来说尘埃落定。三天后的早上七点,她收到一个短信:我在厂门口。她不信,跑下楼去看个究竟。是她的前男友,下了夜班,坐巴士到她的厂。敏要上班,所以这个男孩子在外面等,从早上八点一直等到中午。他们俩一起吃午饭,然后他走了,敏回去上班。

"他有没有说你们还有未来?"我问。

"他没说,"敏说。"但是因为他来了,我就知道了。"

她最近坐巴士——两小时的车程——去跟他共度整个下午。"他不高,不帅,没钱,工作不好,"敏说。

我在等她宣告这些缺点之后说点什么。

"但是你喜欢他,"最后我说。

敏什么也没有说,但她笑了。

现在这个男孩要离开东莞,因为他爸爸要他在离家近一点的地方工作。敏还没来得及找到一个稳定的未来,这个男孩就消失了,但她没有心烦意乱。"我们会用手机保持联系,"她说。她也没有原地踏步。那个月底,老板批准她离职,还给她扣下的头两个月工资。敏又去了人才市场。她在原来厂里的人力资源部刚好做满二十四天，凭这个她能建立起新的事业。

在这个无情的城市，东莞的人才市场是最冰冷坚硬的一个地方。花十块钱，每个人都能进去，在里面的公司摊位前参加几百个招聘职位的面试。但进去需要勇气——要跟陌生人说话，推销自己，还得面对四周每个人都听到自己被拒绝时的尴尬。敏讨厌人才市场，因为它让她觉得自己"可以取代"。职位列表把人降格成一个个条件，这些必要条件很少超过二十个词：

> 前台。声音甜美。貌美气质佳。会 Office
> 软件，说粤语。

> 车工。18—22 岁，男，有外企经验。不近视。
> 皮肤不敏感。

> 销售员。吃苦耐劳。男女农村户口皆可。
> 非独生子女。

忙碌的周六，东莞最大的招聘会能吸引七千人。九十点钟的时候，所有人都会挤成一团水泄不通，谁都动不了。偶尔，一小团人会冲出重围蜂拥到某个摊位前，也不清楚为什么一下子这里的工作比别的更诱人。最受欢迎的摊位前摆着喷绘的海报，通常上面印有长长一溜没有窗户的大楼，周围是水泥景观。简陋的摊位只有一个男人或一个女人，拿着写字夹板。整个人才市场有一个街区那么大，填满了一座四层楼的房子，这里过去有一家卡拉 OK 厅和一个保龄球馆。看起来，买卖人的未来比娱乐业还挣钱。

秘书。18 到 25 岁。身高 155 或以上。五官端正。

保安。20 到 26 岁。身高 172 或以上。

歧视是通行的规则。老板喜欢他们的文员是女的，貌美，单身，同时对某些特定技术工作的招聘只考虑男性。一家工厂可能会封杀河南人；另一家厂可能会拒绝聘用安徽人。有时候一个应聘者的全家都要通过严格审查，因为有兄弟姐妹的人肯定比独生子女更能吃苦耐劳。要是你身高低于一米六，保证在人才市场铩羽而归。

中国人对身高的迷恋无处不在。这个国家对营养不良甚至饥荒有着鲜活的记忆，身高标志着殷实，也有划分阶级的功能：在任何一个建筑工地上，造房子的农民工都要比那些住房子的城里人矮一个头。在西方，体力劳动者的身形可能比他们的白领同胞要大一些，但是在中国恰恰相反——受过教育的人确实要低下头来看那些更低阶层的人。对女性来说，最光鲜的行业往往紧扣着对身高的要求。"如果我再高十厘米，"有一次一个美发店里工作的姑娘跟我说，"我就能去卖小汽车。"

年老是另一种劣势——在人才市场，一旦超过三十五岁就表示年纪太大，这是大多数职位的年龄上限。"三十五岁以上的人思维和动力都不如年轻人，"人才市场运营公司开办的推广报纸上，一个工厂经理这样说。报纸还这样建议三十五岁以上的人群："别总谈论你过去的经验。你必须有从零开始的心态。"自相矛盾的是，年龄限制也是向上流动地位提升的证据。在一个做床头板的公司摊位上，职位列表和目标年龄看起来就是职业晋升的时间表。

成本会计：25 岁
市场部经理：30 岁
生产副经理：35 岁

最普遍的职位空缺是文员，前台，销售员，保安和厨师；模具设计和机修也很抢手。一家公司在找"具备操作日本三菱和富士通机器技能"的人。职位头衔详细具体，有时也不知所云：**图样分组工。贴花工。压力容器电焊工。**在这里，现代中国的工业力量分散成各种碎片，而这些碎片就是人。

人才市场的面试简短而诚实得不留情面。招聘者不会假装这是你写信回家报喜的好工作；应聘者也会毫无顾虑地承认他们的无知。难得有面试时间超过五分钟。录取常常是当场敲定的，没有人会去查应聘人的背景或推荐信。

在恒丰模具厂的招聘摊位，一个年轻女人坐了下来。

"我们的工资不高，"招聘员立刻说。然后："你会用电脑吗?"

"会，我在学校里学过电脑。"

"好吧，我们这儿薪水只有六百块。"

另一个摊位，另一个女人："你会做什么?"

"我跟客户保持联系，多半通过电子邮件，如果他们来办公室，我可以接待。如果是技术性的活儿，我什么都不懂。"

你会做什么? 在找工作需要大学文凭，需要花钱，需要有关系的中国大多数城市，这种问题很少见。在东莞的人才市场，你从来不会听到：你上什么学校? 你认识谁? 或者至少问一句：你是本地的吗? 问题总是：你会做什么? 你会电脑吗? 你会英语吗? 职位列表通常手写在预先印好的卡片上，按照标准表已有格式列出资质要求。在户口一栏的旁边，雇主通常会写上他们要招聘职位的性别，而在职位的旁边，公司会写上身高要求。

不是每个来人才市场的人都敢进去。走道上巨大的电子招聘栏前挤满了一大群人，就好像命中注定只能目视荣华富贵的应许之地却永远不会进去。招聘栏上的列表好像股票价格一样，不停地向上滚动，一大群人目不转睛，看得入迷。

敏第二次去人才市场，心里完全清楚她应该怎样做。她定高了目标，只接触那些人力资源部空缺的公司。"文员的职位很低，所以我不会找那种工作。"敏面试的时候，她询问公司员工的流动情况和公司规模；她要找家小一点的工厂，少一些需要取悦的上级。她婉转回避那些问她为什么离开之前工作的问题。有一些私事，敏说，她不想谈。

这一次，她并不比其他人更诚实。在神兴橡胶工业公司的摊位前，她跟招聘员说她在人力资源部工作过一年。"如果你说的时间短了，"她后来跟我解释，"他们会觉得经验不够。"她被录取了，工资比前一任员工涨了五十块一个月。

敏两天后开始在那家公司的人力资源部上班，这家公司制造手机和电脑键盘的塑胶零件。她每天工作八小时，每周日休息。她这一级的工人四个人住一间房，里面有洗手间和电话。她一个月挣八百，包吃包住——和上个工作一样，如果她做得不错，还有涨工资的机会。

敏的新工作是记录工厂四百名工人的聘用资料、员工表现、惩罚记录以及工资。过去她的部门是管机器的，现在是管人，看起来更适合她。当工人聚集在工厂大门的时候，她会筛选要聘用的人。你有身份证吗？打算在这里做多久？

谢谢，她告诉那些不对她胃口的人，我们现在不招人。

每个月的10号，工厂老板的台湾老婆会来给工人发工资，并且拜佛求福。敏跟着老板娘在工厂里转，去餐厅，去大门，去每一台危险的机器——两个人会求佛祖保佑工人平安，生意兴隆。敏也会悄悄地祈求佛祖保佑她的家人，她的朋友和已经在另一个世界的爷爷奶奶，但这些事她没有跟老板娘提起过。

她对办公室政治也更为应对自如了。刚来不久，顶头上司叫她去办公室。他告诉敏，她这个位置上的前任员工很喜欢多嘴，还犯过错。"你不喜欢多说话，"他观察到了。

"是的，"敏同意。

上司笑了。"但是需要说话的时候，"他说，"就得说。不需要说，就别说。"这就是中国职场的生存秘则，但之前没有人和敏分享过。

对父母，她也更老练了。敏没有告诉他们她辞职了。她先找到一个新工作，寄一千块回家，然后打电话告诉父母辞职的事情。寄回家的钱就预先让他们吃惊到无话可说。"他们不知道外面是什么样子，"敏告诉我。"所以我先做好，再告诉他们。"

她认识的每个人都在不断变化，许多人也在晋升。她在深圳的姐姐被提为行政秘书；她的表哥在广州做经理。以前工厂里的两个朋友分散了。梁容回家了，跟她父母选的一个人结了婚。黄娇娥跳槽到敏之前的工厂，在敏辞职的同一天也离开了，她在东莞另一个厂里找到一份生产文员的工作。敏以前工厂的上司也回东莞了。他从北京回来，在一家台湾插座厂上班，但是敏拒绝和他见面。以前那个厂的工人说，他对敏有兴趣。敏回想他之前发来的短信——你的大哥想你了——判断的确是这么回事。终究，这个唯一对她表示过善意的大人还是无法得到信任。

小工厂也有小工厂的问题，敏也渐渐发现了。工作场所杂乱无章，她的职责也不明确；敏紧赶慢赶才能做完所有扔给她的活儿。她的新上司，和以前那个一样，缺乏安全感，等级观念很强。敏发现许多中国男人都有这个缺点。敏没有凡事都向他汇报，他就很不高兴。敏和保安关系好，他也会不高兴。而他的反应就是面试敏这个职位的新候选人——同事，对手——而不告诉她。她是从办公室前台那里听到的。

2004年8月，来这里两个月之后，敏领了工资就走了，跟谁也没说。一个之前的同事进了深圳的一家厂，请敏跟他一起过去工作，她决定去。她在工厂附近的一家旅馆过夜。睡着的时候，一个人撬了她的门。小偷拿走了九百块钱和她的手机，这是她唯一保存东莞所认识的所有人号码的地方：介绍她新工作的前同事，出来后交到的朋友，和已经回老家的男朋友。

手机是农民工买的第一样大件。如果没有电话，和朋友保持联系或是找个新工作都几乎不可能。工厂间往来的信件经常遗失，往工人宿舍打电话——可能是一百多人共用一个走道里的电话——非常困难。在工厂里，办公室的电话通常会被设定成无法拨打外线电话，或者接通几分钟后自动断掉。无论如何，大家如此频繁地跳槽，宿舍和办公室的电话很快就过时了。在这个永远都在变动的世界里，手机就是磁北，是把一个人固定在一个地方的东西。

我是经历过教训的。来东莞的早些时候，我和许多刚来的人交朋友。她们那时候还没有手机，于是我一个接一个地跟她们失去联系。我认识敏的时候，决定给她买个寻呼机，但这个产业在过去几年中衰败得迅速而彻底，以至于我在电器商店说要买个寻呼机的时候，销售员们都笑话我。我送给敏一个手机，这样我就不会失去她。

　　在打工者的世界里，手机是对城市生活无情步调的隐喻。一位鞋厂的经理这样总结打工迁移生活中的种种脱序："在老家他们连电话都没有，突然间来到这里就用起了诺基亚6850。"一个卖保险的女孩跟我形容乡下的生活："在老家，手机从一个人传给下一个人。"人们用手机术语来描述自己：我需要充电。我正在自我升级。打工女孩的父母本能地不信任手机，一些家长禁止他们的女儿买手机。这种通讯工具允许甚至鼓励和陌生人私密联系，而这是农村的公共生活所万万没有的事情。

　　姑娘要是想让小伙子知道自己对他有兴趣，可能会主动帮对方付手机费。恋人们共用一个手机以宣告他们的关系专一，虽然有时候一方偷看另一方发给别人的短信，会导致感情破裂。我认识的打工族会把大量的时间花在手机上——为了更便宜的通话套餐不停地变换号码，去另一个城市的时候换一张手机卡以节省漫游费。这就是东莞的短线心态：为了省几分钱，不惜和一些人永远失去联系。

　　中国的手机市场全球第一，打工族是主因，但手机业对这类用户的态度很复杂。一个通讯业的朋友告诉我，这个市场经济不振就是因为农民工；据称农民工拉低了通话费率，因为他们只愿购买最便宜的服务。流行文化也受到他们的消极影响：近几年中国流行音乐的品质恶化，有人告诉我，是因为农民工选择最粗制滥造的歌曲作为他们的手机铃声。

在东莞有几百家工厂生产手机零件，大约每三家零售商就有一家是卖手机的。这个城市买卖失窃手机的生意也很红火。某些特定的地区是著名的手机失窃高发地带；有一种战术是小偷骑着摩托车靠近人行道，减速，从正在通话的行人耳边把手机抢走。偷来的手机可能会换上一个新壳，当做全新的卖掉。生产出来的，卖掉的，偷来的，重新包装的，再卖一次的，手机就好像是东莞经济核心中无尽的再生资源。

手机也是敏和这个城市的纽带。随着手机被偷，一年半的友情就像从未存在过一样，消失了。她再一次孑然一身。

五　打工女孩

　　做一双运动鞋需要两百双手。一切从一个裁断工开始，这个人把一大张网眼料子裁成一片片弯曲的不规则图形，就像孩子玩的拼图。接着是缝纫工。她们把布片缝起来做成鞋面，然后在适当的位置装上塑料的徽标和鞋带眼。随后，鞋底工用红外线炉加热鞋底的部件，并且用胶水把它们黏合在一起。组装工——他们通常是男性，因为这活儿需要比较大的力气——把鞋面套在一个塑料模具上抻拉。他们把鞋面紧紧地捆住，在鞋底刷上胶水，然后把鞋面和鞋底粘在一起。一台机器给每只鞋子加上四十公斤的压力，黏合紧密。整理工拿掉鞋模具，检查每一只鞋有没有瑕疵，把鞋子成对儿放到纸盒里。鞋盒装进包装箱，每十盒一箱，然后在三天内运往世界各地。每只鞋的鞋舌上都有一个标签：**中国制造**。

　　如果你穿运动鞋，多半就穿过一双东莞裕元厂做的鞋子。这家台湾老板的工厂是耐克、阿迪达斯、锐步以及像彪马和爱世克斯等小一点牌子最大的运动鞋制造商，这些牌子多年前就不再自己生产鞋子，而是把制造生产转移到成本更低的工厂。裕元的秘密是垂直整合：它控制生产过程的每一个步骤——从最初的设计到制作胶水，鞋底，模具，定型一直到裁断，缝纫，以及组装成品。世界上三分之一的鞋子是广东的工厂里制造的，而裕元是其中最大的一家。

裕元在东莞的工厂里有七万人。想象一下，就好比新墨西哥州圣达菲市所有的人口，都不足三十岁，都在做运动鞋。在这个大院的砖墙之内，工人在工厂宿舍睡觉，在工厂食堂吃饭，在工厂杂货店购物。裕元有一家幼儿园，专供员工的小孩上学，还有一家有一百五十名职工的医院；裕元有一家电影院和一个歌舞团，志愿组织活动，开英语学习班。裕元运营自己的电厂和消防队，有时候东莞市还会找裕元借用消防车的云梯来灭火，因为这是附近最高的一架云梯。裕元还灌装自己的瓶装水。当地人会告诉你，裕元自己种粮种菜，其实不是，但这个公司确曾一度与农民签约以保障厂里的食物供应。除非世界末日降临，否则什么也无法切断业内所谓"品牌运动鞋"向全世界源源不断的供货。

对于年轻的外来员工，裕元给予的是稳定。流水线的工作只是带来一份普普通通的工资——根据东莞最低薪资标准，一个月能拿六百块——但是这笔钱每个月都发，还能按时发。每天最多工作十一个小时，每周最多六十小时，星期天休息，在这个通宵加班也很寻常的行业里这真算得上罕见。裕元的工人十个人睡一间房，床是金属的上下铺，这也比一般情况要好一些。年轻女工通常付给中介一百块买一个在这里上班的机会；男工则要多付好几倍。裕元百分之八十的工人是女性，大部分在十八岁到二十五岁之间。

在裕元打工的农民工可能永远不会去别的地方工作了。这些年，她可能辞职回家——看望生病的亲戚或是订婚，休息一段时间或是生个孩子——然后再回到裕元。一个工人可能会把兄弟姐妹，表哥表姐，又或是老乡介绍到厂里，而且厂里也鼓励这么做；例如，有一个大家庭，十口人都在厂里上班。员工的流动性很大——每个月百分之五的流动率，也就是说每年要替换掉超过一半的劳动力，但这一统计没有考虑到有些人虽然辞职，但最终还会回来上班。1991年周银芳加入裕元，她那时才十七岁。她在厂里遇到她现在的丈夫，之后休息了一段时间，生了两个孩子，然后和老板谈判升了职，现在是主管，手下有一千五百个工人。"我想在这里干到退休，"她告诉我；她今年三十岁，但声音已经像老妪一样嘶哑。用工人们的话说，裕元所有管理层的声音，都嘶哑刺耳，这是长年累月在机器的轰鸣中扯着嗓子喊话的结果。

向上流动是可能的；生产需求如此巨大，裕元必须从内部提拔。几乎所有的管理层，从生产线的监管到整个工厂的头头脑脑，都是从流水线开始做起的农民工。一种复杂的等级制度统治着这个世界。管理层分为十三个等级，从培训生到总经理；他们通常以头衔相称，而不直呼名字。有一个食堂专属生产组的组长，而另外一个只给高一级的科长们开伙。孩子也是地位的象征：只有生产线的组长及以上级别的人，才能获准夫妻同住工厂并且带一个孩子。普通工人通常把孩子留在农村老家，由爷爷奶奶照顾。

工厂的人际交往地域界限分明。同一个省来的工人粘在一起，说外人听不懂的方言。而那些外来务工人员大省来的工人，则依据他们来自哪个县而进一步划分。省份接近的安徽，河南，陕西和山东可以用各自的方言沟通；他们互称为"半个老乡"，这样能带来一些亲密感。公司并不反对这些地域偏见：食堂给工人提供湘菜，川菜和粤菜。招聘也会带有地域色彩，如果一个老板认为来自同一个地方的上亿人拥有同样的人格特质，他就能封杀一整个省的人。河南人爱打架。安徽人勤劳但靠不住。

工人们不用迈出裕元门卫看管的大门，就在厂里过日子，许多人都是这样，他们说外面的世界混乱而危险。但是裕元大墙内的生活也可能动荡不安。小偷小摸猖獗，工人禁止在工作时间回宿舍，以此减少这类案件。车间里的口角也会带到宿舍，因为同一条生产线的工人被规定住在同一个屋里以确保效率。裕元厂里黑帮林立，一些帮派在发薪日抢工人的钱；另一些则专门偷窃鞋子的部件。黑帮团伙有他们自己的垂直整合。一伙人可能会把鞋带偷运到厂外，而另一伙则夹带鞋底出去。这些部件被组装成鞋子，然后分销到东莞的其他地方。在中国山寨货的世界里，这是一种独特的分类——正宗部件，非法组装。这些团伙往往根据省份划分而组成，大家最怕的是湖南帮。

三角恋和婚外恋很普遍，婚外孕和流产也一样。好几年前，一个姑娘因为感情受挫自杀；另一个女孩在宿舍的厕所里生下孩子，然后把婴儿扔进马桶。孩子死了，那个女孩则被送回了家。"我们有七万工人，像个城市，"裕元厂负责员工健康和安全的总管李路加说。"城市里有的问题，我们厂里都有。"

一到周末，生产线停工，裕元大院里的氛围就变了。那些平时走路带风面无表情的女孩们放慢节奏，变得懒洋洋的。她们和女友们手牵手散步，工牌挂在脖子上，或是拴在腰带的链子上。她们边走边用方言大声交谈；她们袒肩露背。她们穿吊带背心和牛仔裤，或是黑色洋装和高跟鞋；有时候几个朋友会穿得一模一样出门，向世界宣告她们彼此共同的忠诚。她们吃着卷筒冰淇淋，三三两两光脚坐在小片的草坪上，看杂志或者分享秘密。有时候一个姑娘独自坐在那里，对着空气发呆。

宿舍里没有隐私的空间。姑娘们在走廊里，镜子端在手里照着，梳理刚洗过的头发；有的姑娘穿着短裤和拖鞋，拉着水桶，拖宿舍的地板。楼上的人光着手臂靠在阳台栏杆上，查看一楼的动静，呼唤楼下几层的朋友。流行歌曲从磁带卡座里传出来，声音直冲清晨的迷雾。我爱你，爱着你，就像老鼠爱大米。空气里弥漫着晾晒衣服的味道；漂白粉，洗洁剂和潮湿味儿是裕元厂里永恒的气味。

2004年6月一个星期天的上午，J楼805室的几个姑娘躺在床上聊天。房间乱蓬蓬的好似睡衣派对的尾声，虽然已经十一点了，姑娘们还窝在睡衣里。

"你要是在外面认识个男孩，"一个姑娘说，"就不知道他到底是个怎么样的人，也不了解他的家庭。"

"如果你在外面交男朋友，爸妈在家就没有面子。"

"你跟一些人交了朋友，然后回家就失去联系。"

"你回家的时候，发现别人知道你所有的事情。"

十个女孩住在J805，这个八楼的房间有二十个平米，里面摆了两排金属的上下铺。房间闻起来跟裕元其他地方一样，有湿衣服的气味。每个女孩有一格壁柜，放衣服、零食、化妆品和首饰；就像美国高中女生的储物柜一样，她们用电影明星的杂志图片装饰内壁。床底下是鞋子的墓地：高跟鞋，运动鞋，Hello Kitty的拖鞋。长长的走廊上，一模一样的房间一个个排开，J805是其中之一，走廊两端各有一个洗手间和浴室。这幢楼里住了两千个工人。

在老家农村，现在正是一年中最忙的双抢季节，要忙着夏收和夏播。全球制鞋业的循环周期却在此时慢了下来。J805的姑娘们在裕元八厂工作，生产阿迪达斯和萨洛蒙的鞋子。现在她们每天只工作十个半小时，外加星期六的半天或整天。在东莞制造世界，这就是淡季了。一些姑娘计划回家度假，但是走不走得成，取决于她们制造的鞋子部件是什么。做鞋底的女孩可以离开，但裁断工和缝纫工则必须留下。

二十一岁的贾纪梅冲进房间，炫耀她刚才出去买到的东西：火车上吃的零食和给家里人买的卡式录音机。她是河南人，在鞋底部打工，刚获准了一个月的假期，准备回家。"这两个晚上我都睡不着，"她说。"一知道要回家，其他啥事都不会想了。"她圆脸，塌鼻梁，双眼分得很开，笑起来脸会显得柔和些。她坐在下铺，胸前搂着一只毛绒的玩具熊猫。

张倩倩是安徽来的姑娘，她从楼下七层到八楼玩，看贾纪梅为回家做准备。她身材结实，肩膀很宽，生硬的脸上没有笑容。她穿牛仔裤，戴一块运动手表，这让她更显强悍。她是个裁断工，所以得留下来。"我在家里无聊得要死，"倩倩说。"没有电视，没有录音机。家里别的人差不多都出去了，整天就我一个人。"

"我奶奶一大早就起床做早饭，"她接着说，"叫我吃饭，有时候我还睡着。我爸爸就说我，'你懒在床上，连奶奶给你做的早饭都不吃。'在家里，总有人在说你。"

"你在家里呆不住，"李小燕同意倩倩的说法。她是来自湖南的室友，也是一个裁断工。这些姑娘和家里的关系很复杂。在外的时候，她们很累，觉得孤单，一直说要回家；而一回家，她们很快就厌倦了，又渴望再出来。如果一个姑娘决定要离开工厂，会激起周围所有人的震惊和不安。出来打工就意味着不断被最亲近的人抛弃。

倩倩是来来去去的老手。她三年前从家里出来，在裕元打工一年半，因为跟老板有矛盾而辞职，回家一段时间。再次回到东莞后，她进了一家小型电子厂，条件比裕元差很多。她再一次辞职回家，这次是为了庆祝奶奶的八十大寿。

四个月前，她回到了裕元厂。"我转来转去，最后还是回到这个厂，"她说。

贾纪梅则没有那么肯定。"我可能会回裕元，但是我还说不准，"她说。一个星期后，她离厂回家，没有告诉室友们她会不会回来。

中国进入人类史上最大规模的迁移期已经有二十五年，而人群的总体情况也在改变。80 年代和 90 年代早期，人们往往因为家里缺钱、或是需要盖房子，才会从农村出来走向陌生的未知。人们认为单身女性独自出门很危险，甚至有些丢人。这些早期的农民工常在农闲时分做一些季节性的零工。播种和收成的时候他们会回家帮忙。一旦赚够了钱，他们就回村里不再出来。

在新一代农民工成长时，大多人都认为，迁徙是一条追求更好生活的路。他们比上一辈更年轻，受过更好的教育，他们出来，不是为了逃避贫困，而是想追求城市的机遇。迁移不再是什么丢脸的事情。现在待在家里才丢脸。

这一代农民工和老家之间的联系不再那么紧密。她们回家的行程也不再取决于农忙农闲，甚至于像春节这样的传统节日。相反，年轻一代的农民工来去间有自己的时间安排，换工作或请假，这些都同生产周期的需求有关。如今是厂忙厂闲来决定农民工的生活。

农民工的穿着打扮和言行举止都越来越像城里人。90

年代推出的那些打工族杂志现在要么倒闭，要么为了寻找读者群伤脑筋。那些有关打工经历的歌曲在南方的工厂也不再耳闻；现在流水线上的工人和城里的青少年听一样的流行歌曲。如今，打工族随心所欲地在自己身上花钱——买衣服，做头发，挑手机——只有家里需要的时候才寄钱回去。新一代的打工族比上一辈更有野心，也更不容易满足。调查发现，90年代离家的打工族里只有百分之十二的人对他们的生活状态表示满意，而比他们早十年出来的，表示满意的人占到百分之二十七。这并不意味着新一代的农民工想回老家。但也反映出他们在和城里人进行比较，也许，更高的期待能带来更大的成功机会。也许，这意味着新一代人注定要对此失望。

结识裕元厂的这些姑娘很不容易。她们跟我约好时间见面，却不赴约。之后如果我找到她们，也不会解释或者道歉。我主动送她们手机，但没有人接受，或许是她们不想承担这个责任。她们可能今天对我友好，明天又变得冷淡，如果我跟宿舍里某一个姑娘说话，房里的其他人会避开我。一个姑娘让她的室友跟我撒谎，说她已经离厂了，因为这姑娘的朋友跟她说，我不可信。工厂允许我自由出入宿舍楼，但要赢得住在里面的人的信任才是难点。她们在鞋厂巨大的阴影下来去匆匆，像飞蛾一样飘忽不定，比我在这个城市认识的任何人都更加难以捉摸。

女孩们彼此间保持警惕，相互之间常常不大友好。她们通常对一同工作、共居一室的人一无所知；我对她们的了解加深一些之后，她们会向我询问别人的消息。大多数姑娘都有一两个住得很远、或是在别家工厂的真心朋友。她们更愿意同这些远亲推心置腹，而不是身边的近邻。或许生活在这样一个遍布着陌生人的小团体里，她们需要这种自我保护：她们理所当然地认为，头天晚上还睡在旁边铺位的人，第二天就会消失不见。

对于任何打工者来说，改变处境都需要意志力。但是像裕元这么大的一个工厂，随大流的压力感却更强。所有的姑娘都在彼此面前宣称，他们不赞成在城里找男朋友，尽管许多女孩已经找了一个；她们贬斥继续教育，认为再去读书毫无用处，尽管有些人正在悄悄地上培训班以努力提高自己。裕元是个工作的好地方——在那里上班的人都这么说。但是如果你的想法稍有不同，它会吸走你所有想挣脱现状的力量。

农历7月是一年中最热的季节，裕元的生产节奏降至龟速。越来越多的工人回家休假，宿舍里空空如也。那些留下来的工人一天只工作八个小时，每周五天。西方白领的正常作息在这里就好比是天堂。

一个星期天的早上，我去看倩倩，她睡到十点过后才起床。她打了个哈欠，伸伸懒腰，慢慢地从上铺晃下来。她套上一件绿色的吊带衫，还有一条一边裤腿上绣满花直到脚跟的牛仔裤，和一双磨旧的尖头高跟鞋。"一年里，只有这几个月好玩一点，"她说。隔着两个床铺，一个室友坐在床上无声地练着英语。她在读厂里组织的每周一次的英语班。那本她常常翻的书里面的句子很奇怪。

这是卢。他从秘鲁来。

另一个有点意义：

不要失去这次机会。

　　倩倩走到楼下，经过另外的宿舍楼，穿过工厂大门。人行道上，太阳光如此强烈，路面白得刺眼，就像曝光过度的照片。倩倩走进一家百货商场，径直被吸引到摆了亮片高跟鞋的货架那边。她把玩着一双黄色的松糕鞋，鞋绑带上有三颗闪亮的粉色桃心，就好像情人节的糖果一样。"今年这种很流行，"她说。在礼品区，她指着一个里面镶了假玫瑰花的相框说，她曾送过一个给朋友作生日礼物。

　　回到行人寥寥的大街上，她冲着一个路过的姑娘叫起来。"徐季梅！你去哪里了！"

　　一个头发挑染成红色的姑娘停下脚步。她背着一个尼龙的耐克双肩包。"我要回家，"她说。

　　"你要回家？现在？"

"现在。"

倩倩一把抓住那姑娘的手。"好吧，那再见，"她说。她看着那姑娘走远。"在厂里认识很多朋友，然后她们就回家了。"

"你们还保持联系吗？"我问她。

"很难。有时候我们会交换地址。"她在东莞最好的朋友就是她第一次进裕元的时候认识的。她们同时从这家工厂辞职，回到各自的家乡，然后计划再一起出来。倩倩经常在不上班的日子去看这位朋友。保持联系要花费工夫和精力，这也解释了为什么打工女孩的好朋友只有这么几个。世界上最容易的事就是和别人失去联系。

我们坐在百货商场外被太阳烤得火热的广场上吃甜筒冰激凌。一个穿着蓝白条厂服的姑娘刚好认识倩倩，和我们坐在一起。她懒洋洋地用一张明信片扇风，正准备去邮局寄掉这张卡片。"我离开厂了，"她宣告说。天太热了，没人反应。两个姑娘一言不发坐着，看我在笔记本上写东西。

"你看得懂英语吗？"倩倩问那个姑娘。

她刺耳地笑起来。"我连小学都没上完！"

那个姑娘离开后，倩倩跟我说她们曾经在附近一家小厂一起打过工。"裕元比较好，"她说。"福利待遇都好一些。有图书馆和活动中心。可以下棋，还可以参加呼啦圈俱乐部。"我问她有没有参加过这些活动，她说没有。

她沿着街往前走，碰到另外一些要回家的朋友，跟她们打招呼，和那些完全有可能她再也不会见到的人道别。千里之外，倩倩的父母也要她回去，但另一方面，他们又要求她寄回去更多的钱。她在出来的头两年里给了他们近五千块钱，但是从那以后就再也没寄过钱。在她们村里，传统上父母会给成年的儿子盖一幢房子，给他婚后居住；倩倩的弟弟才十四岁，但她的父母已经在为这笔开销着急了。

"村里其他人都盖了房子，"她爸爸跟她说。"我的怎么还没盖呢？"

"我还想这么问你呢，"倩倩反驳说。

家里人总想从村里遥控他们的女儿。寄钱回家。别在外面找男朋友。快点结婚。回来。而大部分女孩子都按照自己的意愿来安排事情。倩倩的父母甚至都不知道她在厂里的电话——她想和他们说话时，就会给家里打。他们总是在家。

裕元厂周围的街区有很多消费和提升自我的机会。周末的下午，希望电脑培训中心挤满了坐在电脑前学习 Word 和 Excel 的工人（外面的广告牌用英文写着 MICROSOFT WORB）。一家店里的男式白衬衫卖二十块钱，还有照相馆提供一系列人们梦寐以求的生活背景：田园风光，罗马石柱，乡村别墅。各个零售商也用地方特色聊解乡愁：**河南周口芝麻饼。武汉剃头。**有一家店的一面墙上挤满了一排塑料的电话亭，只有在流动人口多的地方才有这种生意。对面的墙上贴了一张全国各大城市的火车时刻表：二十五小时到宁波，四十小时到成都。上江城健康站打出广告，一分钟妊娠检测，性病治疗和人流。裕元厂里的诊所也能做人流，但几乎没有人会去那里做。在街边的诊所做，手术是一样的，而且不会被别人知道。

有一次，我在裕元厂门外看到一个男人冲着一个耳麦，像老式马戏团揽客那样吼，话说得很快。"如果你胃疼，如果你背疼，如果你有风湿，这就是你需要的。"空气里弥漫着酒精的气味，人行道旁铺了一条毯子，上面摆着几条干蛇和一只海星的标本，还有一些装了冰茶一样黄褐色液体的瓶子。那些蛇，显然已经死了，在一个塑料篓子里纠结缠绕。男人拿棍子扒拉着蛇，好像在炖汤一样。他一根接一根地抽烟，干咳连连，一点都不像有资格给别人提供医学咨询的。尽管如此，一群年轻的男女还是大声地叫他，冲他要手上的传单。

蛇酒补肾

药方：该产品主要构成包括眼镜王蛇，金环蛇，银环蛇等全部七种毒蛇以及其他各味中草药。

用法：早晚喝，每次半两或一两。

另一天，同一条街上，一个男人匍匐在地，两条跛腿弯曲在身体下面，用一截粉笔在人行道上写字，一群外来打工者围成一圈，看他的故事：他的老婆死了，儿子病了，他从家里出来讨钱。男人的罐子里有几张钞票，我看的时候又有两个人给了他钱。

裕元厂前面的主街道上，两家商店隔开的窄墙缝间常有小巷子向后延伸出去。这些小路上四处散布着垃圾，楼房的墙壁上贴满了淋病梅毒诊所的广告。在中国，卖淫盛行的地方就有这些传单像皮疹爆发一样到处都是。在一条巷子里，我有次透过窗户看到一间平房里面。年轻的姑娘们坐在阴影里，埋头缝着东西。这也是个工厂，最差的那种。

在裕元工作的姑娘很少会冒险走到这种小路上来。这些巷子并不通往那些开着更多电脑班和发廊的街道；小巷的尽头是农田。就在工厂世界的边界外，已过中年的男女在绿叶菜田上劳作，天上的云，也保护不了他们免受日光暴晒。

·

中国传统的农历把一年分为二十四个节气，每隔两个星期就有农作的指令。一年始于立春，这是春天的开始，在每年2月4日或5日，也是春播的时节。农历决定什么时候种瓜，种豆，种杂粮，甜菜，葡萄；什么时候收水稻，收小麦，收苹果，土豆，萝卜和白菜。农历还会预报高温和大雨。它指示农民在合适的时日防风，打虫，积肥，除草，灌溉，修栏，过年。农历标准在西汉时期已经确立了，有一些地区差异，从那时起它便一直统治着农村生活的节奏，至今已有两千多年。

裕元厂里的姑娘对农业作息一无所知。回家的时候，父母通常不会让她们干农活；如果去田里帮忙，她们会晒伤，也会因为农活不熟练而起水泡。一个打工女孩向我描述在家里典型的一天：她和家里人一样按农民的作息起居，但是大部分的时间都在看电视。

> 我 6:30 起床。我看电视——新闻焦点，然后是电视剧。一直看到下午一两点。睡个午觉，周围散个步。吃晚饭，然后十点睡觉。

全球制鞋业的历法也在春天开始加速。3 月，机器开转，4、5、6 月加速运转，在欧美夏季海运季之前做好鞋子。7 月——当农历催促农民们在雨季来临之前赶紧夏收的时节——制鞋业陷入萧条状态。8 月的订单量下降到最低，有时候生产线只运转全部产能的百分之二十。9、10 月的生意多了起来，机器不停转，显示生产紧张期即将到来。11月到 12 月初是拼老命的时间，每个人拧紧发条加班，全力应付圣诞节蜂拥而至的订单。圣诞节过后，节奏慢了下来，直到春天再次到来。

姑娘们很快就了解鞋子的节气，以及每天的节奏。在裕元巨大的车间里，做运动鞋是一种掐着秒表的科学。每个流水线的操作台前面都有一个塑料标牌，写明一个工人需要多少秒完成一道工序。裕元厂的流水线做一只鞋子的时间从四年前的二十五天下降到现在的十个小时，每个工人制鞋的产能增加了百分之十。

车间有自己的等级制度。最好的工作在研发部门，那里的工人做少量的样板鞋，没有多少生产压力。裁断工和鞋底工次之：她们是流水线上的排头兵，决定生产节奏，享有更多的自由。压力最大的是缝纫和组装工，她们夹在生产流程的中间，前后端都给她们施加压力——上游的工人给她们加码，下游的人催她们更快一些。没有什么出错的余地：质检和消费者都瞄准了流水线的下游的部门，因为成品鞋上更容易发现瑕疵。工人们有个说法：

> 缝纫的骂死了
> 组装的干死了
> 裁断的玩死了

　　1989年裕元开了它在中国的第一家厂，那时候韩国占据着全球的运动鞋市场。前头的十年，裕元经常让工人们干到半夜，一个月只放一天假。"只要你给这些品牌报一个特定的价格，他们不会在意你怎么管理工厂，"裕元东莞的阿迪达斯生产运营主管艾伦·李说。"我们不讨论给不给加班费，不讨论厕所里放不放卫生纸，工人该不该洗手，或是一间宿舍里睡几个人。我们采用高压的管理办法：这是你的任务，就算三天三夜不睡觉，你也要干完。"
　　中国的劳动力廉价，而且积极性高，很适合缝制鞋子这种劳动密集的产业，在90年代中国成了行业领导者。美国的一些大品牌商因为工作条件恶劣而受到工会和工人权益组织的抨击之后，耐克和阿迪达斯也开始敦促供货商改善工人的工作环境。裕元变成了一个每天只上十一小时班的工厂，每个星期日放假。许多工人辞职了，抱怨说加班费不够。公司为此还设立了一个事业部门监管工作条件，并开了一个心理咨询室，工人可以去那里寻求帮助，提交投诉。裕元也改善了安全措施，禁止使用有害的化学品，放弃了军队似的广播体操。但是在各大品牌商敦促工厂善待工人的同时，也对工厂施压以削减成本。这些目标有时候是自相矛盾的。裕元的阿迪达斯部门过去会免费给工人发制服。但是因为阿迪达斯要求削减成本的压力，裕元开始向工人收取制服费，但阿迪达斯又同时反对这项举动。于是裕元干脆取消了制服，工人们现在上班只穿自己的衣服。

2001 年，为了提高裕元的效率并削减成本，阿迪达斯发起了一个精益化生产的项目。工人说他们现在工作的时间变短了，但流水线上的压力更大了。生产目标被精确的打包分配，几乎没有喘息的时间。一条流水线被重组为几个小团队，这样工人可以隔几天换一个活儿，而以前他们可能一整个月做同样的事。这使得生产更加灵活，但也让工人们筋疲力尽。同时以效率的名义，住宿安排也重新洗牌，工人们被规定和同一流水线上的同事，而不是和朋友们住在一起。

全球时尚的更迭周期加速增加了压力。十年前，大的运动鞋品牌给工厂九十天时间完成从订单到发货的流程；几年前这个期限变成了六十天，而现在只有三十天。订单量逐渐缩小，以备时尚潮流转变时能快速反应，而工人们就生活在这种难以预测的周期中。只有到星期四老板才会告诉他们星期六是否需要加班。旺季的时候，鞋底部门要两班倒；日夜轮流，一个月日班，一个月夜班。他们的生物钟被打乱了，也变得疲于奔命。

公司的高管们说市场需求只会让裕元变得更好。"如果没有压力，我们就不会进步，"艾伦·李说。"就像达尔文说的，适者生存。"阿迪达斯的一项调查发现，工人们最初会觉得精益化生产项目带给他们压力，但过一段时间，这项调查表示，他们就适应了。

8月是灌溉玉米和准备种植冬麦的时节。在裕元的工厂里，新的一季比预期要来得早一些：这是奔向圣诞节的长距离助跑。夏天的清闲日子过后，姑娘们的工作日每天都在加班，星期六也一样。流水线上，她们干得更快，话也更少。但是她们的身体开始反抗了。

"我头痛死了，"倩倩在8月初的一天早上说。"本来应该是淡季的，但是我们有这么多订单。"前一天，她刚过二十二岁；她本来打算去看最好的朋友庆祝一下，但后来只能在加班中度过生日。

宿舍楼的J805室里，贾纪梅刚从家回来。她坐在下铺，无精打采，面无笑容。

"家里怎么样？"我问她。

她浅笑了一下。"还好。"

"你都做了些什么？"

"啥也没做。我想过不回来了，"她慢慢地说，好像刚从梦中醒来。"但是家里没事干。如果家里附近有事干，离家近一点就好了。但是没有事做。回到这里我很不舒服。我真的不想回来工作。"

上铺的吴永丽，情绪要开朗一些。她十九岁，五官清秀，小脸，在这个夏天的早晨，她穿一条优雅的黑细带长裙，脖子上戴了一条有心形小盒坠子的贴颈项链。"别管她，"吴永丽说。"她还没调整回来呢。"眼下有更令人不安的变化：工厂每年都会重新分配宿舍。目的是为了顾及这一年新进和离职的人，以确保每个生产团队住在一起，但这让每个人的生活都天翻地覆。"我们在这儿已经有朋友了，"贾纪梅说。"现在可能又要散了。"

8月下旬，工人们搬往新的宿舍。在裕元这样规模的工厂里，曾经朝夕相处的姑娘们突然不知道如何再找到她们的朋友。许多人从此失去了联系。

搬完宿舍后，倩倩消失了，整个9月我都在找她。我多次拜访她的新宿舍——就在她从前的宿舍楼下第四层，但她的室友不知道她到哪里去了。她们也问起我失去联系的几个姑娘的近况。我给倩倩在安徽农村的家里打电话，她爸爸说她还在裕元工作。根据厂里的记录，张倩倩，28103 号员工，八厂，B楼，裁断二组，仍然是一个在册员工。从文件上看，她住宿舍，在流水线上工作，为阿迪达斯的鞋面裁断布料。但她本人却已经消失不见了。工作日程和秒表似乎把工厂生活管理得有条不紊，她的消失不啻为一种讽刺。

从裕元厂大门出来，下到主街，穿过饮食摊和商店一溜排开的脏乱小路的迷阵，抵达一个红砖住宅的街区。住宅楼的门是用铁皮做的。这里满是坑坑洼洼的空地和烂尾楼，感觉太过拥挤，却又如同废墟。在珠三角漫长的夏日里，居民们穿着内衣或睡衣坐在室外搓麻将，鸡群就在脚下的泥巴里啄食。

10月中旬的一个星期天下午，我在倩倩以前的宿舍里认识的一个姑娘带我到这里来。她领着我穿过巷子，来到红砖住宅，爬了好几层楼，然后穿过一扇铁皮门。我们进入一个单人间，里面放了一张双人床，一张海报贴在靠床的墙面。

成　功

　　成功感觉离你非常非常远，而失败，反而看上去总是跟随着你。你必须一次又一次勇敢地征服失败，然后成功就会向你走来。

海报旁是一张从日历上撕下的图片，一个半裸女人怀抱一个希腊水瓮。坐在床上，穿T恤和牛仔短裤，光着脚的，正是倩倩。她看到我的时候，朝我笑了一下，那一丝微笑转瞬即逝有点勉强，好像她并不乐意被人发现。

8月的发饷日后，她退出裕元，离开流水线，没有获得离职批准，也没有拿回公司欠她的薪水。从那个时候起，她和不同的朋友一起合住，她眼下借住的是一个名叫葛莉的女孩和男朋友同居的住处。她在考虑，是回家还是换一家厂。

"你为什么离开裕元？"我问倩倩。

"没意思，"她说。尽管我以不同的方式又问她几次，她都不愿意再说什么。

之后的几个星期，生产的压力持续增强，因为圣诞节快来了。在农村这时候是立冬，正是为牲口修栅栏的时候。11月一个周日的下午，我路过铁皮门的红砖房，问葛莉是否有倩倩的消息。

她有些日子没见这个朋友了。"她还在犹豫是要回家还是再进裕元上班，"葛莉说。

"那她到底在想什么？"我问。

葛莉摇摇头。"我不知道她心里在想什么。我们没聊过。"葛莉最近离开了裕元，正在打算带她的新男友回家见父母。她一旦离开，我就没有办法再找到倩倩了。也许这就是打工界对"失败"的定义——并没有什么说得出的意外或悲剧，而只是渐行渐远，直到一个人消失在视线之外。

我最后一次去裕元是 2005 年的 1 月。打工女孩们身穿薄棉袄，冷得缩着肩膀。受冻看起来是个务实的决定：东莞的冬天不长，花钱买件暖和的外套并不划算。我进去的时候，贾纪梅刚好回宿舍，她看到我的时候笑了笑。她的头发挑染成了深红色。

圣诞节一过去，厂里的活儿开始放缓，现在是传统农历占上风。刚来东莞的打工族，总是孤单而茫然地四处游荡，那些要回家的人就不一样。他们昂头挺胸成群结队地走着；他们看起来很开心，也认得路。他们口袋里有钱，手里大包小包拿着带给家人的礼物——CD 唱机，被褥，给小孩子的糖果。在老家，现在是农历大寒，是迎接新年的季节，但在东莞的年历上，现在是收获一年辛苦所得的季节。这才是唯一重要的收获。

六　方与圆

　　在东莞的工厂里，没有人受过正经的职业教育。过去，教育在中国一直是目的明确，路线清晰。在清朝，男性继承人学习四书五经，以便通过科举。在五六十年代，当时我的家人已经撤退到了台湾，那里的年轻人都读理工科，为了求职和去美国深造。"文化大革命"期间，大陆的学生们背诵红宝书，为了在政治运动中生存下来。然而并没有专为东莞设置的教育课程。打工世界不讲究传统或出身，大家必须学会给自己重新定位。大多数的姑娘和小伙，为了外出打工缩短了上学的时间；我认识的那些大学毕业生的专业和他们眼下的工作八竿子打不着。一位主修思想政治教育的老师在给工厂经理做培训，一家当地报社的记者之前的专业是会计和林业管理。对于东莞而言，中国经济的需求变动得太快，以至教育系统都跟不上步伐了。

　　如果说国民教育课程无关紧要，那么商业性的学校在东莞则是苗壮成长。夜晚和周末，灯光昏暗的教室里挤满了身穿工厂制服的青少年。英语和电脑课最热门，还有一些制造

业经济特有的课程。一些重点讲述如何制作塑料模具；还有
的讨论注塑成型法的话题。这些课并不传授全面的知识——
通常它们只提供给缺乏教育素养的学生一些找工作的皮毛。
这就是东莞教育的关键：无论你需要什么，总能事后再学。

你还不懂所有该懂的，老师一遍又一遍提醒学生。在工
作中学习。

一个外来女工告诉我，她在塑人管理咨询顾问公司开办
的学校学习。塑人这个名字刻在我脑海里，意思是"将人塑
形"。这些课程教流水线工人在办公室环境里如何言行举止；
毕业生找的是秘书、文员和销售助理这一类的工作。"四个
月内，我们提高了她们的素质，"学校的一个高管，黄安国，
在我采访他的时候这么说道。"我们是唯一做这种培训的学
校。"六百八十元的学费——大概是一个普通工人一个月的
工资——包括四本软面教材。黄安国把课本递给我的时候显
得有点不情愿。

《企业管理》
《商务文秘技巧》
《礼仪和素质》
《社交和口才》

黄安国告诉我，这些课程太具有开创性，以至老师们都没法
找到合适的教材，所以他们自己编写了课本。他邀请我旁听
一节课。我告诉他我有兴趣。

你必须抓住机会否则就会永远落后一步。

第二天我去拜访另外一所学校，由东莞智通人才智力开发公司经营。这所学校的白领文秘技能特训班，同样以想要上升到办公界的打工族为主要对象。"我们为这部分人群设计了自己的教材，"培训部的经理刘利军告诉我。然后他拿了一套教材给我看。

《企业管理》
《商务文秘技巧》
《礼仪和素质》
《社交和口才》

我并没有告诉刘利军，我才去过一家跟他竞争的学校，两家的商业计划完全一样。我也没有暗示，谁剽窃了谁的课程；更有可能是两个学校都是从别处抄来的。我简单谢过刘利军的课本，并接受了他的邀请，旁听一个学期白领文秘技能特训班的课。

尊重别人的意见并且不要轻易指出他们的错误。

我十五岁就出去了。一开始在家附近的城市跑业务。然后我来到东莞，做一名普通工人，然后在石碣雅新电视机厂当助理。

在一个工人成千上万的厂里，很难让老板发掘你。

你必须发掘自己。你必须发展自己。要跳出工厂，你必须学习。

你们来这里是因为你们不想做一个平凡过日的普通员工。想等公司提拔你，你就一直等到老吧。

演讲者名叫田佩燕。她十七岁，穿一件蓝色外套，系一条红色条纹领带，仿佛刚从贵族寄宿学校的画册里走出来。她说话的时候，瘦瘦的脸蛋泛起绯红，能听到她的呼吸伴随着句子的节奏一顿一顿，好像在赛跑。虽然由一个青少年来警告听众衰老的严重性，显得有些奇怪，但田佩燕本人却很有说服力：她原先是智通的学生，现在已经是学校的教育顾问了。

另一位演讲者，陈英，在制造无绳电话的伟易达公司做流水线工人。她宽脸，厚嘴唇；二十岁了，迫不及待地盼望能提高自己。厂里的人有时候会跟她说，"你怎么这么大岁数了还是个普通员工。"

我和你们一样，中学毕业。我在流水线上做得麻木了。我甚至都不知道自己在想什么。

一天，我问一个朋友："生活是为了什么？为什么我们工作得这么苦？"我的朋友没法回答。

我去翻书，书里也没有答案。我想，"如果你是在流水线上工作，生活会有意义吗？没有。"

所以我开始上这个培训班。一个月里我学到很多。

以前在别人面前我一个字都说不出来，又害羞又害怕。你们觉得我现在的口才怎么样？

我想你们都想学到我学会的那些。离开流水线。别再让人家看不起你们。别让人家说"你只是个低下的工人"。我们必须抬起头说，"我们也能成功。"

2005年一个温暖的春夜，工人们过完春节回到东莞，智通学校开始为白领班招募学生。老师们在全市要开班的各个地点举办免费宣讲会，一连好几个晚上：每次总是被围得水泄不通。一些有可能加入的学生一次又一次来听宣讲会，纠结着到底要不要报名。

近期的毕业生站着讲述她们如何离开车间，把她们的转型故事弄得像是宗教重生的布道会。流水线上的生活让她们变得无知而麻木——麻木，这话从一个十几岁的小姑娘嘴里说出真吓人。她们发现了白领班，这个班也让她们发现了自己。我一度迷失方向但是现在找到了路。我现在做文员一个月挣一千两百块。你们觉得我现在的口才怎么样？每个成功的见证都暗藏着警告：马上改变，不然就来不及了。

我们有许多学生三个月课程还没上满，就跳槽找到了新工作。有些人现在一个月挣一千两百块。投资回报是一比五百。

如果这两三年不努力，你会一辈子生活在社会底层。二十四五岁的时候你开始成家，你的爱人或许也是个普通工人。你们俩加起来一个月只能挣一千块钱。但如果你升职了，你的对象可能是个经理。你的整个世界都会不一样。

这个班的负责人叫邓顺章。四十岁，来珠三角前他在湖南老家经历过曲折的职业道路，包括在高中教书，在当地政府工作，在报社拉广告，开店卖音乐磁带。在东莞他管理过各种工厂——做玩具的，鞋底的，假圣诞树的，圣诞老人模型的——但他看起来不像个典型的工厂老板。他胡桃色的窄脸上，有一双乌黑温厚的眼睛；他言语谨慎，有着京剧演员般精准的姿态，从来不拔高嗓门。无论天气怎样，他总是穿整套西装，配毛背心，打领带。

邓老师是许多外来民工在东莞遇到的第一位善良的成年人，宣讲会上，她们向他提出的问题都是心中藏了很久的秘密。老板性骚扰你该怎么办？中国是资本主义国家还是社会主义国家？如果有人把你吼哭了，是不是证明你是个软弱的人？邓老师耐心地回答每一个问题，把推销课程的任务留给那些在流水线上干过的手下去处理。

你就一直等到老吧。

离开流水线。

你必须发掘自己。

我和你们一样。

有两百多个姑娘报名上春季的白领文秘技能特训班。每个学生预付七百八十块学费——比许多人的月薪还要多。接下来的三个月，她们一个星期上三个晚上的课。这时间足够让她们改头换面。

培训班设在伟易达无绳电话厂街对面一个写字楼的六层；学校的一楼是一家手机店。伟易达和附近做 DVD 播放器的先锋工厂一共有一万六千名工人，这是一个巨大的潜在学生群体，具有固定的工作时间。和东莞其他的一切相同，教育也要配合制造生产的需求。培训班安排在夜里八点半到十点半上课，这样就不会和晚上加班的时间冲突。如果某个工厂晚点下班，老师会给这些学生补课。

打工者在流水线上工作十小时后，夜晚还要去学校。工厂周围的街道上摆满了各种摊子，卖油炸小吃，果汁，发饰，以及罩杯有葡萄柚那么大的带衬垫的胸罩。摊子上挂满了光秃秃的灯泡，在潮湿的夜晚透出硬生生的白炽光，好像日落后游园会摊贩中间杂乱的过道。姑娘们拼命挤过总是灯光炫目水泄不通的手机店，再闯过一个巨大广告牌，画面上三个比基尼女郎在海滩上。每个女郎都头戴冠冕，怀抱手机，嘲弄着那些姑娘们求而未得的东西：性感，魅力，最新款的诺基亚手机。

教室里摆放着低矮的金属板凳和儿童型的课桌，学生们两两坐在一起。教室后面的墙壁被大幅的白领班广告占据，上面是一名穿着暴露迷你裙的秘书，顶上是一句广告语：**培训提高竞争力**。即便是教室里仅有的一个蹲厕，里面水龙头还漏水不断滴到地板上，也有一条文明提示：**为避免尴尬，请锁上身后的门。**

每个班一开始都由校长刘鲜元讲话动员，他涨红着脸，像电视购物广告里的销售员。今天刚开学，他扫视全班二十五个女生一遍，然后说，"我希望你们今后不要穿工作服来上课。"

"但我们是直接从厂里过来的，"一个学生反驳道。

"我要你们尽力做到，不要找借口。好吗？"

那天的课程是"提高礼仪造诣，展现性格魅力"。任课的付老师是个年轻人，一本正经，穿着白色的正装衬衫，黑色西裤，打领带——这是学校规定的。接下来的三个月，学生还需要掌握许多别的规矩，但付老师用一个故事开始了这门课。

"你的梦想是什么？最后一排中间的那位。"

一个女孩站起来。"从我出来之后……"她的音量逐渐变弱，左右张望着，突然被点名吓得她僵住了。

"站好了，"付老师告诉她。"要有自信。"

她站直了一点，又弯了下去，开始，停下，然后终于一口气说完，"自打我出来，我想要做销售助理。"

全班鼓掌。女孩坐下。

"好，"老师说，"我来告诉你们我曾经有过的梦想。"

> 我小的时候，很喜欢历史。我想要成为历史书里的人物，想为祖国做巨大的贡献。

当我长大一些，我意识到这并不实际。于是我决定，要站在天安门上检阅三军。但我觉得也许无法实现这个梦想。一个农村出来的人，想到天安门上检阅部队，这并不实际。我会把这个梦想留给后人。

后来我决定，要把全家从农村带进城；在城里养育我的小孩，让他们进一步发展。当你提升了自己，就能把全家提高一个档次。

我相信你们是为了同一个原因来到东莞。我们身上的担子是一样的。我们都想把家从农村搬到城里来，为家里做贡献。是不是？

如果你走出农村，你就提升了全家的层次。你的父母也会因为你的成就变得不一样。

自从我来到东莞，我经历过很多挫折。很多次我都想回家。但是你必须坚持。如果你回去了，结果就跟从没出来过是一样的。

他转向身后的黑板，写下：如何塑造良好的礼仪形象：衣着。

"衣着的颜色非常重要。现在我来告诉你们，当穿着不同颜色的时候，别人会认为你的性格是怎样的。请记下来。"

红色代表热情。
橙色代表兴奋。
黄色代表活泼。
紫色代表神秘。

绿色代表清新。

黑色代表冷静。

白色代表纯洁。

蓝色代表得体。

　　第一天，付老师涉足了很广泛的领域。他给了一些小贴士，告诉大家如何建立信心。练习大胆地表达自己。走进房间，要像它是你的地盘。他从历史中找到精神激励。我的偶像是毛泽东。蒋介石让黄河堤溃决以阻碍日军：这就是果敢的决策。阻挡日军的洪水也淹没了几十万的中国农民，但付老师并没有提起这个事实。教的是礼仪，不是历史。

　　九点一刻，他打断了自己的讲课，唱了几个小节的流行歌曲。教训：不管你做什么，只要乐在其中，就要表达出来。九点半，一个学生举手回答问题，这也是第一次有人敢主动举手。十点一刻，这堂课提早几分钟结束，刘校长回到教室做最后一段励志演说。"告诉自己，你们要和白领班融为一体，"他对学生说。"你们和街上其他的那些人不一样。"

　　这是我见过的最诡异而混乱的观点，它把个体的重要和僵化的新潮思维结合在一起：紫色代表神秘。这启示很现代——表达自己，要自信——但随之而来的又不忘传统的训示——你会把全家提高一个档次。连历史也在东莞的教室里被牵强地带上了一笔。能指望一个十七岁的打工女孩，从蒋介石淹没日军、淹死几十万同胞这事里学到什么？

　　接下来的几个星期，新的规则很快聚积起来。倒茶的时候，茶杯要七分满。紫色的眼影适合所有的亚洲女性。追求成功，三分靠知识，七分靠人情。左手拿电话听筒，右手拨电话号码。笑的时候，嘴巴要张开，不露齿，嘴唇放平，嘴角稍稍上抬。午休的时候，不要平躺在椅子或者桌子上。任何一个微不足道的小动作都需要指导；有时候这种课感觉就像火星人要伪装成地球人而上的速成班。不过历史的英雄们一成不变，蒋介石和毛泽东引领全军，把希特勒遥遥甩在第三位。希特勒的价值在于口才；纳粹头头是个精彩的演说家。这是礼仪课，不是历史课。

但我也注意到：学生们并没有睡着。她们看上去也没有觉得无聊。两个小时的课，中间没有人离开教室上洗手间；她们怕一离开就漏掉些什么。一直以来，教育这些女孩的老师和课本，本身早已同现代世界脱节。她们背下一大坨食古不化的规则，励志教条和儒家箴言。但她们却懂得只吸取她们需要的东西。很久之后，我才领会到她们早已掌握的核心原则：如果你的言行举止都像比你阶层更高的人，你就会成为那种人。

第一天之后，我再也没有看到过一个女孩穿工作服来上学。

我头一次来学校，和付老师同乘一辆出租车回东莞。这只是他教过的第二节课——第一节课在当天上午。他的教学资料大部分来源于互联网。付老师是东莞教育思潮的典型：在工作中学习。他当时还在上大四，但已经早早结束课程出来工作了；就像东莞市里的所有人一样，他的生活是快进模式。他的专业是人力资源管理，他的偶像是个每节课收费一千两百元的台湾管理大师。我很奇怪这些东西如何能跟他的另一个偶像毛泽东相提并论。

我问付老师他来东莞多长时间了。

"今天几号？"

"3月29号。"

"那我来这里二十二天了，"他说。

出租车在黑暗的高速公路上加速行驶，他告诉我一件刚来这个城市看到的事情。十字路口，一辆小轿车闯红灯离去；不远处，付老师看到一个骑摩托车的人倒在血泊之中。他认为两件事情肯定有关联，而且他应当将这个信息告诉某个人，但他不知道应该告诉谁。"也许，和我一样，这个人在这里没有家人，"关于这个骑摩托车的身亡者，他揣测道。"可能很久以后，他的家人才会知道他发生了什么事。"

我们停在一幢房子前，付老师和另外四位老师一起住在其中的一间公寓。农村来的人很少会说"你好"或者"再见"，即使生活在这个城市看起来还没有改变这个习惯。他说了在东莞的人分手时常常互相嘱咐的一句话："在外面要小心。"

在东莞上学往往环境简陋。教室斑驳又昏暗，深受停电的困扰，脏兮兮的旧电脑，看起来像是考古的出土物。学生们穷，又没上过几天学，甚至他们的老师也要为自己浓浓的乡村口音而抱歉。几乎所有的老师都没有像样的学历；许多人，像邓老师一样，拖着一连串失败事业的轨迹。但即便这样，他们也是具有革新精神的一群人。

在中国常规的学校系统里，学生在课堂上不太说话。经常，老师如果不提醒的话，学生们连笔记也不会做。课程内容是政府的某个委员会决定的。老师们鼓动学生彼此间形成竞争，使他们更加努力学习，整个系统围绕考试展开——考入好初中，然后是好高中，最后是好大学，或是任何大学，只要能考进就行。就像科举制度一样，教育系统只奖励了少数人：每年，只有相当于百分之十一的学生能进入大学就读。没能进入这条轨道的学生，则被分配到职业学校学习实用劳动技能，比如机械工具操作或修车，但这些课程内容基本上都过时了，以至于学校的功能更像是个围栏把学生关在里面，直到出去工作。

中国在尝试教育机制改革。一些老师已经欣然接受"素质教育"，强调学生的创新能力，倡导学生主动学习而不是死记硬背。为此，一些更有财力、更先进的学校引进了选修课，比如美术和音乐。另外一个目标则是让高等教育更加普及；近几年来，政府大幅度扩大了高等院校的入学率。但是，为墨守成规的教师和行政人员、政治局限以及历史积淀下对考试分数的痴迷所拖累，教育仍然是中国社会最保守的领域之一。

东莞这些商业性的学校属于另一个世界。没有历史的束缚，他们可以自由地传授任何想教的东西。他们毫不掩饰地更注重实践技能；老师使用的材料来自互联网，或他们在工厂或公司的经历。他们不强迫学生对立竞争，也不给他们打分数。既然来的每个学生都是为了改善自己事业的前景，那么班级排名就无关紧要。他们忽视写作——这是传统学术的基石——而强调口才。懂得如何说话将会帮助学生赢得更好的工作，取得更低的报价，或卖出更多的产品。"我们都在做销售这一行，"白领班的老师们反复提醒学生。"我们在销售什么？我们在销售自己。"

老师们来自行业的中层或者下游。邓老师曾在东莞工厂里工作过十年。教口才的端木老师，曾经在一家电子产品工厂做销售员，而另一位在律师事务所工作过的女子，现在教礼仪和化妆。大多数老师都是二十几岁，和他们的学生一样，从其他地方来到东莞，想要飞黄腾达。不像其他受过正规教育的中国人，这些老师不会看不起外来务工人员。"这些女孩比我还能干，"端木老师在他的第一节课后跟我说。"出来在工厂里打工需要很强的自信。"

东莞的教室里绝大多数是女孩；附近的深圳做了一份调查，有四千个工人接受了访问，结果显示三分之一的人曾经上过商业性的培训班，而女性的比例高于男性。女孩本来接受的正规教育就较少，这反映出传统重男轻女的思想。女性会更迫切地想往上爬：家长会催促女儿回家结婚，但是更好的工作会让父母们闭嘴，也会提高她们对婚姻的预期。东莞的性别失衡或许也是一个因素——车间里绝大多数是女孩，学习也是避免迷失的一种办法。在一个工人成千上万的厂里，很难让老板发掘你。你必须发掘自己。

我旁听了一个学期的白领班，意识到我正在目睹中国教育的秘密革命。被传统学校系统抛弃的人获得了第二次机会。这个世界工厂也在塑造着人。没有分数，没有考试，其实一切本该如此。教室外的世界才是考试；生活才是考试。

从衣着颜色开始，白领班的女孩们一路学习如何打手势，如何站立，坐正，交叉双腿，走路，拿文件，如何蹲下捡起掉在办公室地板上的东西。女性坐下的时候应该只占椅子的三分之一到一半。以自然、不做作的姿态使用手势。5月初，付老师用了一整节课讲解吃饭，喝酒，以及赴宴的礼节。在黑板上，他写下吃自助餐的规矩。

    1. 排队取食。

    2. 按顺序取食。

    3. 每次少取，多次取食。

    4. 每次只取少数几样，避免食物混杂。

    5. 不要打包回家。

在中国，喝酒占到工作场合应酬的一大部分，尽管无情的灌酒把本是乐趣的事情变成可怕的责任。付老师对酒精消费的指导细致入微又不留情面。在他看来，喝酒就是工作。

碰杯敬酒的次序应该和你握手的次序相同。你必须从最重要或是最年长的人开始，依次往下敬酒。

千万别喝醉。

在中国为了交际，你必须学会如何喝酒，就像男人应该学会抽烟。

如果你对酒精过敏，去宴会之前，得先吃点东西或者吃药。

然后付老师转到西餐礼节。他在黑板上写道：

开胃菜→面包→汤→主食→甜点→水果→热饮

"我从网上查到这些信息，"他说，"不过我从来没有吃过西餐。但是今天我们很荣幸有一位在美国长大的张记者。"他朝我示意。我站起来走到教室前面。走进房间，要像它是你的地盘。

我告诉全班同学应该在哪道顺序点一杯酒。我解释说有时候你不会既吃开胃菜，又喝汤。我说看起来好像要吃很多，这也是不少美国人超重的原因。学生们把所有这些都记了下来。

"有人要提问吗？"

付老师举手。"我一直不明白，开胃菜是什么东西？"

我解释说是不同种类的沙拉和海鲜。

付老师再次举手，请我解释使用刀叉的顺序。在黑板上，我画了一个摆桌的示意图。我解释汤匙和甜点匙有何不同，沙拉用的叉子和主食用的叉子如何区别。我描述怎样切割牛排，必须要左手用叉右手拿刀，然后在切好的最后一刻把叉子换到右手。"听起来很复杂吗？"我问全班。

"是的！"

"如果你不知道该怎样做，"我说，"看看旁边的人，就照着他们做。"

"如果你做错了，"我差一点就说，"也没有关系。"好在我及时制止了自己。成功的关键是正确的举止——这是整个课程的核心。随心所欲这种做派，是属于美国人的。那天的课以练习劝酒而告终。"如果你的经理有点醉了，你得接过他的班，"付老师说，严肃的口吻仿佛在说情况紧急之下，需要你迫降一架波音747似的。他又重温了一遍划拳和猜拳的规矩，然后他让学生分成几个小组来练习。

学期过了两周，一个女孩来到教室后面我坐的地方。我从没有见过她在课上发言，她介绍自己的时候害羞得脸红。我有种感觉，自己成为了某人自我提升计划的一部分。

她名叫蒋海燕。脸蛋宽而漂亮，表情轻柔，五官线条柔软不分明，染成赭色的头发扎成一条马尾辫。她十六岁，在伟易达的流水线上工作，因为她的父母没有钱再供她和她哥哥同时上学。"我觉得我和哥哥两个人，打工的话我更容易生存下来，因为他很近视，"我们见面不久后一起吃午饭的时候她跟我说。"所以我骗我爸妈，跟他们说我不想再上学了。"她的哥哥现在上大学，学设计。

她这种儒家自我牺牲行为背后，掩藏着希望成功的强烈企图。通过一个在伟易达工作的表姐，蒋海燕找到在流水线上组装无绳电话的活儿。培训的第三天，老板要找一个自愿在生产部工作的人。蒋海燕不知道生产部是干什么的，但是她大胆地举手，心想这应该比乏味的流水线工作要强一点。在生产部，她对老板谎称她在东莞另一家厂里做过文员。

"你做过多久文员？"老板问。

"一年，"蒋海燕说。

"那你为什么跑到这个厂里来做普通工人？"老板盘问她。

压力激发了她的口才。"我想在这个行业发展自己，"蒋海燕回答说。老板分配她去检查成品；一个月后，她被调到仓库，用电脑记录工厂材料。她的故事跟我听过的所有出来打工的故事一样：通过大胆的自我表达和说谎，她升职了。

因为当时她才十六岁，蒋海燕进厂时用的是借来的身份证。"在厂里大家都叫我陈华，"她说。"只有我的表姐和两个好朋友知道我叫蒋海燕。"

"用别人的名字叫你不奇怪吗？"我问她。

"啊，现在感觉就像我自己的名字一样，"她说。"在厂里我是陈华。当有人喊蒋海燕，我得想一下才能反应过来，这就是我。"

她的主动性很强。她已经上过一个电脑班，还在宿舍的走廊里锻炼，保持身材。她随身带一本英语短语口袋书，以便在业余时间学习——很高兴认识你。好久没见，久违久违。我们吃完饭告别的时候，她回到宿舍看一本从厂里图书室借来的关于推销的书。她的梦想是在办公室里当一名秘书。

　　课堂上从来不谈道德这件事。学生们学习办公室的世界如何运转，并运用学到的知识一路说谎，骗到她们本不胜任的工作。如果这种诡计有用——事实也常常如此——事后无法避免的是给以前的老师慌慌张张地打电话：我现在该怎么办？一个星期日的上午，我和邓老师一起坐出租车去拜访一些学校，他的电话响了。

　　"你好吗？"他说。"生产力协调吗？好的。比如说一个工厂有三个生产区，每个生产区每个月能造一万台电视机。这就是生产能力。如果其中一个生产区已经满负荷，但还需要赶订单，那么它可以和另一个生产区协调，借用一些生产能力。下一个问题是什么？"

　　挂掉电话之后，他告诉我一个以前的学生刚刚找到工作，但是不知道应该怎么干，也不想把自己的无知暴露给同事。"我有些学生一两年后还在给我打电话要建议，"他说。老师不会直白地告诉学生们不需要诚实；这就是生活的现实。我和邓老师比较熟之后，问了他这个问题。

　　"找工作面试的时候，"我说，"女孩们经常被问起她们有没有经验，她们说有，但事实上没有。"

我小心翼翼地提起这个话题，邓老师倒毫不避讳。"是的，然后下一个问题是，'你之前做过什么工作？'我们教给她们工厂的细节，这样她们就能以令人信服的方式回答了。"

"但是她们在说谎，"我说。

"是的。"

"要是她们不想说谎呢？"

"这取决于她们自己，"邓老师说。"但是太老实的人会被社会淘汰。"后来我从他的学生，而不是邓老师那里了解到，智通学校贩卖假文凭。每张文凭外套一个软皮塑料壳，就像一些姑娘随身带的廉价相册一样。一张伪造的大专文凭要花六十块，而中专文凭的价格大概是一半。正规教育在东莞不受重视，但是直到那一刻我才明白它有多么一文不值。

6月初的一个夜晚，陈英穿了一条黄色长裙和一件相配的上衣来到班上。她就是在第一场咨询会上发言的女孩；在此之前她和其他姑娘一样，穿牛仔裤和运动鞋。今天这身行头是在宣告她现在已经变成了另一个人。她辞掉了厂里的工作，每周有三天去人才市场，希望找到一份文员或者销售助理的工作。"就像邓老师说的，没有必要紧张，"她告诉我。"事实上，我挺喜欢参加面试的。"之后的一次课，陈英穿得更刻意：半透明的浅黄绿色蕾丝边的纱裙，白色长筒袜，高跟鞋。上课前，我看到另一个班上的女孩走到陈英面前自我介绍。陈英站起来和她握手，两个人聊了一会儿。

我从没见过打工者这样同陌生人握手，说话。甚至城里人也无法做得如此挥洒自如。中国人不善于跟陌生人打交道；如果有人不是他们已知世界——家庭、同学或同事——的一员，那么通常的反应就是不去睬他。我北京的朋友们在聚会上简直无可救药——只要他们认识谁，就一直跟谁待在一起，像是一个飞行编队里的飞机，牢牢锁定他们知道的唯一位置。

白领班强迫学生从小团体中挣脱出去。在期中，每个人都必须做一次自我介绍。演讲总是以同样的方式开始：我和你们一样。对于一个开讲自己故事的人来说，这有点搞笑，甚至不太真实。但也许只有先确定自己是这个团体的一员，一个年轻女孩才能获得离开这个团体的勇气。当陈英那天站起来和陌生人握手，她让我最先想到的，是美国人。

学生们终于解除了对于公开表达的恐惧，开始抢着回答问题。她们主动和老师打招呼，跟我说话。大家喧闹而健谈，彼此都是朋友。但是该要脱离这个群体的时间也快到了。现在女孩们互相打招呼的时候，第一个问题是："你去过人才市场了吗?"去过的人讲述她们在那里的经历，就好像刚从遥远的异国他乡游历归来，那里的人们冷酷无情，盘问不休：

她问我，"如果你试着推销给客户，但是那个人拒绝了，你怎么办？"

我不知道怎么回答。我说，"碰到这种事情很正常。"

面试的时候她们问我，"如果三部电话同时响起来呢？你会怎么办？"

我说，"我会把所有电话都接起来，看看哪一个最重要，先处理那一个。"

一个身材苗条、剪了男生头发的女孩，描述她在华为科技公司的面试。

我一直都很想在华为工作，所以我去了他们的招聘会。一群人坐在一个房间里，招聘总监指着一个人问一个问题。然后她会说，"好吧，你可以走了。"

后来只剩下我和三个男人。那个总监看着我说，"你不合适。你可以走了。"

我想："这太丢人了！这个总监根本就不认识我。她怎么知道我合适不合适？"所以我一直坐在那里，没有走。

然后那个总监问其中一个男人，"跟我说说你最自豪的那一刻。"

他很紧张。他说他还在找工作，没有什么值得自豪的成就。

我轻轻地告诉他，"你可以想一下在学校里有什么值得自豪的事情。"那个总监听到我说话，看着我。

最后三个男人都被淘汰了，只有我剩下来。总监看着我，然后说，"那三个都是你的竞争对手，你还在帮他们。为什么？"

我说，"我不觉得他们是我的对手。如果我们被选上了，以后就会成为同事，我们就要互相帮助。"

总监说，"我跟你说你不合适，但是你没走。为什么？"

我说，"你一点都不了解我。你也不知道我是不是合适。我本来对华为的印象非常好，但是我必须说，我对你今天对待求职者的态度很不满意。无论我会不会成为华为的员工，作为华为的消费者，我很不满意。"

那个女人笑了。她对我的回答很满意。我被录取了。

6月2日一开始上课，教口才的端木老师宣布了一件激动人心的事。"好消息。一个学生已经找到工作了。"教室里炸开了锅。一个名叫马晓楠的姑娘找到份差事，担任前台接待员。她是全班第一个踏上新岗位的人，这也提醒大家行动的时候到了。那天的课，和之后所有的课程，都把重点集中在求职上。端木老师谈到怎样向招聘者介绍自己，怎样争取面试机会，如何识别和避免传销。下课的时候，每个女孩都站起来背诵自己的座右铭。

> 世界上最可悲的，就是没有目标，没有梦想的人。
> 因为年轻，所以自信。
> 世界上最重要的人：自己。

马晓楠再也没来上过课。这是她成功的唯一标志：她消失了。

    蒋海燕也想离开。她开始去人才市场练习面试，但是她在伟易达的老板反对她这么做。他很缺人，需要她帮忙。蒋海燕自然而然地求助于另一个谎言——她在深圳的表姐说她厂里有个前台空缺要招人——但是老板恳求蒋海燕留下来。

    "我想辞职，"她告诉我。"但是这种事不容易谈。"

    "你老板是个坏人吗?"我问。"他听起来不像坏人。"

    "不，他不是个坏人，"她说。"但是好几个人都走了，所以他很缺人。"

    "如果你做了决定，"我说，"你就得告诉他你想走，他应该放你走的。"在我看来，她的左右为难是典型的中国式的纠结。她靠说谎得到现在的工作，然后在职业阶梯上一路说谎向上爬；她对诚实与否毫不顾忌。但是现在她的老板让她为离开团队而产生内疚感，对此她看起来无力应对。在传统的中国社会，同他人保持和谐是为人处世的重点。道德罗盘不见得指向对或错；同周围人的关系才是关键。如果想摆脱这一切，需要耗尽你所有的力量。

一天课后，蒋海燕向礼仪和化妆老师吴晨寻求指导建议。吴老师立刻接过她的问题。"你在哪里工作?"她问。

"在仓库。"

"去过人才市场吗?"

"去过。"

"离开是你的权利，"吴老师说。

"但是他们扣了我一个月的工资，"蒋海燕说。

"我知道很多人都会遇到这种情况，"吴老师轻描淡写地说。"但是如果你已经想好了，那就应该走。如果实在没办法的话，就不要那一个月的工资了。追求目标总会经历困难。"

这是个大胆的建议，也的确是白领班力图灌输给学生的东西。但蒋海燕还是没法做到。6月一过到了7月；课程很快就要结束，学生们找到了新工作，班级的规模也随之缩小。蒋海燕买了一张伪造的中专文凭，却不敢在面试的时候拿出来。她和老板的谈判一拖再拖悬而未决；她还考虑上另一个班，这次是学英语。"做人真难!"她说。

你可以说蒋海燕害怕了，她是有一点。但情况看起来比害怕要更复杂一些。她想知道如何跟别人打交道——本质上，是中国的传统行为规范如何去适应现代的打工世界。但这超出了白领班课程设置的范围。

珠三角吸引了形形色色的励志讲师和管理大师。最高端的市场被台湾来的企业专家占领；一些总裁研讨会限制严格，没有邀请不得入内。提升自我的言辞充斥于普通的商业生活：直销公司，猎头，以及红娘都用励志的语言作为推销的噱头。东莞的书店里整面墙的货架上都是励志图书；有些书店甚至没有其他类型的书。卡耐基系列的书最为热销而且长盛不衰，尽管里面粗心的复制粘贴错误也显得很明显。《如何赢得朋友并影响他人并如何停止忧虑开创人生》。《高效说话的捷径》。有关中国人创业秘密的书也卖得很好——《温州人赚钱三十六计》——人们对于数字列表的力量总怀有神秘的信仰。《领导者白手起家的七个秘密》。《决定销售成败的五十九个细节》。有些书也对处理男女关系提供意见——《坏女人有人爱》——但商业图书的量远超个人生活主题类的，大约是十比一。自助类图书可能是美国人的发明，但中国人早已将其提纯淬炼，并改头换面，以反映他们自己更狭义的先入之见：成功学。

　　2005 年 5 月，一个潮湿的夜晚，我路过公寓附近一个步行区的书店。门前有个临时搭建的台子上，一个男人正对一群年轻人演讲，其中绝大多数是衣着搭配不协调的农民工。"我曾想要写一本书，"那个男人说。"我需要等到什么都懂了才开始写吗？不。我边写边学，边学边写。电脑软件能识别所有我写的错别字。编辑不就是干这个的嘛。"

　　观众发出一阵轻笑声。这个男人中等身高，略有点谢顶，脸像煮过的饺子一样又胖，又白，闪闪发光。跟你想象中的成功学演说家大不一样。

"那么你们想成为企业家,"他继续说。"你在等待一个理想的环境。但是会不会有理想的环境?不会。现在行动,你可以把环境变得理想。你现在知道你需要懂得的一切吗?不。但是你做着做着就会了,而这个学习的过程会非常值得。"

接着,演说发生了一个出人意料的转变。"下面我来谈一谈模仿。我认为模仿很重要。大家都在说创新有多重要。但是你必须投入很多时间来创新,风险很高。为什么不把实践证明有用的东西拿来用呢?这就是模仿。"

这个男人名叫丁远峙,不久前他还在高中教物理。他的书,《方与圆》,据称卖了六百万本。目前丁远峙正在全国巡回,教大家如何像他一样掌控成功之路。

> 每天你都会感受到无形的压力,让你无法停止奋斗。同样是人,别人去高档的酒家、歌舞厅,而自己只能去低档的……为什么别人能有高级的物质享受,自己只能享受低级的呢?想想这些,不感到屈辱吗?……
> 街上每天都有无数的奔驰车驶过。现在我们不拥有,这并不可悲,可悲的是我们不敢向往拥有。

《方与圆》是对美国自助书籍的颠倒。它并不敦促人们去发现自我,超越物质上的成功,或者承认自己事业和两性关系的失败。它并不试图改变它的读者。相反，它教读者如何把已经做得很好的事情做得更好：小肚鸡肠，唯利是图，互相嫉妒，勾心斗角，阿谀奉承，巧言令色。《方与圆》就相当于站在东莞街角一字一句地传授模仿的价值。观众早已经属于你了。

《方与圆》描绘的黑暗世界里充满了错综复杂的人际关系，激烈的职场政治，两面三刀的友情，腐败堕落的交易，以及只看地位威权的老板。在上级面前同事间互相拆台。老板极尽权力之能事贬低他人或收受贿赂。玩世不恭的男人钓到最漂亮的女人。用金钱和地位来衡量幸福。诚实永远不是上策。如果政府稍微注意一点，肯定会禁掉这本书——我从未看到有哪本描写中国社会黑暗面的书能如此平静地被作为公认的事实。表面上，《方与圆》写的是外圆内方的处世之道——内心方正，外表圆滑——结合正直品质和人际关系的技巧。但是这本书花了七十页讲正直，社交技巧的部分则长达两百页，任何人都能看出它的重点在哪里。

我一直觉得中国人的社会交往复杂得毫无必要。儒家传统强调的不是某个个体，而是他在复杂的等级次序里扮演的角色，看重地位尊卑，克己复礼，毕恭毕敬。中国人在人口密集的社会里生活了几千年，已经形成微妙的技巧来表达和感受轻蔑，用婉转的手段施加权力，操纵形势以获取利益，所有这一切都披着繁文缛节的外衣。甚至中国人自己都抱怨生活在这样的社会里很累。以前我没能领会到底会有多累，直到读到这本书——其中有整整八页写应该怎么笑，还有四十五页写如何引诱他人卸下防备之心。

握手：一握就松手表示你对别人漠不关心。

送礼：不要养成别人一帮忙就送东西的习惯。

求人：如果事情不大，先求别人帮一个大忙，让他拒绝你。当他觉得不好意思的时候，等待机会，让对方帮个小忙。

阿谀奉承：记住部门领导和长期客户以及他们的妻子，父母和小孩的生日和重要纪念日。

进一步阿谀奉承：如果有人穿了一身两百块的衣服，你就说，"这身衣服至少要三百块钱吧？"

讨价还价：如果想买便宜的衣服，先问贵的衣服的价格。如果想买贵的衣服，先问便宜衣服的价格。

帮忙：帮了别人的忙，不要收人家送的礼，也不去吃人家请的饭……宁愿别人欠我的人情。

还有更多阿谀奉承：让别人感到他们很重要，这是激起他们热情的有效方法。

摧毁一个人自信的好办法是，当他跟你说话的时候，目光要转向一边。让下属办事，自己少露面，以提高你的重要性。洽谈的时候，假装接到客户的电话能让你从供应商那里得到更好的条件。和下属分享公司的财务机密最能赢得他们忠诚。生病的时候去看望病人是建立关系最好的办法。如果一个男人想占哪个女孩子的便宜，就会在她生病的时候趁机讨她的欢心。这一招肯定管用，因为这个时候她很脆弱，最需要安慰。

《方与圆》简直就是对中国宣扬了两千多年的传统美德的逐条驳斥。

学术：成绩最好的替人打工；成绩平平的当老板。

谦虚：如果别人还没有完全了解你，你的谦虚就不是美德，而被当作无能。

家庭：（一个朋友）在深圳大学做临时工，但是他的老婆……催他回家，说"如果你不回家，我们就离婚"。他认为老婆比工作更重要，于是放弃了他的职位，回了家。但老婆还是跟他离婚了。

忠诚：如果你和你最好的朋友相处得特别好，那你们到现在为止都是真朋友。但如果有一单一百万美元的生意，你没有把他踢出局，或者他没有这么对待你，那你们的脑子就有毛病。

诚实：有时候很有必要说点"善意的谎言"。比如，对身患不治之症的病人说实话会摧垮他的精神。谎言能延长他的生命，让他快乐地度过余生。

书里最冷酷无情的部分说的是男女关系。商场兵法一样能运用到个人问题上来。首先提出一个你的对手能够接受的目标，这既关系到难缠的谈判，也关乎第一次的约会。甩掉女朋友的一个好办法是"彬彬有礼"：忽然之间他对女朋友非常有礼貌。如果她帮他做什么事情，他会道谢。离开的时候说再见。这类过度的礼貌使得一个人显得冷冰冰的，不易接近。这种策略在拒绝朋友求你帮忙的时候也有效。

如果以上招数都不管用，作者建议使用他自己万无一失的绝招来攻破别人的防线：

> 为了唤醒别人的良心，激发他人的善行，一个重要
> 的技巧就是哭……用牙咬住下嘴唇，让眼泪在眼眶里打
> 转，同时目光直视前方。下一次如果受了委屈，摆好这
> 个姿势，我相信没有人会无动于衷。

写这本肆无忌惮操纵他人心理手册的作者，身穿短袖衬
衫和卡其裤，光着脚在他深圳的公寓里开门迎接客人。近
看，他比照片更老，更忧伤，法令纹很深。他领我进了一间
很时髦的单身公寓——深色木地板，白色粗毛地毯，灰绿色
曲线组合沙发——然后给我倒了一杯百事可乐，小心地放在
玻璃茶几上。

丁远峙原本是湖北省的一个高中物理老师，1987年他
来到深圳，找到一份教职——自然，也是通过要花招得来
的。他打听到他想去工作的那所学校的校长是个《红楼梦》
迷。一天晚上，丁远峙到校长家中拜访。他没有明说他的目
的；不过，正如他在《方与圆》中所写道的，他设法吸引校
长和他长谈这本小说。

> 我们聊得越久越热络，不知不觉几个小时过去了。
> 校长忽然抬头看了一下，才意识到已经过了十点。他仿
> 佛如梦初醒，问我，"哎，你来找我做什么的？"

刚刚聊了几个小时，我已经赢得了校长的青睐，所以我谈了一下想到深圳来工作的愿望，校长自然找不到拒绝我的理由，答应我可以来学校教书……

我调来深圳的过程中打败了许多对手。没有花一分钱。

不久后，丁远峙和一个朋友决定开一个公关公司。这也是一个经过算计后的行动。"我们觉得，说我们是中国第一家公关公司，这很容易，"丁远峙告诉我。"我们料想工商局不知道公关公司是什么，所以拿到批文会更容易一些。"问题是丁远峙和他的朋友也不太了解公关公司是怎么一回事。他们组织了一场发布会，但是再也没有办法招揽来新生意。然后他们决定给总裁们开办公共关系培训课，丁远峙发现他在这方面很开窍。他开始看卡耐基的书，并开始在电视上露面。

1996年《方与圆》的出版也同样离经叛道。丁远峙没有签署合法的出版合同；他从一家出版社买了一个书号，自己印刷自己推销。周末的时候，他跑到深圳大大小小的书店，在店门外拉起横幅，架起桌子，举行签名售书。《方与圆》语言通俗，初中水平就能读，所以连工厂的打工族都能看懂。"农民工的内心需要安慰，"丁远峙说。"他们需要知道成功是可能的。这些书对他们来说就是安慰剂。"

我问他如何看待在中国销售的其他成功学书籍。他一本都没有读过。"中国所有的这些书都是借鉴国外的想法，"他说。"中国真的没有什么原创的思想。"

当我问及他下一个计划的时候，丁远峙离开了房间，回来的时候拿来一本麦克·波特的《竞争优势》中文版。他的下一本书，他直白地说，将会反复利用这本书的观点，文字仍然是通俗的中学水平。"我的书基本上会把波特的概念弄成通俗易懂的样子，"他说。"深圳有很多老板只有小学文化程度，但是他们渴望学习。"这就是模仿。

同丁远峙的会面让人失望。他没有一丁点成功学老师的资质。甚至连一个精彩的演讲师都算不上，也没有引人注目的观点；他的公关事业没有起色。没有一个见过他的人会把他勾引年轻女性的建议当回事儿。但是丁远峙敢做别人不敢做的事情。他开了一家公司。他去演讲。他写了一本如何成功的书。行动是唯一让成功人士与众不同的东西。他写到，成功和失败的区别不在于人们想法的优劣，或者能力的高下，而在于他们是否相信自己的决断以及是否敢于行动。陈英冒着失业的风险去寻新工作，而蒋海燕不敢。最终，那是她们之间唯一重要的区别。

2005 年 7 月一个星期六的晚上，白领文秘技能特训班的第二期学员毕业。为了举办毕业典礼，教室里的桌椅被摆成一个正方形，中间空出来留给演讲和表演的人。每一溜桌子上都热闹地撒了一把花生，果冻糖，饼干和装了温水的一次性塑料杯。老师们身着正装衬衣，黑色长裤，打领带。大约有五十个学生参加，有刚毕业的，上一期毕业的，以及注册新学期开班的学生。刘校长，也是毕业典礼的主持人，伴随着掌声正式地一一介绍各位老师。杨老师唱了一首《二十年后再相会》。

　　再过二十年我们来相会

　　那时的天噢那时的地

　　那时祖国一定更美

　　那时的山噢那时的水

　　那时祖国一定很美

　　那时的春噢那时的秋

　　那时硕果令人心醉

　　"我想如果我们二十年后再相会，"刘校长说，"你们会成为百万富翁和大老板。"他念出所有毕业生的名字——大约有半个班——就是这些找了新工作而没法参加今晚典礼的人。陈英也在名单上。她在一家五金厂找到了文员的工作。"我们希望她们工作顺利。"几位毕业生致辞。

　　　　十年来，这是我最骄傲的一刻，因为我之前从来没有参加过毕业典礼。现在我在一家公司做销售。这个工作很辛苦，我每天都在外面。我学到很多。

我的名字叫叶芳芳，我希望你们都会记住我。你们把我从一个胆怯的人变成了一个自信的人。我学会了如何介绍自己。那就是方与圆的结合。我会永远记住你们。

典礼进行到一半，停电了，一些学生在教室穿梭来去，点燃蜡烛。蒋海燕穿一条长裙，透明长袜，一双高跟鞋，用她的表演和翩翩风度倾倒整个教室，真让我感到意外。在《掌声响起来》的歌声中，毕业生绕着点燃蜡烛的教室和他们的老师一一握手，神情严肃地互表谢意。刘校长宣布第三期白领班一周后开课。

只有四个找到工作的学员专程回来参加毕业典礼。这就是学校成就的衡量标准：这么多女孩分布在珠三角各处，并缺席今天的典礼，她们今天不能来，是因为她们已经向前迈进了。老师们也同样向前迈进。付老师大学毕业，从白领班辞职，跟随女朋友一起去了上海。端木老师升职了，肩负更多的管理职责。

接下来的一年，我在智通学校认识的每个人都会经历人生的重大转变。陈英会跳槽去一家生产透明胶的工厂做销售，然后又跳去一家做空调的工厂，在那里她被任命负责采购和生产，管理手下二十个工人。一年后我和她一起吃饭，她焕然一新；她谈吐宜人，背一个时髦的长条形手袋，坐在摆着古董木桌的餐厅里自信满满地点菜。她一个月挣一千六百块钱，有三个男人同时追她，都是经理。她还和一个朋友打了赌，看谁先买车。"如果你想要我回到过去那样子，"她告诉我，"我没有继续活下去的勇气。"

蒋海燕会回家，短暂出来一段时间找工作，然后又回去帮家里经营一家食品和文具商店。她的父母不想让她在东莞生活，因为他们觉得这样不安全。蒋海燕囿于家庭责任的大网，不愿意和父母发生正面冲突。"我不想让我的家人觉得我一定要做这个，不然大家都不会好过，"我给她家里打电话的时候，她告诉我。

邓老师会切断他和智通学校的联系，去追求更赚钱的工作，给总裁们上管理课，一节课五千块钱。"我四十二岁了，"他说。"我得考虑老了之后怎么照顾自己。"一天课后的晚上，他把手提箱落在了出租车上，里面有他的手机，他以前所有的学生从此和他失去了联系。

当毕业典礼接近尾声，教室里恢复了供电，学生们唱了最后一首歌，《朋友》。音乐声阵阵响起，邓老师向学生们发名片，刘校长给学生们颁发证书，封面包红绸子的小本子。里面通常写有学校名字的空格处，印着东莞智通人才智力开发公司的名字和商标。

朋友啊朋友，
你可曾想起了我，
如果你正享受幸福，
请你忘记我。

朋友啊朋友，
你可曾记起了我，
如果你正遭受不幸，
请你告诉我。

朋友啊朋友，
你可曾记起了我，
如果你有新的，新的彼岸，
请你离开我，离开我。

七　八分钟约会

　　找老公有几种途径，一个打工女孩找到一份稳定的工作之后，嫁人就是她的下一件大事。有些女孩同意家里帮她们在村里相亲，虽然这也有风险，可能被许配给一个没有前途、不敢离家太远的男青年。在东莞住了一阵的女孩，通常会请朋友介绍男友，但是在城市认识一个男人，却不容易了解他的底细，比如他在老家有没有老婆孩子。一些女孩选用婚姻介绍服务，但许多人觉得这种方式太"直接"了。最大胆的姑娘在网上认识男人。这种途径的危险性启发了一首歌的创作，《QQ爱》；QQ是中国互联网上最流行的聊天服务。

　　　　有位自称人很帅

　　　　心地善良小乖乖

　　　　问今年你几岁

　　　　有过几次 one night

　　　　吓得我发呆

　　　　这是什么 E 时代？

赶快对他说声拜拜

哦！QQ爱

是真是假谁去猜？

　　没人不想找对象。城市生活太孤单，有个人分担能减轻
这种压迫感。结婚是履行孝道；一个农民工，无论男女，一
到二十岁，家长就会不断地施压催促他们赶紧结婚。没有人
想变成可怕的大龄青年，这个词字面意思是说"年龄大的年
轻人"，字典上的定义是"二十八岁到三十五岁之间的未婚
男女"。农村传统的时间表和城市的实用主义很相配：一个
年轻女孩应该在她价值达到顶点的时候，尽早锁定婚姻。
　　东莞交友俱乐部是城里最大的一家约会机构。俱乐部的
初衷是为了帮助女人在这个女性人口占百分之七十的城市里
找到配偶，目前发展壮大，会员超过五千名。这家俱乐部由
全国妇联运营管理。全国妇联是个国家机构，员工都是些善
心满满的妇女。她们相信自己的职责是"引导大众"，无论
大众是否真的需要她们引导。俱乐部的女性会员远超男性会
员，达到二比一，管理者指出这比东莞市的性别比例要好得
多，女性对男性的比例高达四比一或五比一，也许三比二也
说不定——就像东莞的人口一样，性别比例也是个具有高度
不稳定性的数据。
　　在美国，约会机构让陌生的会员之间能够约会。但对于
大多数中国人来说这太不含蓄。这里的会员每周日下午在俱
乐部总部，一桩老旧房子的二楼见面，活动取了一个巧妙的

名字，"信息交流"。俱乐部也组织会员周末出游。在中国，约会是一项集体活动。

我旁边的那人站起来。"你好，我的会员号是2740。"他坐了下来。

李凤萍，管理俱乐部婚介组的中年女人，表示异议。"这就没了？你得做一点自我介绍。"

那个男人又站了起来。"我是湖南人。本来我只考进大专，但是后来我自学，拿到了本科文凭。"他又坐下来。

2004年秋天一个周日的下午，三十个人在俱乐部的主会议室集合。荧光灯照亮的房间里放了塑料椅子，像是个教室，这感觉让会员们像小学生一样分开坐，男人在房间的一侧坐成几排，女人则三五成群以求安全感。

"我是广东人。我做销售，一个普通工人。"

"我是江西人。我是个很平凡的人。"

一个穿黄绿色毛衣，白色牛仔裤的女人站起来。"大家好。我到东莞有段时间了，我做销售，是湖南人。我今天来这里的目的是多给自己一些机会。"

大多数介绍简短又腼腆得令人难过。每个人报出自己的会号，籍贯，但不说自己的名字。都说自己"普通"。男人有做电工，律师，广告主管，流水线工人；女人则是护士，文员，老师，销售员，流水线工人。有相当比例的会员离过婚。偶尔听到一个人说话，仿佛是成功学课堂里来的，房间里的气氛顿时就像忏悔一样鸦雀无声。

　　我经历过很多事情，受过很多伤。今天，我已经挺过来了。

　　我是个大学毕业生，学电脑，现在是个办公室经理。我的目标是找一个爱我的、我也可以爱的人。

自我介绍结束之后，李凤萍说，"现在请大家站起来，走到你喜欢的人面前。"

没有人动。

一阵尴尬的沉默之后，穿黄绿色毛衣的女人开口说话了。"我有个提议。今后，我们的聚会应该办得更专业些，大家就不会这么不自在，也不用浪费这么多时间。"

"是的，应该计划得更完善一点，"一个坐在旁边的男人同意她的说法。看样子相亲会快要演变成一场互相指责的混战。无论什么时候，只要我观察中国人在群体中交往，都能从骨子里理解"文化大革命"何以会产生。人们害怕被孤立，但若是有群体安全感的掩护，他们又能以令人窒息的速度向某个人开炮。

忽然一个眼睛乌黑发亮的漂亮的小学老师站了起来。

"你叫什么名字？"她大声问一个歪坐在靠墙椅子上的男人。

他马上坐直身子，回答她的问题。

"你是哪里人?"她问。

"贵州。"

"我很喜欢你。"

她坐了下来。雷鸣般的掌声。

接着,又是一阵沉默。

坐在我旁边的——编号 2740 的男人——站起身来走了。我转向李凤萍,建议让大家起来走一走。"我们能放点音乐吗?"某个人问道。终究,要在三十个人的眼皮底下穿过房间走到陌生人跟前,压力太大没法承受。大多数会员很快从交友聚会逃走。那个被小学老师点名的男人没有任何行动,而她也一直坐在那里,神情坚定,目不斜视。

聚会后,我走到那个黄绿色衣服的女人身旁。她比远看的时候要矮一点——只有一米五出头——身材很好,曲线曼妙,瓜子脸上有一双不安静的黑眼睛;她擦着淡淡的粉色唇膏,头发上别着亮闪闪的水钻发卡。她二十九岁,做销售。"以前,我一心扑在工作上,忽略了个人问题,"她告诉我。"但是现在我开始考虑这事,所以我来了。"

我问她,她看重男人身上的哪一点。

"一个人的教育程度,做什么工作,一个月赚多少钱都不重要,"她说。"对我来说,感情最重要。"

这个女人就是伍春明。那天第一次见到她之后,我所记住的就是她对在场的俱乐部会员们说的话——我今天来这里的目的是多给自己一些机会。那句话，以及她的声音：像镰刀一样尖锐。浓重的乡下口音在城里住多少年都磨灭不了，她也并不顾忌。也就是这种声音让她赢得争论，闯过建筑工地，让男人们刮目相看。

随着时间的推移，我了解到更多春明故事的细节——她在一家玩具厂起步，差一点被骗到妓院，和老板谈判升到管理层，卖藏药和墓穴一夜暴富。政府取缔直销以后，春明在《中国国门时报》找到一份记者的工作。这家报纸由主管进出口检验的政府部门经营，而她的工作，任何正统的新闻从业人员都无法认可。春明先决定采写关于某家公司的文章，而被她选定的公司因为害怕产品在海关那里有麻烦，就会付钱给报纸发正面报道。具体价格由版面大小决定，收费标准和广告一样。两千块可以一笔带过，特稿则需要花五万块钱。靠这种勒索式的新闻报道，春明从中提成，还干得不错。之后她在一家建筑材料公司的销售部门做了两年，2001年，她和男友合开了一家建材批发公司。生意只持续了半年——除去给家里盖房子的钱，她所有靠直销赚来的积蓄，一共十万块，全赔掉了。我遇见她的时候，她刚在一家做油漆和建筑外墙涂层的瑞典公司找到一份销售员的工作。

春明的跌宕起伏反映了华南的繁荣与萧条。但或许她故事里最不可思议的一部分，就是在这个精明无情的社会里，她还在坚持寻找浪漫——就像那个男人说的，找一个爱我的、我也可以爱的人。

她的第一任男友是她建材公司的司机。春明一开始不怎么喜欢他，但他们相处的时间很长，那男人也懂得怎么去哄女人。她已经二十五岁了，还从来没有跟男人发生过关系。

他们谈恋爱不久，春明察觉那个男人不适合她。他总是向他父母伸手要钱，也没有春明勤劳肯干的天性。"他大事干不了，小事不肯干，"春明是这么说的。他们吵了两次架，他动手打了她。

"他用手，就这么朝我脸上，狠狠扇了一巴掌，"春明说着，硬邦邦地伸出手，手心向上，做给我看。"他第一次打我，我不停地哭。他答应我以后再也不会这么做了。第二次打我，我没有一点反应。我很平静。有句老话说，男人动过一次手就还会有下一次。现在我明白真是这样。"那是2002年，但春明还是和男友一起过了一年半。他们在东莞市中心沃尔玛对面合租了一间三居室公寓。

"只要我跟他提分手，他要么不理我，要么就说我在玩弄他的感情。我不知道怎么甩掉他，"春明说。"我就跟他说，我们必须分手，可是我下班之后他还在那里。我不知道该怎么办。"她只能采取间接的手段，在日记里给他写信：这次我决定非跟你分手不可。我们没有未来。墨迹在纸上晕开，因为她边写边哭。她把日记放在厨房餐桌上，但即便他看到了，也从未表露出来。

结果另一个女人解决这件事。一天，一个从他老家来的女人给春明打电话，说她和春明的男朋友好上了。春明松了一口气，当她告诉男友她知道他外遇的事情时，他没有异议，卷铺盖走人。从此之后，春明没有认真地谈过恋爱，但是有不少露水情缘。有时候，这对她来说就足够了。她梦想，等她以后赚够了钱，有车有房，想什么时候找情人就什么时候找。而有时候，这些随便的情事让她感到更加孤独。"如果你有许多情人，"她告诉我，"就像永远在海上漂，再也不能靠岸。"

二十五岁会计觅具备专业技能
有房有爱心有责任感的广东男士

女人想找一个有好工作收入稳定的男人。男人想找年轻健康的女人。女人要男人身高一米七，有自己的房子。男人不在意身高和房产，但需要女人性格温柔。有些女人青睐广东本地的男人，因为他们能解决户口问题，而另一些女人则觉得本地男人有点太强势。男人不在意户口身份。女人要求的比男人更多。

交友俱乐部的会员要填一张索引卡，写下自己的个人信息，以及想找什么样的配偶。卡片上列出会员的职业，婚姻状况和个人信息，比如身高、体重、健康状况；上面的内容也包括一些只可能出现在中国交友申请上的个人特征，比如政治面貌，住房情况，家人的健康和财务状况。政治面貌表示一个人是否是共产党员；显然这样显贵的会员很少，大部分人只是简单地填上"群众"。卡片上也提到当事人是否需要赡养年迈的父母或者弟妹——那些没这种负担的人自然也竭力指出他们的父母身体健康，弟妹已经成人。

每张卡片后贴有一张照片。女人穿蕾丝裙和高跟鞋，在公园里摆姿势，或者身处人工湖中央的石块上，仿佛等待救援的少女；男人则身穿西服站在山坡上。无论男女都会站在豪华小区前面照相，可他们根本不可能住在这种小区。有许多照片是在街边照相馆里拍的，题材无非是站在假的长城边，或是假的枫树下，又或是假的美式白栅栏前——这种真栅栏我在中国从没见过——还要故作自然。一个男人把跳舞列为兴趣爱好之一，他的照片是在有麦当劳标志的城市风景画前摆出一个跳迪斯科的姿势。卡片根据会员的性别和出生年月排列，放在一个活页夹里：**78 女，77 女**。**71 女**和**72 女**当中的相当一部分人离婚了，带一个小孩。最年长的大龄青年则共生在一个活页夹里，上置冷酷的标题：**四十岁以上**。

大多数会员不是来寻找爱情的。他们并不渴望在海滩漫步或是乘热气球观光。他们最主要的关注点都很现实。**有事业心。经济条件好。工作和收入稳定。能吃苦。**女性尤其迷恋身高这一项：就和人才市场一样，身体条件是素质的体现——是一个男人身体健康，稳定，有福的保证。虽然很多女人坚持要找一米七以上的男人，还是有几个人能接受一米六五的对象。没有人愿意和身高才一米六的男人约会。

活页夹也暗示了以往的恋爱是怎样搞砸的。**觅 28—34岁性格开朗不赌博的伴侣。觅有涵养不酗酒感情专一的伴侣。**偶尔也有胆大的女人豁出去了：**觅 35—45 岁伴侣，其**

他一切随缘。许多女性认为房产是约会的先决条件。这在中国的征婚广告里很普遍，有时候读起来像是房产广告，比如说这条面向农村女性的杂志广告：

> 27 岁，男……离异，心胸宽广
> ……有五居室砖房一套，
> 带家具，现代电器，摩托车一部，觅终身伴侣。

这种先入为主的房产观念并不像表面看起来那么唯利是图。就像身高一样，有房是一种标志，意味着一个男人值得托付终身。"这些女人并不是真的要找非常有钱的人，"东莞另一家婚介所的老板唐翔这么向我解释。"她们只是要一点安全感。"

　　所有和我聊过的交友俱乐部会员多少都对俱乐部有些不满。有人跟我说，男会员没受过什么教育，层次不高。已婚男人有时候会用假身份混进来找婚外情。俱乐部的管理层是"一群老太婆"，春明说。但是每次我路过俱乐部顺便进去看的时候，总有一些会员在里面，正在聚精会神地翻检 **78 女**或是 **71 男**的目录活页夹，寻找对象。

　　春明在打工世界一路高升，把不少人甩在身后。早年她在流水线上认识的朋友回家结婚生孩子。大多数像样点的工厂不会聘用二十五岁以上的女人当普通工人；年纪大的女人通常只在经营不善的工厂干活，或是做一些卑微的工作，比如清洁工。对一个打工女孩来说，向上流动是生存之道——一旦人生的第一春结束，这才是留在城里最好的办法。

春明的朋友们，奔三或是三十出头的女人们，都在大规模的淘汰中生存下来。大多数人和春明一样，来自农村，虽然也有一些出生在城市，上过大学。她们通常开些小厂，在东莞到全世界的巨大供应链上做一个极小的零件。一个女人和她的老公做手袋的五金装饰配件；另外一对夫妻做黏合鞋面和鞋跟的胶水。一个二十六岁的女人经营一家做鞋底的厂，另一个则做木地板，还有一个卖建材，但正在考虑转行做内衣批发。对于春明来说，这个朋友圈就像家庭一样。做销售经常出差，她会不提前招呼就在一个朋友家里住好几天；她换洗的衣物和空余的洗漱用品分布于珠三角各处。有次我和春明在深圳遇到，她已经五天没回家了，而她带了一个女用的小手包，只够放一支唇膏和一部手机。

处在春明的朋友圈中，就好像看那些同时显现两个物体的视觉幻象。在东莞，她们看起来很像中产阶级。她们有车有房，或正计划近期购买。她们到驾校学开车，出去度假；她们做指甲，节食减肥，学拉丁舞。她们总是知道最新开的巴西烤肉在哪里，最好的冰激凌是哪家。在另一些方面，农村似乎给她们的基因烙下了不可磨灭的印记。她们的公寓可能装修得很有品位，但卫生间里永远都是蹲坑。她们的医学知识往往是祖母辈的民间智慧：生病要康复，她们会用人参炖鸡肉；天气冷了，她们喝猪肺汤预防呼吸道感染。她们仍然坐火车和巴士长途旅行，几乎没有人坐过飞机。过年回家是传统观念在她们心里最重的时候，一天之内重新走过多年来闯过的长路。

　　春明很少聊她早年在工厂的事。我觉得她并非以那些日子为耻——只是因为那个在玩具加工流水线上干过活、写过日记、拼命学过广东话、背过本杰明·富兰克林的十三条道德准则的女孩，跟她今天的样子已经大相径庭。她还在不知疲倦地提升自己。她公寓里的书架上摆的几乎全是自助书籍。《一百个成功故事》，《玫琳凯领导奥秘》，以及书名用英语写成的礼仪丛书，比如 Tone（语调）和 Crass（粗俗）——在品味（class）这个词的所有拼写错误中，这是最糟糕的一种。客厅的墙上挂了一张巨大的个人写真，照片里春明擦着闪闪的粉色唇彩，一个镶了珠宝的发卡向后夹住头发。这间公寓反映着她的个性——精打细磨，不懈自省。

　　所有的一切都是学习的机会。从韩国的连续剧里，春明学会必须左手拿勺，右手拿叉，但是用刀的时候则要右手拿刀，左手拿叉。也是在韩剧里，她第一次看到特百惠的碗罐。有一次我送给她一张《罗马假日》的DVD——她找我帮忙要一些美国电影看——从好莱坞的娱乐片里她解读出马克思主义的道德教训。"那个穷记者能靠公主的故事挣很多钱，"她向我总结剧情。"他放弃挣大钱的机会，他的道德提升了。"她不知道奥黛丽·赫本是谁，但却断言她"没有茱莉亚·罗伯茨漂亮"。

她的观察细致入微到不可思议；可以说我怎样注意她，她就怎样留意我。我们初次碰面时，是她挑的地方——欧式咖啡西餐厅——点了和我一样的菜，意大利肉酱面。她注意到我晚餐常喝啤酒，一天晚上，她宣称自己一直在私底下练习，现在能和我一块喝一杯了。她问我，牛排应该几分熟，哪个国家的男人最体贴，在美国做母亲的怎样带孩子。她不停地尝试更新自己：染头发，有时烫卷，有时拉直。她的衣服总是搭得很好，我从来没有看过她同一套衣服会穿两次。

来东莞之前，我认识的绝大部分中国人属于受过良好教育的阶层，他们敏锐地感受到我们之间的差异。他们想要知道我认为自己是美国人还是中国人。而当他们发现我不能很好地阅读汉字，或是我和美国男士约会的时候，毫无例外他们会感到惊讶甚至生气。他们向我宣讲民主，伊拉克战争以及外国媒体无法理解中国。他们的国家经历了一百五十年屈从于西方的历史，无论什么时候只要我们一聊天，这段多灾多难的历史总会冒出来，挡在我们之间。我祖父和亲戚也是这样，许多中国人仍生活在这个世界中。

春明和她的朋友们根本不关心这些。她们不在乎我的中文不好，或是我不知道著名中国作家的名字；她们也从来不问我对民主的看法。他们出身低微，也没有受过教育的、尤其是男人身上的那种家国负担。当我碰到春明的男性朋友时，这些先入为主的想法通常会浮出表面。一次，春明的一个外科医生朋友叫阿强的，问我是干什么的，我告诉他我正在写一本关于外来女工的书。

"《南风窗》有很多关于那个的文章，"他说。"你可以直接用他们的文章，会节省很多时间。"

春明深深叹了一口气。"不同的人有他们自己的观点，"她说。"她看事情的角度可能和别人不一样，她就想从她的角度来写。"

我好想站起来为此喝彩。

她转向我，"对不对？"

"对呵。"

阿强坚持说，"你应该写一些有关中国宪法的问题，"他告诉我。"我们有这么美好的宪法，可是一旦下到基层，那些当官的总是反着来。"

"这跟她写的太不相干了！"春明怒了。她拿出手机查看短信，这是结束对话的信号。

春明本能地理解我。从某种意义而言，她跟我是一条船上的人：用不同的眼光看待生活，书写自己的故事。从她出来打工那天开始写的日记，她都保留了下来。"等到哪天有条件了，我也想写书，"她告诉我。"我只写最简单，最平凡的事。"

2004 年 12 月一个周日晚上，春明请我和几个朋友去吃湖南菜。有一个叫阿宁的护士朋友，皮肤很白，声音带点磁性很好听，另外有两个年轻男人，他们是一家工厂的主管。

春明穿一身黑色毛衣和格子裤，提着一个仿冒的 Fendi 手袋，看起来很时髦。两个男人穿着工厂制服。

我一坐下来，其中一个男人转向我。"在你看来，克里和布什有什么区别？"

"他想套你话，看你投票给谁，"春明说。

"我投给了克里，"我不情愿地说。我不是很想聊天往这个方向发展。

"你认为中国现在能搞民主吗？"他问。他觉得不行。"如果我们能投票，"他继续说，"我想投给蒋介石。我觉得他是个好领导。"然后："你觉得你更像美国人还是中国人？"

桌上来了三瓶青岛啤酒。和我聊天的人明显兴致更高了：比起逼我谈政治，更过瘾的是一面灌啤酒，一面逼我谈政治。"那今晚就喝醉吧，"他向我宣布。

春明来救我了。"我觉得大家互相灌酒很傻的，"她说。

阿宁很快转变话题。她说，她刚刚在一个健身俱乐部报名参加现代舞班。

"我也想学跳舞！"春明说。"我想学恰恰。"

"我想学瑜伽，"阿宁说。

她转向我。"你会调酒吗？"

"什么酒？"我问。

"鸡尾酒什么的，"她说。

我说我会调几款最基本的。

"我很想学调酒，"阿宁说。"我甚至想免费给酒吧打工，去学调酒。"

"我最近在酒店和客户一起参加晚会，"春明说。"那里有很多外国人，我们喝的是装在玻璃杯里冰过的葡萄酒。我握着酒杯的杯身，但是有人告诉我应该拿杯柄。"她睁大眼睛，这是她惊讶或激动时会有的表情。"规矩太多了！但是学这些还不错，因为人一辈子总会有参加这种晚会的时候。"

那个男人想加入谈话，问春明是做什么的。"我的公司是个外资公司，"她冷淡地说。两个男人中谁也没在饭局的下半程说过一句话。饭后，春明和阿宁赶紧让他们俩上出租车。他们住在东莞偏远的地方，要坐一个小时的车才能回去。

我们又招了一辆出租车，去看看开瑜伽课的健身俱乐部。春明靠在车座上，叹了一口气。那个男人是湖南老乡，她告诉我。一个朋友想撮合他和春明，就介绍他来。男人那天下午给她打了个电话，说他只在东莞待一天。"他跟我是湖南同一个地方来的；不然我也不会请他来吃饭，"她说。

"他太幼稚了，"阿宁说。

"受不了他，"春明表示同意。"他没什么话。还比我小三岁。"

我什么也没有说——在这一刻我为那个年轻人感到难过。我也意识到，刚刚我有生以来第一次参与了一场中国式相亲。

在健身俱乐部，舞蹈课结束了，瑜伽课一周只开两次，教练们都不在。阿宁忽然意识到我们就在交友俱乐部附近。"不知道今天晚上有没有什么活动，我们去看看吧！"我们沿着街走了一段，上楼来到俱乐部。大厅里空无一人：今晚没有交友活动。春明和阿宁坐下来翻看男会员的活页夹。"漂亮女人那么多，你看看这些男人！"春明说。

她很快地翻过一页又一页。"我先看看每个人的照片。"她说。"看照片也说不清这个人好不好，但是可以淘汰最差劲的人。"她指向一个矮胖的男人，一脸衰样，站在一个假的美式白栅栏前。"只有最低级的人才会去照相馆拍这种照片。十年前我才会干的事情！在公园或者自然环境里照相比这好得多。"

阿宁似乎和俱乐部里很多男会员约会过。她给我看一张照片，相片上的男人背靠大树。"他看起来很高，但是本人不高。只是因为他站在树旁边。"

她又翻到另一张照片。"这个男人面相看起来很和善，但他真的不是什么好人。"

翻。"这个男人四十八岁了。我跟他说，'就算我能接受你，我爸妈也不能。'"

翻。"这个人脑子有问题。"

阿宁最近离婚了，她正在积极地物色男友。她和俱乐部里超过二十名会员约会过，曾经一天相了四场亲。"我见过一个男人，说他住在八平米的出租房里过得很开心，"阿宁跟我说。"我说，'哦，真的吗？你住八个平米的房子真的那么开心?'"

跟一个老师的相亲也没成。"他嚼完口香糖,用手指玩起来。我真受不了。这个人是老师!他要教小孩子的!"

"每次跟这些男人见过面后,"阿宁说,"我都好想哭。"

"我跟这些男人见过面后,"春明说,"想吐。"她拿出另一个活页夹——**74 女**——给我看她自己的照片。这是春明姑娘的黑白照,留着短发,艺术性的柔焦效果——也许太艺术了,因为只有两个男人看过她的照片之后给她打了电话。她对对象提出的要求是:**善良,诚实,幽默,有住房**。春明的卡片是我看过的唯一一提到幽默感的。

"房子的要求不是绝对的,"她说。"我们可以一起买房。我只是说如果有房更好。"但是她绝不会跟身高一米七以下的人约会,因为那么矮的男人没法给她安全感。

我们离开俱乐部之后,阿宁开始细说那个脑子有问题的男人。"我跟他约会,他告诉我他住了两个星期医院,因为有自杀倾向,"她说。"一开始我觉得我应该帮他,因为我是个护士。但是后来我决定不应该搅和进去。"

那个人偶尔还会给她发短信。"我不明白一个脑子有问题的人怎么能当五星级酒店的财务总监,"阿宁说。

"他骗你的,就这么简单,"春明说。

我们去天使冰王吃酸奶冰激凌,春明犹豫不决,纠结了半天终于点了一个蓝莓芝士蛋糕酸奶冰激凌圣代。阿宁刚好来例假了，春明嘱咐她不能吃冰的，所以阿宁点了一份热草莓牛奶，呈现出工业废料般化学的粉色。

去交友俱乐部也没有白走一趟，我们发现这周末有一个新活动，叫"八分钟约会"。阿宁向我们解释她听说的这种速配是怎么一回事。春明想到要参加这个活动，兴奋起来。她热爱尝试新鲜事物，天性乐观。这种性情帮助她在东莞生存了下来，尽管对于约会来说，这有利有弊。

"问题是，"阿宁说，"有时候八分钟太长了。"

城市生活改变了这些从农村来的女孩对婚姻的期待。调查显示，外出打工更有可能让农村女性自己找老公，晚一些结婚，少生孩子，在医院分娩，追求婚姻关系平等，认为离婚是可以接受的。在一次调查中，有超过百分之六十的外来女工表示她们结婚目的是"建立美满的家庭"，或是"找到事业奋斗的伴侣"，而只有不到百分之十的人选择了"找一个生活的依靠"。

在传统社会里，一个年轻女性婚后会和她夫家一起生活，受制于婆婆的管教。她也会在公婆家生孩子，表明孩子属于夫家。但是外出打工让年轻一代免于履行这些义务：城里的夫妻往往自己支付婚礼的开销，而一个打工女孩即将临盆时大多是回娘家住，而不是婆家。

长久以来，学者们相信，绝大部分的女工最终会回家乡结婚，生子，务农。许多八九十年代的打工女孩的确如此，但是更年轻的一代正在发生变化。许多姑娘和外出打工者结婚，在他们工作的城市里安家。如果他们回原籍，常常会搬到省会城市居住，而不是他们出生的村里。结婚也不一定标志迁徙的终结：不少年轻夫妇会回家结婚，再一起出来打工。

和春明以及她的朋友们共处的日子，让我相信传统的观点——绝大多数打工女孩最终会回家务农——是错误的。在打工族的圈子里，每个人都离家多年；很明显，他们不会再回去了。但是因为改户口花费又多又麻烦，他们也不算是东莞的正式居民。研究返乡农民工的学者也会去农村调研，但在那里只能得到结论，认为像春明这样的人是暂时离开。他们看不到她已经在别处安了家。

春明在交友俱乐部约会了两次。第一次，一个男人坐出租车从东莞的另一个区域过来。春明下楼到公寓大楼旁的人行道上跟他见面。他们彼此细细打量。

"你好，"他说。

"你好，"她说。

"我觉得你很漂亮，"他说。

"我们还是做朋友吧，"她说。出租车还未离开，于是那个男人又坐那辆车打道回府。

第二次约会是在春明公寓旁的豆浆馆。那个男人迷了路，迟到了半个小时，春明就自己一个人开吃。那是早上九点。她的约会对象终于现身，看到春明没有等他一起吃，很生气。他试图掌控局面，给她点了一碗汤，但是春明拒绝了。

"他点了热汤和冷豆浆，"春明告诉我。"你能想象吗？热汤冷水的：那就是他的早饭。"

在汤水的滋养后，那个男人提议一起散散步。"早上九点钟，他要散步！"

春明告诉那个男人，她有点事要去处理，但他没有领会这个暗示。"我们还是做朋友吧，"春明说。他终于懂了。从那以后，春明放弃了交友俱乐部。她更相信网上约会，认为网络上的男人层次会更高一些。

一天我在她的公寓里，春明给我演示 QQ 聊天。上线之后，你可以下拉一个名单，所有在线的人都在上面，然后选特征，比如籍贯、城市、年龄和性别。她警告我，网上的人经常会聊到性。"在现实生活中不能聊这些，"她解释说，"所以我们在网上聊。"

上线几分钟后，一个男人过来了。他是一个朋友的朋友，有人把他作为备选男友介绍给春明。

你在上班吗？

是啊，你呢？

不，我在家。

你在哪里？

这个男人是东莞的城市规划师，从山东来。他二十七岁，比春明小三岁，所以春明骗他说自己二十五岁。聊天进展得很快，他们打开摄像头，让对方能看到自己。那个小伙看起来很严肃，体格魁梧，戴一副眼镜。

对不起，我很丑。吓到你了吗？

春明转向我。"他看起来像是个老实人。"

哪里，她写道。我觉得你看起来还行。

你结婚了吗？有男朋友吗？

没有。

啊，所以你比较保守是吧？

不，我不保守，但是我比较传统。

哪方面？

她靠在椅背上，看着我，自言自语。"哪方面？"

那个小伙没什么耐心。性的方面？对话框不停地蹦到她面前；小伙打字比春明快多了。念过书的人会打字，但春明没上过几天学。

不是，不是性的方面，她写道。老实说，我上网是来交男朋友的。

为什么一定要以结婚为目的呢？

不一定。交朋友也很好。

你能接受多少？春明向我解释，他在问，她是否可以跟只是朋友的男人上床。

我们什么时候见面？我下班后有空。

"哦不好！"她尖叫起来。"他要跟我见面！"

那天晚上春明跟那个小伙子见了面。她后来告诉我，他看起来人不错，有一份很好的工作。但是他很丑，有啤酒肚，鼻孔下面有颗青春痘。接下来的几个月，两种截然不同的想法在她心里打架。他很丑。他上的是名牌学校。他比较成熟。他很丑。春明和那个小伙子一起去商场买他公寓用的沙发。春明还跟他上过一次床，但是没有办法说服自己跟他谈恋爱。"大多数中国人的婚姻并不是建立在爱情之上，"她说。"也许将来我的婚姻也是这样。但是我现在还不打算妥协。"

东莞不只是年轻女性改变命运的地方。年纪大一点的女人也把这座城市视为重塑自我的机会。有一天我去了一家名叫"东莞市大都会命理策划公司"的婚介所。这家俱乐部比交友俱乐部要小一些，号称更高端。会员必须有大专文凭，月薪两千块以上。我见到了这家公司的总经理和他的两个女助理，会面很折磨人，他们三个互相交谈，手机响个不停。其中一个助理年轻，说话轻声细语；而另一个名叫向阳，是个身材粗壮的中年妇女，红脸，戴一顶鬃毛咄咄逼人的裘皮帽。两个女人都是单身，看起来她们到这个公司工作有一部分目的是为了提升自己的姻缘。

总经理计划用加盟的模式开办许多婚介所，遍及整个东莞。但从他的名片上我意识到他是照顾周到广泛撒网。

综合策划
旅游事业

房产策划

家教家政

办证代理

创业设计

艺术培训

营销代理

房产中介

年度资产检查

电脑智能输入

仪式典礼

猎头顾问

法律咨询

财务会计

管理咨询

婚礼策划

求职中心

民事调查

税务审计

我们正聊着，一个中年女人从街上走进来咨询俱乐部的服务。她有一张鹅蛋脸，穿一身朴素的黑色外套和配套长裤。向阳提出要带我们俩去看看附近俱乐部的活动中心。离开办公室后，我注意到办公室的前窗上贴着房产广告。

那个女人名叫孙翠萍，安徽人。她从百货商场下了岗，发现老公在外面搞女人之后，跟他离了婚。在东莞的朋友劝她出来看看这个城市——她才来了二十天。

"你很勇敢，"我告诉她。我很惊讶，一个女人，她的生活被小三颠覆，却还选择来东莞这个以二奶和歌厅小姐著名的地方。

"你应该写写中年女人的生活，"向阳敦促我道。"我们过得很难。我刚刚认识孙大姐，对她了解不多，但是我知道她受过伤。"

向阳还在说，我注意到孙大姐在哭。她站在人行道中间一动不动，头扭向一边，这样我们就看不到她的脸。中国人的情感流露总是让我手足无措：大家都非常克制，直到一瞬间他们光天化日之下站在人行道中间开始啜泣。孙大姐在她的包里摸索；我给了她一张纸巾。

"给自己一点时间，"我说，喃喃地说着些一般性的安慰话。"慢慢来。"

我们继续往前走。向阳一反常态地很安静，但是又打开了话匣子，好像孙大姐不在旁边一样。

"孙大姐是 60 年代的人，"她说。"她很好看，个子高，能干。但是社会告诉她，不再需要她了。她过去也是个美人，但现在有了一定的年纪。她免不了要有白头发，也藏不住皱纹。"

她长篇大论滔滔不绝，就在我们眼皮底下肆意地打击孙大姐的自尊。我震惊于她的冷酷无情，但是当我偷偷瞄了一眼孙大姐的时候，发现她静静地点头表示同意。"我有许多这个年纪的朋友都离婚了，"孙大姐说。

"早离早好！"向阳很夸张地说。

"这个年纪的男人经济条件比较好，有很多活动，"孙大姐继续说。"他去饭店，那里有小姐。他去桑拿，那里有小姐。然后他去发廊，那里也有小姐。"

"今天的社会，男人的经济条件越来越好，但是道德越来越坏，"向阳表示同意。"我们必须引导社会，支持像孙大姐这样的中年女性。"

我们到了活动中心，那里有健身器械，麻将室，还有一个阅览室。向阳乘胜追击。"这是关键的时刻，"她说。"如果现在没有人救救孙大姐，她可能就像海藻一样，永远被冲到大海里去了。"

我没有搭理她——我开始清楚她为什么还是单身了。我宁愿和孙大姐多待一会儿，不要旁白；看着一个女人哭，而另一个女人却把她比作海藻，这真让人受不了。孙大姐给了我她在东莞的手机号，这样今后我们能再见面。我回到自己的公寓，感觉像刚刚历经痛苦的情伤——仿佛自己才是那个站在街上放声大哭的人。

后来几个月，我给孙大姐打过好几次电话，但都无法接通。我再也无法知道她是否在东莞找到了她想要的，无论那是什么。

东莞是中国的肉欲之都。商业买卖和肉体交易携手并肩；晚上跟生意伙伴或者客户一起出门，常常要去东莞市里大大小小的歌厅、按摩院、发廊或者桑拿馆，这些都是色情业的虚幌。这个行业最稳定的客源多是从香港或者台湾来的工厂主——有钱的男人，老婆又不在身边。所有我在北京的男性朋友都知道东莞的名声；所有路过东莞的人都在宾馆大厅或者半夜的电话里被挑逗过；先生，需要按摩吗？我对这个世界很好奇，但是需要一个男人带我进去。

在东莞我认识一个美国男人，名叫本·斯沃尔（Ben Schwall）。他有一头金色的短发，橄榄球运动员一样的身材，以前在台湾做钻石生意。现在他在东莞投资，卖安保系统，照明灯具，当然，也卖手机。我打电话给他，问他能不能带我认识一些出台的歌厅小姐。本在中国做生意有一段时间了，他欣然接受了我的请求，联络当地几个生意场上的朋友晚上一起出去玩。"这些男人有点粗鲁，"他警告我。

本的朋友开一辆崭新的本田八座面包车来接我们。这车花了二十八万，我们爬上车的时候那个朋友告诉我们，他还有一辆跟这一模一样的车，和一辆宝马。

他问本，"她是你老婆吗？"

"不，我们只是朋友。"

"那我有机会啦。"他笑起来。他的名字叫龚耀培，但是大家都叫他老龚——跟中国丈夫的俗称（老公）发音一样。他大约五十五六岁，有一张帅气而憔悴的脸，眼神疲惫，和我认识的大部分中国企业家一样。他笑起来看上去更疲惫。

我问老龚是做什么的。他叽里呱啦地说做一些给卫生检疫用来检查食品微生物的科学仪器。

"你怎么做这么专业的生意？"我问。他没有正面回答。只说他以前卖过地质勘探员做长距测量用的红外装置。中国人的创业精神除了机会主义就没有别的，而且许多人会做一系列专业性很强却完全没有关联的生意。我有一个中国朋友的同学同时经营几家餐馆，一系列药店和一家英语学校。

老龚带我们去一家面积高达八千平方米的日本餐厅，这家餐厅最大的卖点就是它面积高达八千平方米。餐厅富丽堂皇：几公里长的绒面红地毯，一排排的假竹子，大盆大盆的龙虾和鲍鱼。女服务员跑到老龚面前，面朝他倒退着走，领他进去，好像不敢把屁股对着皇上的朝臣。原来老龚还参与了另一项不相干的生意——室内装修，这家餐厅欠他的装修费。"所以我吃饭不要钱，"老龚说。"吃得越多越好。"他领我们穿过迷宫一样的大厅，大模大样地随便打开一扇扇门。我瞥进门里看到像餐厅一样大的包厢，有一亩宽的大桌子，能坐下整个中队的寿司食客。"他就是东莞之王，"本钦佩道。

我们吃饭的时候又来了一个生意人，他满脸皱纹，眼神比老龚还要疲惫；他和老龚一起长大。（"'文革'的时候他家欺负过我家，"老龚说。）其他的宾客是一个当地银行的经理和一个老师，老龚介绍说，"这是中学音乐部的主任，卡拉OK唱得特别好。"本向我解释他们和老龚交情的本质：银行经理批准老龚的贷款申请，老师则确保老龚的儿子在学校拿到好分数。

一个叫蓉蓉的年轻女孩坐在老龚身旁。她在广州的一个大学读大四，英语专业。她穿一件合身的棕色羊毛套装，高跟鞋，拿一个很贵的手袋。蓉蓉看上去像是求职面试的大学生，只是中国没有大学生穿成这样。她是老龚的情妇，可是我没法相信。像这样一个女孩，可以在跨国公司找到工作，或者出国念研究生。"这样一个女孩怎么会和那样一个男人在一起？"我对本说。

　　三年前本第一次看到蓉蓉和老龚在一起，那时候她读大一。本耸耸肩，"她喜欢礼物。"

　　这是我在东莞吃过最豪华的一餐——新鲜刺身，神户牛肉，咖喱蟹，清酒——男人们则在席间来回传递一沓装订好的纸页。我要求看了一下：是接下来几场英超联赛的让分表。这些男人都是大赌棍，一年要去澳门赌场好几次。

　　这就是中国的大款——白手起家的生意人，他们的财富里满是腐败的气味。他们炫耀张扬花钱如流水，受人鄙夷。当这样一个人被逮捕的时候，往往还搭上一个收受贿赂的政府官员，大家都会好好庆祝一番。对很多受过教育的中国人来说，贪得无厌的大款是这个国家今天所有问题的象征。说起来可能有点怪，我倒还挺喜欢他们。当老龚和他的朋友们问起，我的书写的是什么，他们只是听我说，并没有立刻告诉我应该怎么写。他们也不会啰里吧嗦，让我证明我对中国的忠诚。他们根据亲眼所见的来判断事物，这在很大程度上解释了他们为什么能够成功。他们不需要证明自己。

　　中学老师就不一样了：他坚持所有的都要分类定义，都要明确，他从我开始。"你是从正面的角度写这本书吗?"他问。

我解释说没有正面或者负面，我希望这本书反映真实的情况。后来我无意中听到他跟别人说，"她在从正面的角度写这本书。"

然后他开始盘问本。"你回美国的时候，是不是不再习惯吃西餐了?"

本说他中餐西餐都喜欢。

"那你更喜欢中餐还是西餐?"老师问。

"中餐，"本顺从地回答。他用英文跟我说，"我看出来这是想干嘛了。"

"中餐是世界上最好吃的，"老师断言。"所有的中国人都是好人。"

"真的吗?"我说。"所有的中国人都是好人?"

"不是的，"老龚说，他一直都没有参与我们的谈话，现在开腔了。"百分之七十的中国人不好。"他说话自然而且权威，老师也不敢反驳什么。事情解决了:百分之七十的中国人不好。你就能明白为什么一个人是东莞之王，而另一个只能是很会唱卡拉 OK 的中学老师。

银丰假日酒店的俱乐部有一个单独的入口，我们进去的时候站在大门两侧一字排开的十六个女服务员向我们九十度鞠躬。俱乐部大厅装潢成奢华夜总会的样子:黑色内饰，紫色荧光灯，一整墙的玻璃酒架上放满皇家芝华士，尊尼获加和长城葡萄酒。酒瓶背后有照明，像是稀世艺术品一样。我们被领进一间包房，里面有一排沙发，面朝三个电视屏幕。中间的大屏幕是放卡拉OK音乐录影带的，右边的用来点歌点酒。老龚的生意朋友转向左边的屏幕，看利物浦对阵曼联的球赛，一整晚都无视其他所有人。金钱打败了性：那毫不意外。

蓉蓉和老龚在沙发上坐下。她从桌上的水果盘里摘下一颗葡萄，喂进老龚嘴里；他很熟练地吞进去，像一头被驯化的海狮。服务生端进来水果盘、玻璃杯、冰块、柠檬片、苏打水、芝华士，伏特加。这些小商品川流不息将持续整个晚上，人们进进出出提供香烟、玫瑰花束、超大的毛绒玩具和异国情调的舞蹈表演。一个妈咪进来统计哪些客人要找乐子，哪些只想唱歌。

然后女孩们进来了。有七个姑娘，穿亮闪闪的金色细吊带晚礼服，看起来像是毕业舞会上的高中女生。她们靠近门口站成一排，因为强劲的空调冷气而耸起裸露的肩膀。有两个推推挤挤，咯咯直笑，但是没有人抬头看客人。每个姑娘腰间都夹着一个塑料标签，上面有四位数的号码。号码如此之长，给我留下深刻的印象——银丰假日酒店的数字编码够管一万名女孩。而蒙古有些地方的电话号码都没这么长。

如果一个男人喜欢哪个姑娘，他会告诉妈咪他看上的号码，然后这个姑娘会坐到他身旁，把手放在他的大腿上。客人们很挑剔，所以妈咪会送来许多姑娘，一波接一波，而男人可以一个一个地拒绝，就像一个苏丹厌烦了他成群的妻妾。但通常即使最挑剔的客人也会找到满意的女孩。银丰假日酒店在东莞来说不算大，它雇用了三百个小姐。

　　一个名叫阿琳的女孩，编号1802，在我旁边坐了下来。"这里有没有男人想出去？"她悄声问我。阿琳十七岁，皮肤白皙，圆圆的小脸像个孩子。她出来打工前在重庆上了两年高中；她的父亲出来打工，母亲在家务农。阿琳一开始打算进一家工厂，但是朋友们说在歌厅上班更赚钱。她刚开始做的时候还是个处女，那时如果男人捏得她太疼，她会哭。现在她平均每个星期跟客人睡四次。

　　银丰的工作时间是晚上七点半到十一点半。一个姑娘每天晚上挣两百块钱——包括坐在客人身旁，给他倒酒，把水果喂到他嘴边，为他的歌声鼓掌喝彩，并且忍受他的拥抱，亲吻和抚摸。

　　"你越红的话，就挣得越多，"阿琳说。

　　我问她"红"是什么意思。

　　"比如说你胸部大，"她直截了当地说，"或者你很时髦。"

　　如果一个姑娘跟客人出去一次，夜总会要收八百块钱；这叫做快餐。过夜要一千块，而如果客人满意的话，可能给的小费就是这个价的两三倍。一些姑娘不喜欢经常跟客人出去。而那些常常出去的姑娘一个月可以挣两万块，在打工界这是个天文数字。上班的时候，姑娘不可以抽烟，吃太多客人点的食物，或在卡拉 OK 包厢里跟任何人发生关系。除此之外，她们的生活懒散无序。在东莞，绝大多数的人受制于工厂的钟点，而她们想睡多晚都可以，工作时间却比我碰到的其他人都少。

　　阿琳见过不少世面，足够她总结经验。四川男人最喜欢乱摸，而且小气。外国男人比中国男人要好心一点。一些客人会让姑娘做他们的女朋友，但是阿琳才不会那么傻。她说她想找个男朋友，也想有一天能结婚。在老家没有人知道阿琳做什么营生。她告诉父母她在工厂里打工，而且赚的钱只有一小部分寄回家，这样他们就不起疑心。有些姑娘从家里出来一开始在工厂里打工，但现在她们再也不会回到那种生活了。她们不存这种幻想。

　　妈咪坐在卡拉 OK 世界的最顶层。她每晚会给客人和小姐牵线搭桥；小姐如果来例假或者觉得不舒服可以要求不出台。妈咪从每人的收入里提成，百分之十五左右。好的妈咪会赢得女孩们的忠心，如果她跳槽到别的夜总会，姑娘们也会跟她走。

　　有两种女人在卡拉 OK 包房里工作。DJ 打理房间，端酒送菜，帮客人选歌；跟客人一起喝酒的是坐台小姐。小姐通常陪客人睡觉，有些 DJ 也会。DJ 不用让妈咪抽成，但是她们每个月必须带一些客人来，或者交每月的规费。许多夜总会招进来的 DJ 比包房还多，让她们互相竞争，讨客人欢心，带来更多的收入。夜总会等级制度里最低端的是侍应生，他们像太监一样来去无影踪：因为被隔绝在色情交易之外，他们的赚钱能力最低。

卡拉 OK 世界既梦幻又不真实。无论你讲什么笑话，穿晚礼服的年轻女孩都会开怀大笑，直到她们的恭维像呼吸一样自然。"你皮肤保养得真好！"一个小姐跟我说，然后转向本，赞扬他，"你的中文说得真好！"她们挑逗客人，叫他们老公；男人看起来就吃这一套，也许即使是异想天开他们也无法想象一个没有老婆的世界。每隔几分钟就有人站起来唱歌，其他所有人鼓掌。房间黑暗而且没有窗户，你的酒杯永远斟满。

这些姑娘毫不设防地坦陈自己的工作。我连续两个晚上在不同的夜总会里遇到许多小姐；当我说我在写一本关于东莞的书，并询问她们工作的时候，没有一个人避而不谈或是否认自己和客人上过床。偶尔我会察觉到谎言。她们可能会虚夸自己的收入，或者宣称她们是被骗上贼船；有几个小姐以相当难以信服的方式告诉我，她们第二天就会洗手不干。但她们又不像我想象的那样玩世不恭或者冷酷无情。她们很孩子气，像年轻人那样咯咯直笑，有时候我们聊着聊着，她们就哭了起来。

我对她们的看法让自己内心很矛盾。跟这种卡拉 OK 常客睡觉的感觉肯定很恶心。在这方面，我同情她们。但是她们的大部分工作时间都过得很悠闲——喝鸡尾酒，吃花生，看音乐录影带——就这样，她们一个月挣的钱比起敏那样的人一年挣的还多。当初她们如此随意就决定踏入这一行，真叫人不可思议。大多数和我聊过的姑娘一开始到卡拉OK来做事，就是因为有朋友或是表姐妹在做这一行，这跟那些出来打工到某个城市或进某个厂一样，是因为那里有她认识的人在。来了之后，她们会想一些留下来的理由：工作轻松，挣得不少，还可以见见世面。

卡拉OK小姐比我认识的打工女孩的背景要好一些——这也让人意外。通常她们在小城市或者县城里长大，而不是农村；相当多的小姐是家里的独女或是最小的孩子，经济负担比较小。很多小姐上过高中，在农村这就算精英了。阿琳上过两年高中，是她们村里教育程度最高的年轻人。"家里人希望我出来，做出点成就，"她说。"如果他们知道我在这样的地方工作，他们永远都不会原谅我。"

和流水线上的女孩相比，她们有更多的自由做自己想做的事情。也许是太自由了，缺乏清晰的目标，她们一进城就迷失了方向。实际上，她们选择干这一行，正是因为她们对生活要求的更多。大多数小姐想要最后回老家开一家服装店或是一家发廊——几乎每个女孩都认识这样的人。干劲足的姑娘可以一两年就存够钱，大功告成。但是你很容易迷失方向。

第二天晚上在另一家五星级饭店的夜总会里，我遇到了丁霞。她二十三岁，个子高挑，有雕塑一般的颧骨和高鼻梁——真漂亮，不像大多数小姐只是瘦且年轻罢了。她从家里出来六年，号称已经存了四十万块。再挣十万，她说，她会搬到一个没人认识她的城市，开一家店，过简单的日子。她的故事前后串不起来——首先，开一家店只需要拿出丁霞所说那么多钱的一小部分就够了。看起来，她撒谎是想要为自己辩白，说服自己为什么如今还在这里。

一个小姐也可能升为妈咪。丁霞工作的夜总会里，那个妈咪身材娇小，处事有条不紊。她穿一身藏青色套装，拿一个对讲机，名片上的头衔是**市场推广经理**。她告诉我手下有六十个姑娘，她以前是开服装店的。

"是不是很多小姐都能升格做妈咪?"我问。

"很少，"她说。"百分之一。"

"为什么?"

"做这行你得有技巧，"她说。她有礼貌地敬了我一杯啤酒，然后走了。她一离开，丁霞就对我说，"她以前在这里做小姐。"然后她用手指挡住了嘴唇。丁霞在这个夜总会做了很长时间，所以知道。但是有这么多人在这一行来去匆匆，编造一个过去，和一个未来，再简单不过。

夜深了，梦幻世界消失：东西吃完了，酒喝干了，大家都唱累了。一些小姐离开去换衣服；她们回来的时候穿着牛仔裤和防风夹克，看起来惊人地年轻。她们打着哈欠，头靠在男人的肩膀上休息。有时候这将幻想保存了一刻，她们看起来就像是男人的心上人——但她们更像是困倦的小女儿黏着爸爸，到点了还不上床睡觉。

最后，这一晚的账单来了——包括包厢费，餐饮费，以及付给每个小姐的两百块现金。卖毛绒玩具的女人回来收钱。本的一位同事整晚都把注意力放在一个闷闷不乐的女孩身上，但既然今晚已经结束，他就不愿在她身上花钱了。那个姑娘很不情愿地松开手里的毛绒小熊——又一个女儿，有点被宠坏了。DJ 在另一个客人的掌上电脑上戳进自己的联系方式，方便以后预订，然后大家一起离开了卡拉 OK 包房。男人们由妈咪陪伴径直走向电梯，小姐们则消失在另一条走廊的尽头。

女人偶尔也会撞大运。阿宁，春明那个刚离婚的朋友，开始跟一个东莞本地的有钱人谈恋爱。一天晚上她请我和春明吃饭。阿宁住的那幢公寓楼看起来破败不堪；空调机的废水从大楼的四周流下，铁锈色的涓涓细流像眼泪一样。不过她的公寓内部很宽敞，装修得不错，浅色调，铺了木地板。

阿宁穿一条竹纱蕾丝镶边的象牙色长裙，外面套一件相配的羊毛开衫。她看起来很漂亮，很开心，她为我们做的晚饭有蒸鱼、椒盐排骨和一锅凤爪木瓜番茄汤。吃饭时她跟我们谈起男友，他比阿宁大八岁，眼下出差去了。他们俩最近刚从北京度假回来，大部分时间他都在赌球。

"他是做什么的？"春明问。

"他什么都做，"阿宁说。

春明睁大眼睛。"什么都做？"

"他在这里长大。这里所有的人都赌博，搞走私，"阿宁说。"他们就是这么长大的。"在男友的撺掇下，阿宁开始打高赌注的麻将，最近一场麻将输了六千块钱。

每个细节听上去都比上一个更糟。"他对你好吗?"我问。

"啊，他对我很好!"她说。

春明问得更尖锐，"他以前结过婚吗?"

阿宁的声音低了下来。"结过婚，他有个女儿，七岁左右。"

那天春明无意中发现了一个认识男人的新方法。某人放了一张漂亮女人的照片在婚介网站上，但旁边写了春明的电话号码。她不清楚是弄错了还是恶作剧，那一整天她都被追求者的电话轮番轰炸。

你是照片里的女人吗?

你留长发吗?

你身高一米六六?

晚饭后，春明到客厅里看电视，连续剧里古高丽国的医生们正在奋力拯救麻风病隔离区的居民。春明觉得他们的人道主义奋斗非常感人，但又不停地被陌生男人的电话打断。

"你好，"她会说，"你是谁?"

她听电话。然后："是的，有人把照片和信息放到了网上，但那不是我的。只有电话号码是我的。"

停顿。"没关系，我们还可以做朋友嘛，"她说得很甜。"你是哪里人? 做什么的?"

那些男人从事机械自动化，在厂里当工头；他们来自江苏和甘肃。又聊一会儿，春明说她现在很忙，不过他们可以保持联系。她总是打断电话。挂了电话之后，她会上下翻看手机短信。你好，我是塘厦的一名工厂经理。她微笑着。"没关系。我还可以交到新朋友。或者他们可以从我们的公司购买零件。"我不得不佩服她的足智多谋。她把无意中张冠李戴的交友信息变成了她自己的独家鹊桥会，再不济也能说服这些男人购买工业模具的零件。

"那个女人肯定很漂亮，"春明一边说一边翻看一连串的短信和未接来电。

"就算你告诉他们那个女人不是你，"我说，"他们还是想和你聊。"

"这个城市里寂寞的人太多了，"阿宁说。

那天晚上，我们决定看看当地的夜生活，主要是新开的购物广场有夜总会和酒吧。这些地方里面黑漆漆的，荒无人烟，紫色霓虹灯伴随轰隆隆的音乐，还有一小群浓妆艳抹的女人，她们那副无聊而乏味的表情写明了她们的妓女身份。我们一路走，春明一路回短信。

我是政府官员。我在这里六年了。

你今天晚上做什么？

你好，我们能交个朋友吗？

我们最后来到阿宁家附近的一个酒吧。里面挤满了年轻的上班族，我们待在那里，见识了一些古怪的场面。好几轮行酒令之后，一个女人扑到一个男人怀里，很可能是她的同事。她用双臂绕住他的脖子。男人不像在拥抱，更像在忍受：他站着，手臂直直地放在身体两侧，好像暴风雨中坚守岗位的士兵。我再看了一眼，那个女人醒了，和她的女朋友聊天；显然，那个男人找机会开溜了。旁边，一个大腿丰满的女人穿一条豹纹超短裙，在一个被架高的铁笼子里面跳舞。几首歌后，她从铁笼背后一个狗洞似的小方口爬了出来。她轻轻爬到地板上，拍一拍膝盖，然后——这荣耀的一刻只有我领会到了——恢复了灵长类动物直立的姿态。她穿过人群来到吧台前，点了一杯饮料。

阿宁的一个女朋友来找我们。桌子上有五瓶青岛啤酒，女人们开始行酒令。阿宁和她的朋友喝得很快，另一张桌子上的几个男人晃过来玩骰子。十二点左右，春明提议她和我去阿宁的公寓，我们在那里过夜。男人们还在不断发来短信。

你现在在哪儿？

你在干什么？

我是一把火。

半夜一点钟，电话响了。是阿宁的女朋友。阿宁喝醉了，走不了路，我们能帮忙吗？春明出去了。阿宁的朋友住在同一个小区的隔壁一个单元，春明回来告诉我她们把阿宁放到朋友的沙发上睡觉。

半夜两点钟，电话又响了。阿宁在走廊上晃悠不肯睡觉，我们能帮忙吗？春明又出去了。我挣扎地继续这不安生的一觉。

半夜两点半，春明回来了。她走进客房，打开床头灯，盘腿坐在床上。"我跟你说个事，"她说。她们回到那个朋友的公寓之后，阿宁唧唧咕咕地说她要上楼跟某个男人解释一些事情。春明和那个朋友不知道阿宁在说什么，但她们最终答应带她上楼。开门的男人又黑又瘦，穿着裤衩背心。他和另外三个装束相似的男人在打麻将。那个男人让阿宁和朋友进去，领她们进了一间空房间，指给她们一张床，让她们把阿宁放在上面，然后回到牌桌上。

春明恍然大悟，这个人是阿宁的男朋友。他没有出差，他看上去一无是处。"她骗我们说他出差去了，实际上他在家里跟朋友打麻将，"春明告诉我。"她老说他对她很好。这个男的那么老！还那么丑！"

第二天早晨，我们到那个男人的公寓去，把阿宁的钱包留给她。是那个男朋友开的门。他的脸又长又生硬，红得发黑，像一块牛肉干；他看上去四十好几了。他没有对我们说一句话。春明说得不错，他看起来并不怎么样。阿宁还在那个空房间里睡觉。她连眼睛都睁不开，收下钱包的时候也没说一个字。"醒了之后给我打电话，"春明说。

后来我碰到春明，问她阿宁怎么样了。那天晚上她说了什么？她还跟那个男朋友在一起吗？春明说阿宁没有跟她说实话，她们俩再也没提过这事。阿宁没有走桃花运，她只是假装开心。她的这段恋爱看起来只是又一次的遇人不淑。

八　流水线英语

在东莞，我经常一个人去饭馆。吃饭的时候，我会一边在笔记本上写东西或是看美国杂志。一定会有服务员或是客人探头探脑、满怀敬意地看着我使用自己的母语。"你的英语肯定很棒！"他们最后总会这么说。

我解释说我出生在美国。

"那你的英文水平肯定有八级了吧？"

我回答说美国不像中国，没有英语水平考试。我的英语就像他们的中文一样，我这么说，却只是加深了他们的敬畏之情。

"那你的英文水平肯定至少到八级了吧！"

人们听说我是个记者时，总是难掩失望。他们说，以我的能力，可以去贸易公司做翻译，收入会很高。英语是通往财富和成就的捷径；在他们看来，我就好像买彩票中了大奖，却不肯去兑现。

每个中国人在学校都学过英语，常常学了很多年，但却很少有人能讲。课本强调的是语法和单词；老师也常常跟学生一样口语很差。其中一个原因是群体效应——宁肯沉默不出头，也不愿意张嘴让自己难堪。英语学习的普遍性只是加强了对它的崇敬之情：虽然几经尝试，下了大工夫，这门语言还是很难掌握。

　　英语也是东莞职业生涯的基础，几千家工厂都在为外国客户服务，英语是它们的工作语言。这并不是说人们真的懂英语；他们只需学会一点，在各自的行业内够用就行。他们经常用各种缩略语和简称，这种掐头去尾的语言足以令美国人迷惑不已。订单上，FOB HK——这是"香港离岸价"的简写——意思是到哪里买家才实际拥有他订购的产品；L，W 和 H 分别用来描述长宽高。塑料包装是 PP 或者 PE，但极少有人能告诉你这两个字母代表什么。流水线机器操作用的也是这种片断式的英语，给工人下达各种指令：ROUTE FINDER（路径查询），KEYBOARD TEST（键盘测试），还有 PRESS ANY KEY TO SEND LOOP BACK Q TO QUIT（按任意键退回，Q 键退出）。

　　我在东莞认识的几乎每个人，都曾经下决心要学习英语。敏有段时间晚上自习，学一本题为《疯狂英语速成班》的旧课本。这本书的前三分之一留下了她大姐从前做的许多标记，但后来还是放弃了。蒋海燕随身携带一册口袋本的单词书。我最后一次见到陈英，就是那个上过白领培训班、后来进入管理层的女孩，她正计划自学英语，并参加专科入学考试。甚至连 KTV 里的姑娘也认为英语是条出路：外国客人可能会对她刮目相看，雇这个小姐当文员或是秘书。

有时候，正起劲学英语的人会拖着我对谈，就像后现代剧本里的对话那样前言不搭后语。

你多大了？

很好！你多大了？

是。

听到春明说她决心要学英语，我一点也不奇怪。她报了一个外语班，学校承诺经过一年的学习之后，可以达到美国五年级学生的口语水平。"我觉得那应该很不错，"她说。"五年级学生什么都可以表达出来了。"学校主要的广告形象就是创办人九岁的儿子，据说他能讲一口流利的英语。春明学英语有她自己的理由。"如果我学会了英语，"她对我说，"我就能进入新的圈子。"那时以我对她的了解已经能听懂她的言下之意：英语可能是帮她找丈夫的另外一条路。

语言学校开在东莞科技馆内，那是一堆形状莫名其妙的混凝土结构，或许 1994 年建造之时看起来还很有未来感。有一天晚饭后，春明带我去了那里。科技馆正在闭馆维修，里面一片黑暗，靠墙立着许多脚手架，看起来就像大楼生了皮肤病，正在慢慢吞噬整幢建筑。我们摸黑爬了五层楼，边爬，春明边悄声给我讲述这所学校的神话。创办人花了二十年时间完善他的教学体系；最近还申请了专利。学校有三百名学生。每月的学费平均价是六百元。

科技馆顶楼只有一间办公室亮着灯。门上贴着几个字：

流水线学习机

房间很大，天花板很低，日光灯照明，六个学生各自分开，坐在长桌后面。每个桌子上都摆着一个椭圆形的金属机器，上面有纵向一列的旋转面板，装着一张张卡片；卡片上印着一排排单词，匀速从学生面前滑过。机器旋转的低沉呼呼声充满了整个房间，就像在洗牌。

一排单词从我面前滑过。

> **FUCK**（肏）
> **CLEAN**（清洁）
> **RUDE**（粗鲁）
> **PIZZA**（比萨）
> **CREEP**（爬行）

房间的尽头，一个年龄较长的男人坐在一台电脑前。他没起身，只是递给我他的名片，上面用汉字印着：

吴氏活力教育科技有限公司
总裁　吴倌熹
吴氏活力语言加工厂总设计师

吴氏活力教学仪器发明人

吴氏活力教育科学创始人

吴氏活力语言创始人

吴氏活力英语同声翻译训练课程首席教师

吴先生四十五岁，方脸，两颊松垂，头发蓬乱，仿佛刚刚起床，体型略有点胖。他看起来不像教师，甚至不像城里人——更像那种你在中国小城镇里碰到的政府官员。准确地说，他就像你在中国小城镇上碰到的给政府官员开车的司机。看起来毫无活力。

吴先生的教学指导思想就是，掌握英语的关键就是要把人当作机器来对待。学完英语的字母和基本发音后，学生坐到机器前，让一排排单词从面前滑过。学生要把每个词都读出来，写下，但不用知道意思，一周接着一周练，直到最快速度。接着改用另一部机器，显示单词的中文意思；然后就进展到短句。每个阶段，他都把单词或句子用英语写下来，读出，而不去理解其意思。学生达到最高速度的时候——每小时写六百个英文单句——就算初步达标，可以进入语法阶段。只有到这个时候，他才开始学习这些重复了好几个月的单词、短语和句子的意思。

吴先生把这称作"引导式教学"。在我看来，这意味着没有教师——由机器传授学生需要学习的一切。他最理想的学生每天要用功十一个小时：四个小时学习，吃午饭，午睡，再学四个小时，吃晚饭，再学三个小时。这恰就是东莞工厂的时间表，刚好卡住劳动法规定的底线，每天加班不超过三个小时。"在流水线上，人可以坐在那里，连续工作八到十个小时不休息，"吴先生说。"如果我们能这样学习，那该有多好！"

他的方法违背了已被广泛接受的语言学习规律——简言之，就是表达和理解，以及教师在学习过程中的关键作用。吴先生对这一切表示不屑。他说，中国的教育方法过分强调记忆，课堂把学生变成了被动的接受者。流水线英语会逼他们行动起来。

"你的手，脑，眼睛，嘴，必须学着快速、自动作出反应，"吴先生解释道。"你没有时间把一个单词翻成汉语然后记住。必须得训练自己的本能反应。"他说，流水线英语把这么多身体器官都调动了起来，能刺激大脑更努力地工作。科学显示，人类只使用了百分之五的脑容量。对于这些资料，吴先生张口就来。一般人每小时写两百个句子。女性每分钟可以背九十个句子，但男性只能达到七十五句。如果一个人一天花十个小时学英语，三年他就能做同声翻译。看起来，吴先生很想将整个宇宙简化成一系列化学公式：每一点事实都准确无误，但综合起来，就缺了点什么。不过他也有一定的道理——中国学校里教授英语的方式确实有问题，重点是学生太被动。你可以死记硬背，托福考试拿高分——托福是最常用的英语水平考试——但就算你做到了，无论多努力，都不可能达到流利的水平。

上完吴先生的课后，我和春明在教室里溜达。她认出一个之前在学校碰到过的人。刘以霞，二十一岁，圆脸，亮眼睛，剪了个锅盖头，看起来像个布娃娃。她在这里学了一年英语，帮学校做些文书工作，抵用住宿费和学费。在春明的注视下，刘以霞跟我用英语聊了几句。听起来她压根不像是美国五年级的水平。但她不怕讲英语，也没有不停地抬手捂嘴，为讲错了道歉。

刘以霞现在的工作是给工厂的管理人员教英语——这让我很吃惊，虽然我本该想到。在东莞，一知半解你也有资格授业解惑。我问她以后打算做什么。

"国际贸易怎么说?"她用中文问我。我告诉了她。她的雄心大过天，又仿佛大声说出就会实现。

我和春明走出大楼，穿过科技馆门前的草坪。夜幕降临，路灯将我们的身影拉得很长。"我下定了决心，"春明说。"今年我要么学好英语，要么就自己出来做生意。"

刘以霞离开家的第一年，吃饭睡觉呼吸都在学流水线英语。她白天在办公室上班，晚上在吴先生的机器前学习。她跟另外两个女孩一起，住在教室后面的一个小房间里；她们三个都在学英语，但刘以霞最刻苦。"我比她们俩大一岁，"她对我说，"所以我有压力，必须比她们学得好。"她来自贫困的江西，父母都是农民，耕地，养鸭子。她一直就喜欢各种语言；在家乡，她父母讲不同的方言，她习惯于在两人的语言之间自如切换，上中学开始学英语的时候，她成绩不错。可她没考上大学，而且家里也没钱供她继续读书，所以刘以霞来到东莞打工。

在吴先生的学校里，她努力提高自己的发音——周围没有人纠正她的错误，她是怎么做到的，我不知道。她是吴先生的明星学员，但他们的关系时好时坏。"他有时候对我很不好，"刘以霞说。"他也不让我背单词表。"

"他不让你背单词表？"我问。

"他坚持要我用他的方法学英语。所以我只好自己偷偷地学单词。"

刘以霞离开的时候，又跟吴先生吵了一架。"他想给我拍张照片，"她说，"但是我不让他拍。"吴先生会把学生的照片用在学校的推广材料中，但刘以霞对自己的成绩很自豪，不愿意归功于他人。"我所做的一切，"她对吴先生说，"都是我一个人完成的，不是因为你。"

即便按东莞的标准来看，刘以霞也太急切了。在离开吴先生的学校后的九个月里，她做了六份教学工作，飞速领略了各种管理不善。其中一份工作，她主动去其他学校参观、研究不同的教学方法；老板指责她是去兼职打工，把她辞退了。下一份工作，有人认为开办语言学校不必规定课程，学生来了，刘以霞就得当场教一节课。"我一天上五六个钟头的课，各种水平都有，"她说。"前一分钟我可能在教初级课程，下一节就得教高级课程。"她不堪疲惫，干了一个月，没拿到工资就辞职了。

刘以霞现在干的工作，每天傍晚要教两个小时，其余时间备课和自学。她一个月赚一千五百元，收入不错。可她跟学校领导产生了矛盾。领导想让她迅速讲完许多课文，可她认为应该让学生先开口说，才会更有信心。领导否定了她的教学方式，即通过做游戏，让学生参与进来的方式，而不是单纯的讲课。领导本人什么外语也不会。

所有雇用刘以霞的老板都以为她是大学毕业，有英语专业文凭，因为面试的时候，她就是这么对人说的。她最了不起的成就——找到一种办法，不经过正规教育就掌握一门外语；而这个秘密她瞒着几乎她认识的所有人。

六个月之后，我去石碣的学校看刘以霞——又是我没去过的一个东莞工业园区。她把头发留长了；戴着银边眼镜，一件简单利落的条纹连衣裙，一双黑色高跟鞋。她看起来成熟多了，尽管走路略微有点晃。我们在快餐店吃排骨饭，用中文聊天，谈英语。刘以霞想到工厂里当翻译，以便提高英语水平——国际贸易怎么说？——但她没有工厂工作的经验，没人肯雇她。她对英语很痴迷；吃饭的时候，始终都在谈着它。

我们吃完之后，刘以霞看着我，问道，"你觉得我应该怎么提高英语？"

"你应该尽量跟母语是英语的人说话，"我说。话一出口，我就意识到，这基本上是条没用的建议，因为我在东莞喜来登的大堂外，极少看到西方人。事实上，学习英语最好的办法是交个外国男友——不知多少小姐用这种办法学会了讲流利的英语——但我不能对刘以霞这么说。

"旅游业呢?"我问她。

她举起手摸摸头顶。"你看,我达不到基本的身高要求。导游必须得一米六以上。"

对——又一个蠢主意。我都忘了,在东莞这样的地方,身高可能对使用英语有各种影响。再说,刘以霞担心她的语言能力正在退步;在东莞的商务学校里做老师看来是死路一条。在这个遍地工厂的城市里,私立学校只不过是又一项低级服务而已。在正规的教育系统里,教师享受着特权和福利,但刘以霞绝对没有机会进入他们的世界。"他们有自己的体制,"她说。"他们不能接受我在社会上得到的经验。"

午餐后,刘以霞带我回到她的学校——在这个时间段,这幢四层办公楼看起来几乎空无一人。几个老师在一间教室里打台球;两个年轻男子在另外一间里唱卡拉OK,尖细的歌声一直传到走廊。只有在晚上,人们下班以后,教室里才会坐满人。一般的学校晚上大都一片死寂,但在东莞,学习时间正好反过来,仿佛这些机构奉行的是半个地球那边的时区。

刘以霞在她的教室里给我看她的英语课本。她指着其中一本说她喜欢,因为它鼓励学生练习学到的内容;她批评另外一本,说每一课学到的内容太少。《从ABC到英语会话》里面有一段对话案例,跟东莞的现实生活毫无关系:

这些是工厂吗？

不是。它们是公园。

    刘以霞拿起一根粉笔，开始在黑板上随手写单词。她问我，television（电视机）里 s 的发音跟 change（改变）里 ge 的发音有什么不同？Consultant（顾问）这个单词的重音应该放在哪里？Sea（大海）里的 s 跟 cats（猫）里的 ts 有什么不同？电视，改变，大海，猫。这些问题既奇怪，又前后不搭调，但如果你的老师是台机器的话，这一切就跟着来了。

    她跟另外两个女孩一起，住在教室楼上的宿舍里。房间里有两张双层床，一间小浴室，还有许多教材：在刘以霞的桌上，床下和地板上的一个背包里。她是个英语教材迷。"我可能有三十本学英语的书，"她说。"没有一本书能包含所有你需要学习的东西。"除了教材之外，她仅有的几件财产包括了一本相册。照片里的刘以霞摆着标准的民工姿势：站在市府大楼前，跟女朋友逛公园。她指着其中的一张照片。"这两个女孩现在下决心要泡在英语里。她们想用一两年的时间专门来学英语。"那两个姑娘都曾上过吴先生的学校。她们削发明志，就像僧人出家时那样。为了学英语，必须放弃整个世界。

    流水线英语并非东莞唯一可疑的语言学校。英语热潮——学这门语言的强烈愿望配上对该怎么做的完全无知——简直是行骗的最佳时机。有家公司名叫阶梯英语，目标对准雄心勃勃的父母。交上五千五百元——差不多七百美元，对中国家庭来说是一大笔钱——学校就会给孩子提供英语教学资料，并由"教育顾问"时常登门拜访，查看孩子的学习进度。学校会邀请父母和孩子参加免费课程，以此作为促销手段，课上的那股劲头堪比直销集会。儿童教育专家对学校的方法赞誉有加，父母们争先为孩子报名。个别老师会将孩子带到另外一个房间，教他们几个英语短语；孩子回来之后，口中念念有词说着外语，此时父母们多半会动心，当场报名。

实际上，阶梯英语是个漏洞百出的骗局。据当地媒体报道，那些免费课程中的儿童教育专家，还有一些最起劲的父母，其实都是他们的雇员。他们的"教育顾问"最多去学生家里拜访一两次，都不是教师，而是销售人员，可以从每个客户那里抽一千元佣金。销售人员来公司的时候，必须花相当大一笔钱，购买教育杂志，解决交通问题，还得为这些免费课程租场地。基本上，阶梯英语就是个传销骗局，驱动力就是想学英语的盲目心态。

这个公司采取连锁经营，没有一个工作人员愿意跟我交谈。刘以霞在飞速体会个中管理不善期间，曾短暂地在阶梯英语工作过一阵，她给我讲了其中的伎俩。销售人员奉命放学时间等在小学门外，看到开车去接孩子的家长，就凑上去假装很喜欢他们的孩子。"孩子出来以后，你就去跟他玩，"

刘以霞告诉我说。"然后就邀请父母和孩子一起去参加阶梯英语的讲座。"十天之后刘以霞就离开了这家公司。"说穿了，这就是骗人，"她说。

还有一种欺骗涉及外籍教师。一些年轻的黑人出现在东莞的学校里，号称来自加拿大或是英国，提供英语辅导。这也许是中国迈向种族多样化的一个转折时刻，可惜不是。有位家长告诉我说，她女儿在幼儿园，班上的小朋友一看到他们的新老师，马上哭了起来，因为他们以前没见过黑人。学校开除了他。

有一天，我去看刘以霞，碰巧她的同事，号称来自加拿大的约瑟夫进来了。他是个黑人，三十岁上下，面容英俊，举止随和。他用口音很重的英语跟我打招呼。

"你结婚了吗？"是他的第一个问题。

"你手机号码多少？"是他的第二个问题。

约瑟夫轻快踱出教室之后，我问刘以霞，"他从哪儿来的？"

"他说他是加拿大人。"

"他不是加拿大来的，"我说。"我从他口音里听得出来。"

她想了一会儿。"他还提过另外一个国家，干什么达……"

"乌干达？"

"对，乌干达。"

我终于明白了黑人老师的秘密。他们是非洲人，到这种闭塞的地方来，跟没有分辨力的学校混充母语是英语的人。多年来，有超过三万名非洲学生在中国读大学，这是北京政府支援发展中的同盟国家策略的一部分。他们留下来当外教是很合理的选择。在刘以霞的学校里，约瑟夫工资比她高，上的课时还比她少。

刘以霞责备我不该把电话号码告诉约瑟夫。"你得小心点，"她说。"他会一直打你电话的。"她说约瑟夫总是跟女学生搭讪；每当他跟女生要电话号码，那人通常就再也不来上他的课了。偶尔约瑟夫的学生会去问刘以霞，这句话用英文该怎么表示：我可以跟你做朋友，但不是你的女朋友。

每个星期四晚上，刘以霞在一家日本电子厂教英语课，有一天，我跟她一起去了。课堂上有四男两女，都是销售或管理人员，年纪都比她大。

她发还学生的试卷。"不用太担心今天的分数，"她说，一句话就打翻了千年来对分数的崇拜。"考验你们英语的不是分数，而是实际应用。"

学生们开始复习上星期的课程。刘以霞转向坐在前排的一个学生，用英文问道："你学会了什么？"

"你要我用英文说么？"他用中文问道——开始就不太乐观。他挣扎一番，终于开口讲英文了，"我学了一些故事。很有趣。"

"你能用英文给我讲个故事么？"她问。

沉默许久。然后，他用中文说："我忘了。"

另一个学生说，"我学了几个新词和说法。"

"还有什么？"

沉默许久。然后他用中文说："我不知道怎么说。"

"好，轮到你了，"刘以霞对第二排的一个女生说。

她用中文说，"很难讲。"

刘以霞改讲中文。"学英语就是要说英语。如果你不说，你就没有学进去。一定不要怕犯错。我会犯很多错，但我从来都不害怕。"

没错。刘以霞分不清 l 和 r 音的区别，她甚至读不出"发音"这个词的正确发音——她把 pronunciation 读作 pronuntion。有时候学生说的话她会听不明白；偶尔他们说对的时候，她却纠正错了。她经常不能准确回答他们的问题。但是说到教学，她的本能是正确的，而且她渐渐摸索出了学习外语的秘诀，就是要从不害怕开始。

课间，学生围着我。刚上课的时候，我曾用英文做了个简短发言，自我介绍，讲得很慢，好让他们能听明白。毕竟他们读过大学，而且上这门课已经有几个月了。但是，我看着他们在课堂上如此挣扎，才明白我前面说的话他们可能一个字都没听懂。

男生先开口。"中国和美国，哪一个好？"

"美国的城市更安全，对不对？人的素质高多了。"

"你很想念中国么？"

"她在中国住了六年，"班里英语最好的女生不耐烦地回答道。"你还没听明白么？"学生们问了我很多关于美国的问题，可没有一个人敢跟我讲英文。

休息结束之后，他们开始学习一篇关于野外露营的课文。刘以霞要求他们要么朗读一篇，要么用自己的语言讲出这个故事。每个学生都选择朗读课文——他们读得不错，比自由表达时强得多。然后她要求学生复述故事。班里英语最好的那个女生已经背过了整篇课文，一字不漏。第二名学生试图做同样的表演，但当他记不起课文里某一个词的时候，就停了下来，一个节拍拉掉，整个唱片就转不下去了。刘以霞给他提示之后才继续进行。

坐在东莞的工厂里，看到年轻人如此受困于自己的胆怯，让我感觉古怪。这整座城市就是匆忙建起，应付就行；成功的秘诀就是一知半解，夸夸其谈混到一份职员、教书或是其他什么你想要的工作即可。但在刘以霞的课堂上，我看到了这种思路的局限性。要学好一门外语需要花时间，没有捷径。装模作样充内行，还是学不会英语。

吴先生算是时运不济。他跟业主吵架后，学校被科技馆赶了出来，大多数学生退了学。他老婆离开了他，九岁的儿子也不要了。他把流水线英语的课堂搬到了自己家里。学生们挤在一幢四层居民楼的顶楼上课；他的办公室在三楼，住在一楼。有天我去探访，发现楼梯上高高堆着的都是垃圾，大多是纸箱和旧报纸。吴先生兴高采烈地欢迎我，引我进教室，我们坐在铁凳子上，顶着暑热交谈，周围还摆着一堆杂木块。

他的现实世界被压缩到了卑微的空间，但吴先生的雄心仍像往常那样宏大。他最新的创意摆在桌面上：一个完全由橙色和亮蓝色塑料制作的英语教学机，机器是照他设计的模型制作的。流水线英语教学法已经进入工业时代。机器现在可以批量生产了，我听说吴先生生产了五百台；都用报纸包好，堆放在他住的公寓里。他计划把机器租出去，让学生自己在家学英语。吴先生的创意废除了教师的工作，现在连教室也不需要了。

我对他说，我想多了解些他教英语的理论。

"这已经不仅仅是学英语用的了，"他打断我。"这是用来开发大脑的。你可以用它来学数学，历史，什么都行。这就是这东西的奇妙之处，"他边说，边满怀爱意地拍拍自己的发明。

吴先生说，假如一个历史学生想要学习 1937 年日本侵华的事件。首先，他要去读一篇印在卡片上、摆在机器活动卡槽上的关于这个事件的课文。另外一组卡片会从面前经过，上面有些问题，以测验他对课文内容的掌握情况：事件是什么时候发生的？深层意义是什么？会有更多的问题跳出，促使学生产生新的想法，他可以把这些想法写下来，组织成文。

我问吴先生，为什么这样比从印好的书上直接阅读同样的内容要更好。

"当你右手在写字的时候，你的左脑就在工作，"他回答说。"当你的左脑工作时，你的右眼球在工作。当你看书时，你的眼球就只是盯着这一页。但当你在机器上阅读时，你的眼球动得很快。"他解释说，正在为这机器设计一套完整的课程，并计划找人投资。

"有人感兴趣么?"我问。

有，他说。一个美国人表示有兴趣。

"谁?"

"他是西雅图来的，叫麦克。"吴先生突然有点含混。"我有他的名片。"

他带我上楼去看他的学校。现在，十台流水线英语学习机挤在一个狭窄的房间里，摆在桌面上，每个间隔只有一米而已。五六个学生在朗读单词和句子，就像是一屋子的电话接线员，如果你仔细听，他们念的，的确有几分像是英语。这些人都是死忠分子，几个年轻女子，从科技馆跟随吴先生一直到他家里。她们身体前倾，被学习的迫切心情推向机器。每个学生面前都摆着她晚上的补给：一瓶水，三颗话梅。房间里很闷。

我跟在吴先生后面，在屋子里漫步。我以为他要介绍几名学生给我认识，但他却带我走向了其中的一台机器。"这些比我的新机器笨重多了，"他说。"要两个人才能抬动。"

现在已是黄昏，我说这种天色读书有点太暗了。

"对眼睛没坏处，"他说。"阳光太亮才伤眼睛。"

"我不是说阳光太亮对眼睛就好，"我说。"我是说太暗了读书不好。"

"不是这样的，"他激烈反驳。"只有当你眼球不动的时候才不好。如果你眼球一直在动，多暗都无所谓。"

那天我对吴先生的了解加深了不少。他根本没有任何教育方面的背景；他在开办学校之前，曾经在采暖设备厂里工作。他的英文水平很差，可能根本就不会——交谈中，有几次我用到英语短语，他都匆忙点头，然后改换话题。我唯一听到他说的英文单词是"okay"，例如"什么事连上大脑，那就 okay"。这个词孤零零地放在句子末尾，显得很奇怪。

吴先生不擅长与人打交道。他惹怒了科技馆的业主，也惹怒了他的明星学员刘以霞。我打赌是他把老婆赶跑了，虽然很难弄清楚这事儿到底是在他定制了五百台流水线英语机、堆放在家里之前还是之后。在我认识他的短暂时间里，他也惹到了我；跟他这样独断的人交流，实在令人火大。基本上，我看得出来，是人都会让他沮丧。他宁肯谈论人的局部：眼球，手，大脑。但他无法理解作为一个整体的人。他们效率低下；他们只用了脑容量的百分之五；他们蠢透了，竟然不懂每天要在机器跟前坐十一个小时才能学习外语。人基本上不管用——就像他们的创造者虽然采用了一流的零件，却在装配组合时搞砸了一切。

机器就不同了。总有一天，经过许多修补改进之后，吴先生会造出一台完美的流水线学习机，可以让人们足不出户，就获得所有的知识。他对技术拥有绝对的信念；他认准了机器就是一切的答案。尤其令人心酸的是，这样一个人竟然被科技馆赶了出来。

刘以霞的自我提升找到了新方向。在东莞图书馆——我以前不知道有这么个地方——她借了《全脑学习》，《犹太家庭教育大全》之类的书。她想要增强记忆力，并根据犹太法典的教义学习经商。她开始服用药物以增强脑力，因为过分用功，她会长头皮屑，掉头发。她在考虑学日语。

"我听说中国人要花一年才能学会英语，学日语只要三个月，"她对我说。"我听说北京的大学毕业生多会一门外语，每个月工资能多拿一千块，是真的吗？"

我告诉她说，她还是应该集中精力先提高自己的英语水平。

"我拼命背单词，增加词汇量，"她说，"我每天背五十个单词。"

"每天五十个单词？"我惊讶地重复道。

"太多了还是太少了？"

我最后一次见到刘以霞的时候，她又经历了一次全新的转变。她把头发染成太妃糖的颜色，还烫了卷。她认为当英语老师，留普通的黑发，样子太土，不时髦。"我要显得洋气些，"她说。她背过了有五千个单词的整本六级英语词汇表。吴先生学校里的那些女生又一次剃光了头发，以表示学习英语的决心。吴先生邀请刘以霞加入他的新公司，承诺三分之一的利润归她，但刘以霞不信任他。他的待人处事丝毫没有进步。

"你这种英语水平，"吴先生最近对她说，"最多还能混混，再干一年老师。之后这里就没你的位置了，因为那时候我占据了整个市场。但你还可以去别的地方教书。"

"他为什么会说这种话?"我问。

"我想他是想逼我回去为他工作。"

"太糟了。"

"是啊，"她说，"可我很同情他。他只有靠自己了。"

她拒绝了吴先生的邀请，转而跳槽去了一家网络公司，经营他们面向外国客户的英语网站。她就职一个月后，公司垮了，老板跑路，欠了员工十几万的工资。刘以霞跟其他雇员一起打官司追讨薪水，可他们都觉得希望不大。

几个月后，2007 年的春天，刘以霞进了一家生产麦克风零件的工厂，在国际贸易部门工作。她负责外国客商，陪他们参观工厂，参加业内展会。这份工作要求英语六级，还要大学学历。"证书我没带在身边，"招工面试时她说。现在，刘以霞晚上给同事们上课，或者做英语家教。三份工加起来，她每个月能挣五千元，在东莞算是很高的薪水。她计划存钱开一家英语幼儿园。那是她的五年计划。

刘以霞得到这份外贸工作后，发邮件告诉我她新的联系方式。那是我们认识以来她给我的第六个手机号码。有时候我感到很 tried（应为 tired，疲惫），但有时候又觉得很充

实，她写道。她的英文还是有很多错误；她太赶了，来不及
纠正。可我又有什么资格批评她呢？在我认识她的短短两年
里，她得到了自己想要的一切。

第二部　村　庄

九 村 庄

2004年夏天，敏的手机被盗后，她从头开始构建新的生活。她给表哥打了电话——那是唯一一个她背得出的号码——他帮她同姐姐，还有我，重新取得了联系。敏回到了人才市场，在一家香港人开的手袋工厂的人力资源部找到了一份工作，工资是每个月八百块，不加班，星期天休息。她十八岁了，这是她一年内换的第四家工厂。

我去敏的新宿舍看她，她的房间很整洁，新刷的白墙，上面贴着中国电影明星的照片。我们在附近小摊上吃面条，我问她的朋友怎么样了。

"你是说我的男朋友么？"她直截了当，拒绝一般中国人拐弯抹角的说法。"他回家以后，我就没跟他联系过。"

"你不给他发短信么？"我问。

"我忘了他的号码。"

"所以你找不到他，他也找不到你？"

她点头。"也许我春节回家会见到他。"

我问起敏在从前工厂的两个老朋友，就是我们一起去看的那两个人。"一个在常平工作，但我不知道是哪家厂，"她说。"另一个回家订婚了，可我不知道她的家在哪儿。"在村里，每个人都互相认识，人们以多重方式彼此相连。但敏在城市中的朋友们却只能通过她一个人来相连；一个不慎，便会失去几乎所有人的联络。"我现在没有朋友了，"她说。

于是她从头来过。在新工厂里，她遇到了阿杰。他比敏大三岁，瘦得皮包骨，好像一个匆忙勾画的卡通人物，四肢细长，脸窄窄的挺帅，总是带着羞怯的笑容；他跟生人讲话的时候，脸会一路红到耳朵边。他在工厂车间当助理，符合敏对伴侣的大多数要求：心眼儿好，不吸烟，不喝酒，不赌钱，身高一米七以上。阿杰几乎是立马就跟敏说，要她嫁给他。敏要阿杰先存点钱；其实，是她还不想考虑结婚的事。"我想存点钱，也许可以做点小生意。如果我太早结婚，就只能待在家里，"她对我说。"一辈子都在外面工作，比待在家里好多了。"

她对父母讲了新男友的事。"他是哪里人？"他们问。

"他是厂里的，"敏含糊其辞。

"他是哪里人？"他们又问。

他不是湖北人，敏的父母只关心这点。传统的中国社会，女的会嫁到丈夫的村里去，通常都距离较近，她可以偶尔回去看望自己的家人。现在的人口迁移使得两个故乡远隔千里的人也可以碰到一起，结为夫妻。对女孩的父母来说，这是种灾难：他们不习惯长途旅行，担心女儿嫁得太远，就等于从他们的生活中消失掉。

每当敏遇到一个喜欢的男孩，总是打定主意尽量不问他的出身。"你家里穷吗?"她有一次这么问阿杰。"很穷，"他回答说。她所知道的就只有这一点，这就够了。"我不想知道他们家的情况，也不想让他们知道我的情况，"敏对我说。"最后我们只有靠自己。"

　　那年秋天，敏看起来比我见过的任何时候都要安心。她空闲的时候基本都跟阿杰在一起。她姐姐桂敏到了东莞，在敏的工厂货运部工作。姐妹俩住一间宿舍，每天一起吃午饭。冬天快到了，两个人都计划要回家。阿杰想说服敏带他一起去见父母，但她不同意；她父母那么反对他们在一起，敏觉得会很尴尬。桂敏跟湖南男友的谈判更加火爆。很长一段时间，她一直坚持不想回家，却又突然改变了主意，计划带着男友一起去。父母其实也不同意，但桂敏比敏大三岁，她想挑战一下。

　　1月一个星期天的下午，我和敏在她工厂附近的公园里散步，然后在篮球场的矮墙边坐了下来。她穿着为回家买的新衣服——生平的第一条牛仔裤，斜纹夹克，还有一双粗跟靴子。我们在苍白的阳光下吃着橙子，计划着。她邀请我去他们村过年。那天，敏说的都是家乡。乡下的蔬菜比城里好吃，她说。如果野生的蘑菇采到手里就碎，那就是有毒的，但结实的蘑菇可以吃。猪饿的时候会抬起前腿，直立着尖叫。新年前后会有人偷鸡，所以这时候得看得特别紧。护肤的最佳配方是用珍珠粉混合刚下的新鲜鸡蛋清敷。乡下的生活很快活，可你一年到头也看不到什么钱。

"你有没有想过到农村去住？"敏问我。

"中国农村吗？"我说。"没有。"

"大概是那里太寂寞了，"她说。

陌生的旅程让生活跌宕无着，在农民工的世界里却有一个固定的地方：老家的乡村。如今农业的经济收益非常低；每家平均只有六亩地，太少，不足以赢利。但放眼中国，家庭的农田还都在耕种，因为人们一直都是这么生活。土地与其说是收入来源，不如说是份保险——保证人能活下去，不会挨饿。

在大迁徙的时代里，与家中土地延续不断的联系使中国保持着稳固。中国的城市并未像许多发展中国家那样，产生大片的棚户区贫民窟，因为那些在城市里失败的移民总是可以回到故乡，找人依靠。年轻人出去打工，父母留在家里种地；丈夫出去，留妻子在家，再不然就是反过来。也可能夫妇一起出去，把年幼的孩子留给上了年纪的父母照顾。在城市里，农民工可能看起来很绝望，但几乎每个人回去都有片农田保底。

冬天回老家过年，在农民工的日程中是一件核心事件——在春节前后的六个星期里，大约有两亿中国人乘坐火车旅行。随着新年临近，即将到来的旅行变成了工厂世界里最大的当务之急。工人们要专心存钱，穿新衣服回家，因此跳槽的现象大大减少。情侣们开始小心谈判：去谁家过年，两人的关系定位在哪一步？这番算计或许令人痛苦，跟家人不睦的农民工可能会决定干脆不回家。春节是最关键的时刻，整个一年都围绕它而展开——辞职，休假，订婚，从头再来。

回家的旅程常常跟初次进城一样痛苦难当。中国的铁路是运输网络中仍按中央计划经济时代运作的最后一环。在今天的中国，有钱人大都乘飞机或是小汽车旅行，这两种交通运输方式都市场化了。航空公司改善了服务，降低了票价；公路不断拓展、升级，以应付工业发展和档次不断上升的小汽车主的需求。但铁路仍是穷人的地盘——有时，建设铁路仿佛只是为了更高效地将痛苦送达。

节假日，普通人根本不可能按原价买到火车票。铁路部门会给关系户留票，或是票流给了黄牛贩子，再由票贩高价倒卖。由于售票系统没有联网，卖票的人完全不知道行程中哪些座位会空出来；除非乘客从起始站坐车，否则根本不可能买到座票。车票预售只会提前几天开始，焦虑的购票人群只能通宵露宿在车站外排队。在长达多个小时、甚至多天的旅程中，车上厕所堵塞，水龙头没水，人们蹲在过道里，双手捧着脑袋。乘客们极少抱怨，即便在最糟糕的条件下，他们还是好脾气，各自集中精力照看着身边的行李。这是春运列车总是如此拥挤的另一个原因：没有农民工不带礼物回家的。

回到家，旅人们又回归了农村的慢节奏。乡村生活等级鲜明：年长的男人当家，集体事务也是他说了算。全家人一起吃饭，一起务农，夜里孩子经常和父母一起睡在一张大床上。大孩子管教弟弟妹妹，小的得听话。不速之客一待就是好几天，例行的集体吃饭，睡觉，现如今又添了看电视这一项，人都被吸了进去。村子里没有秘密。

在城市里，这样的生活方式已经消亡。小家庭跟素不相识的邻居一道住在高层公寓楼里。人们跟陌生的人打交道，并且来往。在城市里，年轻的农民工自由地生活在陌生人中间。他们为了工作竞争；喜欢谁就跟谁相好。无论他们多么留恋地回忆起乡村的童年时光，事实是，他们再也回不去了。

这事并不新鲜。旅人归途的刺痛是中国文学的一个经典主题。小学生最早学到的写于8世纪的一首古诗，说的就是一个男人，一生漂泊在外，终于回到故乡的村庄，却发现自己不再属于这里：

> 少小离家老大回，
> 乡音无改鬓毛衰，
> 儿童相见不相识，
> 笑问客从何处来。

敏带回家一件羽绒服，一盒主要成分为驴皮的传统中药，一个她工厂生产的 Dooney & Bourke 牌粉红色钱包，雀巢奶粉，饼干礼盒，两件男士正装衬衫，一个装满糖果的心形塑料盒，和一千块钱——她一个月的薪水，紧紧折成方形的一沓。她自己只带了手机，MP3 播放器，还有一个化妆镜；其余的一切都是带给家人的礼物。这是 2005 年 2 月，距离农历新年还有一个礼拜。

我们去广州的大巴几分钟就坐满了人。车窗上贴着告示：**欢迎乘坐豪华大巴。因为近期发生乘客物品失窃事件，旅行中请勿睡着，提高警惕。**大多数乘客听天由命，立刻就睡着了。公路两旁闪过一座又一座工厂，但敏的心思早已飞远了。"小时候，我们要走半个小时去上小学，"她对我说。"有些小孩住的远，得翻几座山才能到他们村。那时候有野猪还有狼。狼你看不到，但能听到它们叫。现在都听不到了。"

广州火车站人山人海；每年这个时候，有四百五十万人返乡回城都要从这里经过。火车站前巨大的水泥广场被警戒线分割成了几个区域，到处都有警察，举着喇叭喊着指令，每个字都尖锐刺耳，含混不清。人们一进入中央大厅，就本能地开始奔跑：中国人对此早习以为常，知道什么都缺，一切都不够分。多亏了一个跟我们顺路的敏的表哥，给大家买到了座票，但我们也开始奔跑。我们在疯狂的人群里突围，终于挤上了 7:32 分开往武昌的过夜硬座快车。

火车上过的是集体生活，一开出车站，乘客们立刻表现得仿佛到家了一般。他们脱鞋脱西服，脱到只剩内衣为止；他们剥橘子嗑瓜子。手机时常响起，铃声欢快扰人：比如

"生日快乐"，"迪克西"之类。走道那边有个男人，往座位底下铺上报纸，然后蜷身缩进那个狭小的空间，只剩小腿露在外面。乘客挤在走道里，蹲在卫生间隔壁的水槽上，窝在两节车厢之间的空隙间，穿着暗色衣服，一排一排蹲着，像是电话线上栖着一串乌鸦。

铁皮小车疾驰而过，每隔几分钟就逼得人群重新排列位置。小车卖鸡腿、温啤酒，还有串烤热狗肠。售货员喊着：热牛奶，热牛奶，有益健康。有钱人才会在火车上购买食物。大多数人都自带——白煮鸡蛋，华夫饼干，还有盛满绿茶的旅行杯，里面液体混浊，看起来几乎要长海藻。10:45分，来了个打扫卫生的。我们上车才三个小时，她面前的垃圾却堆积如山，有花生壳，橙子皮，空塑料瓶。这世界上没人能比中国的旅客更快地生产垃圾。

对敏而言，时间过得太慢。这只是她一生中的第二次长途旅行。她望望窗外；看看表；玩弄手机。她每隔几分钟就跟我汇报——我们还有九个小时到——直到我让她闭嘴为止。她打开了那个饼干礼盒，吃了几块——"没事的，"她安慰我说，"还有很多呢"——然后就消失不见，去看她的表哥了。她回来的时候，带了块玻璃纸包装的盐焗鸡翅和一些消息：小偷最爱玩的把戏是用一个"捡来的"皮夹子吸引乘客的注意力，趁其不备偷他的包。

午夜刚过，我的手机收到短信，欢迎来到湖北，敏的老家。我们勉强睡着了。凌晨三点，走道对面的一家人突然醒了，就像弹簧突然跳起，开始大声谈笑，声音传遍车厢，仿佛正是下午时分。6:57分，我们到站了，跟敏的表哥道别，坐大巴回家。

10:12分，大巴过了长江，敏突然醒来。公路上每经过一个城镇，她都会把名字念出来：黄石，梅川，黄梅。"我们快到了，"她说，声音因为兴奋而有些紧张。

敏的妈妈陈美容已经等在大金镇外的路边。她四十二岁，眼窝很深，棕色眼珠，颧骨很高——是农村人里面少见的大骨架美人。她笑得开怀，露出许多牙齿，敏回家的第一天里，我就没见她的笑容停过。她们俩见面时并未拥抱——这不符合中国的习惯——但在交谈的时候，敏摸着妈妈的手臂，抚弄她的耳垂。她已经两年没回家了。

大金镇是个乡下小镇，只有一条街，卖饲料和农药的店铺仍然多过于卖摩托车和手机的。路边的小生意摊反映了决不丢弃任何东西的乡村哲学：在大金，你可以花钱修表，修钟，修炉子，修电话或者电视机。在城市里，这些小生意大都难得一见；城里人对新产品的质量更有信心。在露天的货摊上，最醒目的商品是硬壳的旅行箱，提醒着人们，镇上最好的机会可能是出去。

敏有很多计划，来改善家里的条件。她想给家里买个DVD机。"再买台饮水机，"她说。"那样就方便多了。"

时不时，敏的妈妈会越过女儿的脑袋看向我。"这地方太差了！"她热诚地笑着说。"我们太穷了！"

在通往她们村的路口，敏的妈妈叫了一辆有当地特色的出租车：一辆摩托，后面拖个铁皮车厢，下面装两个轮子，架了几块窄窄的木板当座位。里面坐着五名年轻女子，都穿着紧身牛仔裤和宽松夹克——跟敏一样，也都是回来过节的农民工。车子突突行驶在土路上，敏回头看着回家的人们。一个年轻女人穿着黑色的皮裤和细高跟的靴子走过稻田；一个穿条纹西装的男人一手拖着一个衣衫褴褛的学步小儿。一个骑自行车的男人朝我们微笑挥手。"这是我小学同学的爸爸，"敏说。"他老了。"

　　到了一片两层砖房跟前，我们从车上爬下来。敏的爸爸沿着小路走来迎接我们——他瘦削，苦相，笑容疲惫——敏发现他也老了。家里很安静。敏的妹妹和弟弟都去亲戚家了；另外一个妹妹在家里看电视。敏进门的时候她只是抬头看了看，很快又把注意力转回了屏幕。

　　我们一边吃着猪肝面和煮蛋——敏的妈妈为了欢迎她回家，特地在她的碗里放了三个蛋——敏一边听家人讲新闻。她爸爸说想要买辆摩托车。

　　"要多少钱？"我问他。

　　"七八千块，"敏代她父亲回答。

　　"这么贵啊！"我说。

　　敏的父亲轻轻地插嘴说，不到三千块他就能买到一辆。

　　"那不好，"敏说。"你想把时间都花在修车上吗？"

　　电话铃响了。是敏的一个朋友，从东莞打过来，看她是否平安到家了。"我妈看到我高兴死了，"敏说。"我爸妈都老了好多，家里又乱又冷。人除了想睡觉什么也不想干。"

电话铃又响了，是阿杰，他在东莞过春节。"我现在不方便，"她低声说。"家里人多。"因为妈妈反对他们俩的事，因此敏采取了最胆小的反抗方式：她撒谎，骗妈妈说已经分手了。现在她把秘密带回了家。每当电话铃响起，谎话随时有可能被揭穿。

再过几天，桂敏就会跟男友一起回家了。我要带男朋友回家，桂敏在给我的短信里说，虽然他们不同意我找一个离家那么远的人。还有一天，她写道：我长大了，知道怎么处理事情。他们真的什么都不用担心。在我看来，她正准备开战。

敏一回到家，就开始引导家人走向文明。有雾的早晨，她在家里走来走去关窗；她对母亲说，湿气对身体不好。早饭后，父亲点上一支香烟，被她一通教训：不应该抽烟，要用茶水漱口，不然牙齿会变黑。敏在家里四处查看，一样样指出她想要改进的地方：安热水器，洗衣机，院子里铺上一条水泥道。在农村人家，往地上丢垃圾，灭烟头，吐痰，都是司空见惯的；每隔一会儿，家里人就会清扫起来，把垃圾丢到院子里。敏在孩子们的卧室一角放了个塑料袋，要求弟妹们把垃圾丢到袋子里去。我看到她对母亲重复这一指令。

桂敏很快就要到了，这让她很担心。她怕父母会对姐姐的男朋友失礼。她说，乡下人不习惯跟生人打交道，他们可能会无意中得罪人家。桂敏的事在全村都传开了：之前从没有别的女孩把这么远的男友带回过家。"我姐姐要带男朋友回家，"敏告诉每一个她碰到的邻居。

"他是哪里人？"人们一开口总是这么问。

"湖南，"她说——然后对话就僵住了，因为实在没什么话好往下接。

吕家的房子是 1986 年盖的，就是敏出生的那一年。楼下有个大房间，两厢各有一间卧房；孩子的房间里有两张双人床，电视机整天开着，音量调到最大。大房间里有一张木质餐桌，桌后是神龛，供着祖先的牌位，敏祖母的照片，还有一幅壁挂，用烫金大字写着宇宙的等级秩序：**天地国亲师**。神龛旁边的墙上，贴着两个最小的孩子得的奖状。**吕秀获得全班第五名。吕宣庆获得三好学生称号**。起居室周围的房间各有不同的功能。楼上的地面有个深坑，用于存放粮食，整块的生猪肉和咸鱼挂在钩子上，还有一间房堆满了齐膝深的棉花——今年新收的，还没卖掉。房子的一侧是厨房，烟火烧得墙壁乌黑，另外一侧是牛棚和黑母猪与猪崽的圈。鸡在人脚边走来走去，把蛋下在厨房的碗柜下面。

为了省钱，用电很省，晚饭多半是摸黑吃的。没有下水管道，也没有取暖设施。在湖北冬季阴冷的天气里，全家人在屋里都穿着厚外衣戴着手套，水泥墙面和地板像海绵一样吸饱了寒气。坐久了，你的脚趾头会失去知觉，手指也一样；最好的解决之道就是喝杯热水，用双手捂着杯子，让蒸汽温暖你的脸。孩子们经常站着看电视，有时跳几下，暖暖脚。

敏开始享受在家的状态。吃饭的时候，小孩子很快吃完，离开餐桌，敏留下来跟父母和我聊天。她妈妈和妹妹们做饭，打扫，洗衣服，父亲喂猪，干杂活。敏不帮忙做家务。很多时间她都在讲电话，计划去看望返乡的朋友。阿杰时常打电话来，透露一星半点的消息：他帮桂敏买到了回家的火车票。他想敏。他梦见敏跟别的男孩跑了。

敏的三个弟妹都住在家里。三妹三儿今年十六岁；她一头乌黑的长发垂到腰间，宽厚的笑容跟妈妈很像。她跟敏念的是同一所职业学校，计划几个月后一毕业就出去工作。四妹秀和最小的孩子，也是唯一的男孩宣庆，都在读中学。孩子们平时都在城里住校，周末回家。他们对农活几乎一无所知。一天早晨，敏的父母杀了几只鸡，在拔鸡毛时，秀站在厨房门口看着。"孩子们都不肯干这种活，"敏的妈妈说。

另一天早晨，三儿拿着一碗谷子到院子里去喂鸡。"咕咕咕……"她唤道。可根本没有鸡过来。

我指着房前空地上的一群鸡问她，"那是你们家的鸡么？"

她斜眼瞅瞅。"看着像。咕咕咕……"那些鸡根本不理她。

她妈妈从房里出来。"你这是干吗呢？那根本不是咱家的鸡！"三儿的妈妈沿着小路找鸡去了。三儿咯咯笑着回到了屋里。

敏回家的第二天，带着三个弟妹和两个表弟去了最近的城市武穴，乘大巴要一小时的路。她仍然惦记着改善家里的条件：她想买饮水机，还有吹风机。"孩子们平时哪儿都不去，"她对我说。"我们带他们进城去玩玩吧。"他们首先在一家网吧停了下来，敏碰到了一个中学同学，叫胡涛。他生得瓜子脸，留着一点修剪成方形、像邮票一样的唇髭。他穿着一件灰色斜纹外套，黑色尖头鞋，神情紧张；看起来像是黑帮的试用成员。胡涛在城里他叔叔开的饭馆打工，但他希望能出去找工作。

"他喜欢我，"等胡涛听不见的时候，敏说，"但我们之间从来没产生过感情。再说我已经有男朋友了。他看起来也不大体面，是不是？"

集市上很拥挤，人们都在办年货。卖春联的摊子还摆着毛主席的光辉画像，配着有点宗教式的标语：他是人民的大救星。敏带着孩子们穿行在商铺间，为家里买东西：袜子给爸爸，新毛巾给客人，还有洗发水。她使劲还价，花九十元买了个饮水机，二十元买了个吹风机。她还买了一次性塑料杯，这样更卫生；家里人混用几个瓷杯，又不常洗。在超市里，孩子们用糖果糕点装满了她的购物车。

在武穴有些东西，是沿海的现代化城市里见不到的，比如谷仓和部队的粮站——这都是过去人们依赖政府配给粮食时代的遗迹。一家商店用 Old Fogey（老夫子）牌的男式西装打广告。敏上次到武穴来是两年前了。这次故地重游让她深感失望。"这城里一点都不好，"她说。"不如外面的城市那么发达。"

胡涛消失了一阵，但午饭后又出现了，来带孩子们去溜冰场玩。他又添了一件黑帮的装饰——耳朵后面夹了一根香烟，这让他看起来比先前更加不体面了。他在一个水果摊前停下来，跟一个年轻女人聊天，那女的眼睛很黑很直率，原先染成金色的头发已经褪成了毛毛的橘色。她跟胡涛走在前面，敏和孩子们跟着。没人费心介绍彼此认识。

溜冰场人很多，很暗，只有一个闪动的迪斯科灯球照明。当时是下午三点钟，敏扶着墙往前走，一边还照应着那几个孩子。在溜冰场一头，幽暗的酒吧区，胡涛在椅子上坐了下来，那个女孩坐在他身边。"我想我们该走了，"敏对我说。我们把孩子们喊过来，一起出去，沿原路返回。在一个小坡底下，胡涛又出现在我们面前，只有他一个人。他做了选择，好像跟那个橘色头发的女孩无关。

他问起敏的工作。她的工厂生产手袋皮包，有五千名雇员，她说。流水线工人每个月工资八百块。

"我也想再出去，"他说。"家里的情况不好。"

"你从前那个厂怎么样？"她问。胡涛曾经短暂在东莞工作过。

"不好。你什么时候回去？"

"年初五，"敏说——随后她做了个提议。"你帮我们买票，和我们一起去吧。我们厂还在招工呢。"

然后他们各自走了，敏大获全胜。"他会帮我们买回东莞的火车票，"她说。胡涛会用当地关系去买票，敏可以带他进城，帮他在厂里找份工作。在回家的第二天，她已经把最重要的问题解决了：怎么样再出去。

吕姓在烈马回头村已经生活了七代。这里有九十户人家，几乎全姓吕，都住在一片片稻田旁的砖房里，田间小路上点缀着祠堂寺庙，村民在那里烧香祭拜祖先。梯田从山谷一层层叠到灰蓝色的山顶，仿佛是打开了首饰盒，露出许多的抽屉。这个村庄唯一不寻常的，大概就是它洒脱的名字——烈马回头，名字源于附近一座山的形状。很多代人生死在此，从不曾走出离家三十公里以外的地方。有一句老俗话称颂这种与世无争的生活：一辈子不用东跑西颠是福气。

但在20世纪90年代早期，年轻夫妇开始违背老一辈的意愿，进城打工。当初敏的叔叔还单身，他搬到武穴去开店，家里人都反对。"我们觉得没结婚的人不应该出去干活，因为他们可能会学坏，"敏的父亲告诉我说。过去十年来，外出务工已经司空见惯。村里的孩子中学甚至小学都没毕业，就走了；男孩女孩都往外走，尽管有些人家希望儿子能离家里近些。敏的父母都曾在温州一家鞋厂干过一段时间，但都没存下钱就回来了。几个比敏大一辈的出去打工回来，都开始创业了。年轻的一代没有人回来：有的结了婚，留在离家很远的地方继续工作，还有几个在附近的城市武穴买了房子。

外出务工已经成了村里主要的收入来源。敏和姐姐俩去年一年一共寄回家五千元，而父母在家里养猪，种棉花，一年的收入只有两千元。她们的钱用来供弟妹们上学，也让姐妹俩在家庭事务中拥有了发言权。桂敏第一个出去打工，是她说服父母让敏初中毕业继续念书。姐妹俩的教育水平在村里高得很不寻常。"我们把女儿当儿子养，"一天早晨，敏的妈妈坐在卧室的窗户下面，一边缝老式的绒拖鞋，一边对我说。她和丈夫两人都是初中毕业，在他们这一代农村人里，更是少见。

"村里很多人跟我想法不一样，"她又说。"他们都说女孩最后总要嫁出去的，用不着上什么学。但我相信有知识总比没知识好。"

出生的次序是决定命运的一个主要因素。长女桂敏初中毕业就离家去找工作。次女敏等到两年中专快念完才出去，而三儿要毕业以后才会出去跟姐姐们会合。母亲希望最小的两个孩子能上高中，念大学，因为家里有钱了，供得起。"这是我的理想，"敏的妈妈说。"但得靠他们自己，是不是用功学习。"

敏的表兄妹里面，有的才十二岁就出去打工了。她小学六年级班上的二十七个小孩中，有十个根本没上初中，直接去打工。有些父母似乎只是把孩子看作提款机：隔壁的一家，要四个女儿每人每年往家寄一万元。还有一个村民，开了个银行户头，三个女儿都在一家毛衣厂干活，工资会直接打到他的账户里去。

结了婚的打工者也会遭遇两难处境。敏的一个舅舅跟老婆一起在东莞当建筑工人，但两个十几岁的儿子都留在村里上学，希望他们有一天能考上大学。但两个孩子无人管教，玩野了。"我儿子十四岁以来，就整天跟小姑娘混在一起，"一天晚上在吕家聚餐时，敏的舅舅抱怨道。"可我怎么管他们？我在东莞，我老婆也是。"他儿子远远站在房间的另外一头，听着。"我像他这么大的时候，"他父亲继续说，"男孩女孩根本就不搭话的。可现在年轻人的世界不同了。"

村里跟敏差不多大的，只有一个想要去读大学：吕泽娟是敏小学时的朋友。当敏在东莞打工的时候，吕泽娟因为准备高考，学习压力过大而精神崩溃了。敏回家的第三天就去探望她。吕泽娟坐在电视机前，穿着一件尼龙夹克，前面的口袋上，缝着纽约，第五大道，450 号的字样。她现在很少出门，怕听见别人说她闲话。敏好歹劝说她出去散步，路上邻居们斜眼瞅着吕泽娟，试探地叫她的名字，因为已经太久没见到她了。

外出打工已经深入人心，学校教育反而显得风险更大。敏的同学，另一个村的吴剑寒来访，住了几天。他穿着黑色的西裤，白色衬衫，打着条纹领带——每天都是这身雄心勃勃的造型，哪怕在帮敏的父亲修厕所房顶的时候也一样。他考上了大学，但他哥哥不肯出学费。"他说现在连大学毕业都很难找到工作。他认为我应该出去打工，"一天早上，吴剑寒一边清扫吕家门外的鸡粪和鞭炮纸屑，一边说。"那是他的看法。我的想法不一样。"吴剑寒在北京打工，但他不肯讲他做的是什么工作。

敏和大姐在村里很受尊重，因为她们升到了办公室工作。没有别人去东莞的，虽然更多人选择去同样遥远的地方：温州的鞋厂，坐大巴要二十二个钟头；哈尔滨的美发厅，坐火车要二十八个钟头。"这就是我们的信念，"敏说。"走得离家越远就越光彩。"

春节前两天，敏把妈妈惹怒了。敏的一个叔叔邀请全家吃顿团圆饭——不巧这时电话响了，带来一个更诱人的提议。一个年轻漂亮的阿姨在武穴开了家发廊，刚回家，邀请敏一起进城逛街。

"为什么下着雨还出去？"她妈妈只是这么说。显然她不满意敏这么失礼。

敏坚持不让步。"是我得罪叔叔，又不是我妈，所以这事儿跟她没有关系，"她辩解道。

她的阿姨黄彩霞到家里来接她。她二十五岁，穿着时髦的系带夹克，闪亮的缎子裤，还有一双跑鞋。她一亮相，就先拿出一个绛红色的手机，可以像粉盒一样翻开盖，传给大家欣赏。在进城的公车上，她和敏讨论着染头发的秘诀，还跟着敏的 MP3 哼歌。敏的阿姨记得全部的歌词。

爱情三十六计
就像一场游戏
我要自己掌握遥控器。

爱情三十六计
要随时保持魅力
才能得分不被判出局。

　　敏对阿姨说，希望父亲能为家里建一个室内浴室。"可以在里面放一台洗衣机，还可以有地方洗澡，"敏说。"还可以加一点瓷砖，就像真正的浴室那样。"

　　"还有电热水器，"敏的阿姨补充道。

　　"还有电热水器，"敏重复道，"冬天也可以洗澡，不会着凉。"

　　她阿姨算了算，整个工程大概要花五千元。"在城市里住了一段时间，想法就变了，"敏的阿姨对我说。"你会不停地想怎么改善农村的生活。"她和丈夫在武穴工作，在当地租了套房子住，但他们四岁的女儿还跟祖父母一起住在乡下。他们计划等存够了钱买房子，就把孩子接到城里来。他们俩结婚的时候没跟村里要耕地；她丈夫的父母还有两亩地在种着，那就够了。"村子还是家，"敏的阿姨说。"但我已经住不惯了。"

　　那天下午，桂敏跟男朋友到家了。她比敏要高半个头，面容漂亮，轮廓精致，自有一种大家庭里长女的气度。她男友进门的时候，迎头碰上桂敏的父亲出来。他低着头，叫了声"叔叔"，然后递上一支烟。就只是这些：没有介绍，没有寒暄，只是一支烟——这就是中国男性世界里通用的名片和货币。

吃饭的时候，敏的父母都没有跟女儿的男友多聊。也许是不熟，也许是无声的抗议。但这恰恰是敏所担忧的：他们没有对一个远道而来的客人表现出适当的尊重。男友跟我一样，听不懂当地的方言，只是礼貌地坐着，不说话。当家酿的酒斟满之后，敏掌控了局面。她转向这个私底下已经被称作"姐夫"的人，"欢迎到我们家来，"她说着，举起了酒杯。

乡下的日子大多会被凌晨划破寂静的电话铃声惊醒：又有人到家了。敏的父母起床很早，在屋里走来走去，虽然有别人在睡觉，仍然咣当咣当地关门，用平常一样的音量讲话。替别人着想不符合农村的习惯：所有的时间都是一起度过，因此大家都很擅长忽视彼此的存在。

几乎一切都是众目睽睽之下一起做的。孩子们一块起床，在院子里靠墙站成一排，刷牙，口水吐到下面邻居的院子里。每顿饭都是大家一起吃——蔬菜，米饭，总是有猪肉，因为一般家里秋天都要杀一头猪，然后吃上一个冬天。清洁时间也是集体行动：晚上，家里的女人们会热一盆水。一个接一个地清洗私处和双脚，中间不换水。然后男人们再换上一盆水，照做一遍。时不时地，家庭成员们会擦浴，但通常跟多日一次的洗头不在同一天进行。最终身体的每个部分都会洗净，但极少在同一时间。

整天都会有客人来访，一住就是几天。有几个晚上，敏九岁的小堂弟跟我们一张床，睡在我和敏的中间，后来是敏妈妈那边的两个表弟来访，然后是另外两个表哥。那个穿正装衬衫打条纹领带的男孩吴剑寒，待的时间最久；他对敏有意思，但敏完全无视。敏的妈妈搬进女儿的卧室，把自己的房间留给丈夫和男孩们。夜里，我和敏还有她妈妈头对脚睡在一张双人床上，盖一床被子，一动不动，像洋娃娃一样躺着。

乡村生活的焦点是电视。孩子们整天坐在荧幕前；如果你去邻居家拜访，通常会让你坐在前排，接着之前看的电视剧集往下看。人们最喜欢的类型是古装宫廷剧。看起来这些连续剧是村民们接触历史的主要方式，但在这里面，历史是经过精心挑选的。巫术、传奇、神仙、帮派、奇迹、谋杀，通奸：孩子们统统看得如痴如醉。尽管政府宣扬道德，理性和科学发展观，但电视娱乐的主要内容却与之背道而驰。

孩子们脚跨两个世界，一边是乡村生活，一边是电子游戏里的魔幻宇宙。他们会帮妈妈去河边洗衣服，然后转身专心去玩俄罗斯方块。有时候他们看起来就好像刚从电视星球紧急迫降到了地球。当我把相机拿出来换胶卷时，敏九岁的小堂弟凑过来看。"胶卷什么样？"他问。"跟电视上的一个样么？"

人人都是亲戚，关系错综复杂到甚至没有相应的中文称呼。有一个来访的男人是敏爷爷弟弟的女婿；一天，我们去探望了她爷爷弟弟的儿媳妇的姐妹和她们的父亲。我一直以为坐在敏家电视机前的孩子是邻居家的，可是有一天我们去另一个村拜访她的姑奶奶，我发现这几个孩子又坐在他们家的电视机前；当然，他们是亲戚。一个住在隔壁、在温州鞋厂打工的年轻人经常过来，我几乎可以肯定他是看上敏了。我刚想跟敏说，却发现，他是敏父亲的表弟。

村民们对我的反应很不一样。那些进城打工的会主动跟我聊天，问我北京和美国的情况；他们会瞥一眼我的笔记本，试图弄明白我写的是什么。那些留在村里的，包括敏的父母，都很客气，也很胆怯——虽然他们很乐意回答我的问题，却从来没有问过我什么。年长的男人没一个跟我讲话。我是个年轻女人，又是外人，跟他们是双重不相干。

我从未见到这里有人看报纸，或是看晚间新闻，也察觉不到政府的存在。我在敏家里住的两星期内，从未碰到过一个政府官员，法律似乎也伸不到这里。全国范围内，要求一对夫妻只生育一到两个小孩的计划生育政策已经执行了二十多年，但在这里的乡下，一般家里都超过两个孩子，敏的父亲这么说。吕家有五个孩子，但村里有一家有六个，还有一家有七个。那七个孩子的父亲是村长。

敏很容易又适应了这个世界，但她仍保有自己的秘密。她从不说起她的男友或是厂里的事，我还注意到，当事情不合她心意时，她会选择性退出。她自己安排探望朋友，哪怕有时会拂了母亲的意；对她不喜欢的长辈，她讲话一点都不客气。我从未见她做过任何违背自己心愿的事。一个姨妈托敏带她十四岁的女儿到厂里去，但敏直接拒绝了。还有一天早上，一个老伯伯早饭之后出现在吕家，一眼盯着她父亲穿的羽绒服。那是敏送给爸爸的礼物。

"这要多少钱？"那老头问道。"二十块？"

"三百二十块也买不到，"敏回嘴道。"这是羽绒服。"

她对村里许多年长的人都很瞧不起。"他们总是问我挣多少钱，要不就是我带回家多少钱，"她告诉我说。"我觉得这是我的私事。"

年轻的打工者操纵了乡村的节日生活，享受着金钱带给他们的权力。他们四处炫耀着手机和新衣，交流彼此的工作情况。他们最热衷于做媒，既帮自己挑人，也替别人介绍；他们给年老需要照顾的亲戚送钱。在过去，这是长辈的任务，但现在长辈们太穷了，无力承担这些责任。父母们没什么好做的，只好聊聊儿女的收入和婚嫁前景，扯些没用的闲话。

"我希望她工作顺利，没别的，"当我问敏的妈妈对敏有什么期望时，她说。"将来的事得靠她自己。"她希望敏和桂敏能找个离家近的男朋友。总之，她看起来已经接受了现实，女儿们早已超出她能帮助或者理解的能力范围。

对我来说，住在敏的村子里最难的事就是要过集体生活。没有谁会是一个人的。如果有人在电视机前坐下，他会招呼所有人过来一起看；要是敏准备好了热水洗脸，我也必须一起洗。有几次我无视旁边又闪又响的电视机，想要读书时，孩子们会一个接一个过来跟我讲话，脸上带着关切的表情。

住在敏的村里让我想起了自己的家庭。很久以前，我父母在中国度过了童年，他们的成长环境与此相似。他们在美国用非常不同的方式养大了我和我的哥哥，鼓励我们独立，让我们不为家庭所累。父母并不指望我们去走亲访友，也从来没要求我们在学校里要学什么。我在国外生活了很多年，我的父母从未给我压力，要我回家。在敏的村子里，我第一次体会到这一点，心里满怀感激。

一天上午，一场全家聚餐之后，我一个人出去，沿着泥泞的道路朝城里走去。我看到了一些从未留意过的东西：一块黑板上列出了学校的费用，牲畜疫苗的价格，一家商店里，全部商品只有香烟和爆竹烟花，还有不足四岁的孩子在玩打火机。在相邻的村里，我看到一座四层楼、贴满白瓷砖的房子。在沿海富裕的地方，整个村子所有的房子都会像这样。而这里只有一座，指引着未来的变化。

我离开一个小时之后，手机响了。"你在哪呢？"敏追问道。"我们都在等你吃午饭呢。"

我急忙赶回去，意外地挨了一顿批。"你没吃午饭！你去哪了？""你一个人跑到路上去干吗？"

中国的乡村并不轻松。这里到处是人情往来，讨价还价，谁都有资格评头论足，你走后还会继续下去。在敏的村里住了一阵之后，我终于明白，为什么农民工刚进城的时候会感到那么孤独。而我也发现，他们开始珍惜在城市里所获得的自由，到最后，没了自由他们就无法生活。

年三十那天，敏的全家，还有所有叔叔伯伯的全家都去给祖先上坟。他们一个接一个穿过稻田——稻子已经收了，地里只剩下泥塘和枯枝——跨过村民洗衣服的那条小河，沿着小路爬上山坡，经过了棉田和茶园。在一片松树环绕的空地中间，是敏祖母的坟，她是两年前去世的，另一块石碑上还标明了她曾祖父母的墓地。这座山就叫吕陵山。"我们所有的老人都葬在这里，"敏说。

她的母亲摆出一碗碗的枣子和花生糖果，这些是给先人的供品。敏的父亲烧了些纸钱——上面印着"天上人间通用货币"——然后往坟前的地上倒了一杯酒。年轻的男子往茶树上系了一串炮竹。然后所有的家族成员都跪在潮湿的泥地上，磕了三次头。土葬，炮竹，焚烧纸钱——这一切都违背政府的规定。为了消灭这些"封建"传统，政府提倡火葬，如果土葬一家要罚几千块钱。敏村里所有的人家，不论多穷，都会付这笔罚款，安葬他们过世的亲人。

回家后，敏的父亲拿了一方红纸，认认真真写上给灶王爷的祝词。他在大门上贴了对联。对联是敏进城买回来的，两条细长的红纸上写着庆贺新年的对子，她连看也没看过，但词句却很应景：

> 龙腾四海添富贵
> 凤飞万里进财宝

晚上，全家人燃放烟花，看电视播放的春节晚会节目。爆竹整夜响个不停——一声尖厉的呼啸，一阵静默，然后是闷闷的爆炸声。卧室里整夜都亮着灯，新年的头三个晚上，必须得通宵亮着。没人记得这传统到底有什么意义，但还是照样执行。夜里，相间的房屋亮着灯，一幢幢散落在山谷里，冷蓝的灯火令人想起东莞工厂，像海上的船，在黑夜里闪着幽光。

　　大年初一，孩子们起得很早，一个挨一个去照镜子。敏把头发扎起来，往刘海边夹了个荧光绿的芭比娃娃发卡；三个大些的女孩都抹上了美宝莲的粉色唇彩。按照传统，大年初一要去村里拜年。小点的孩子从这家跑到那家，搜罗糖果，大点的则留下来，喝着加了糖的热水，跟大人聊天。在进每位邻居家之前，敏都要问问三儿，对住在这里的老人应该怎么称呼。她已经忘了自己跟村里的许多人到底是什么亲戚关系。

　　在敏妈妈的一个姨妈家，三个女孩商议了一下，然后桂敏掏出一百块钱，给了那个老妇人；在另外一个瘸腿的叔祖家，她们也给了钱。按照传统，过春节的时候，是长辈给小辈送红包，但现在金钱流转的方向倒过来了。

村里的打工者树立了他们自己的新传统。由于只有大年初一他们所有人才都在家，年轻人都会到山里的一座庙去聚会。那天早上，天下着小雨，我跟随敏、桂敏和三儿一起出发。在一个岔路口，有一小群人在那里等着。他们是村里的雄鹿：有的已经结婚，有的还没，都穿着黑色皮夹克，牛仔裤，酷酷地抽着烟，看着我和三姐妹沿路过来。男人们手里都拿着满满的炮竹。一个小伙子用眼镜腿在脑袋边上夹了四根香烟——一种有钱人的尴尬。

寺庙是乳白色的，黑色瓦片房顶，角落向上优雅翘起。未进门前，那几个小伙先点了几只炮竹，爆炸声震耳欲聋。第一个房间里，一块匾上写着为修庙捐过钱的善人名单。在"捐五十元"一栏下面的一大群姓吕的名字里，敏找到了父亲和叔叔伯伯们的名字。

敏躲开那些年轻人，一个人走到庙里最深处的一个佛龛前。她放了些钱在一个善款箱里，向一个中年女尼询问，是否可以求得好姻缘。尼姑点点头。敏跪下来，祈祷能遇到命中注定的爱人。尼姑走到敏的面前，把手放在她肩膀上。"多挣点钱，"她说。"找个好对象。"

这是敏头一次为自己求姻缘。她说不准到底有几分信，但也无妨。"即使你不信，"她说，"也得尊重它。"尼姑给了敏一块红布——必须收好，这东西会保护她。如果敏能如愿以偿，一年后她应该回庙里向观音还愿。观音是佛教里象征慈悲的女神，是出海的水手，无子的女人，以及所有失意人的保护神。

春节后，敏放弃了改造家里的计划。饮水机干了；大家都开始重新使用瓷杯子。塑料垃圾袋放在角落，已被遗忘，直到有一天消失不见。敏转而集中精力准备再次离家的旅程。

一个下雪的日子，她坐了一个小时的摩托出租和小巴去看望中学时的两个朋友。这对姐妹在沿海打工；她们的父母务农，还照顾着一个精神残疾的十多岁儿子。敏到了之后，很惊讶地发现了一个一岁多刚学会走路的女孩。她把孩子抱起来，像老侦探在案发现场那样，把情况解释给我听。"他们的儿子弱智，所以想再生个男孩。结果是个女孩。当然，他们还是一样疼她。"她一边上下颠着孩子哄她，一边有点替他们辩护似的说。

"你在哪儿上班？"朋友的妈妈问她。

"东莞，在办公室，"敏说。

"干什么？"妹妹问道。

"文员，"敏说。

"真不错！"妈妈说。

敏转向姐姐程美琳，她二十岁，温柔美丽。"你呢？"

"不好，"美琳说。"我在饭店工作。"

"做服务员吗？"敏问道。美琳转开目光，没有回答。她妹妹程丽在河南一家超市的家居部工作。在敏看来，她们姐妹处于打工的最底层：服务行业非常累，还得伺候有钱人，受他们的羞辱。

吃午饭的时候，程丽跟敏讲了她的工作。她每天要干十三个小时，每月只有两天休息，休息日还得扣工资。

"跟我出来，去我工厂干吧，"敏突然说。"我们做手提包。普通工人工资是每个月七八百块，星期天休息。"

程丽望着母亲，母亲说，"看看你父亲怎么说。"

在同一个村，敏还去了另一个同学的家，可她没在。邻居说她的同学嫁了个年纪比她大一倍的男人，现在待在家里照顾年幼的女儿。那个邻居在家门口，扯足嗓门把细节都喊了出来。"她老公个子矮，又老又丑。她父母不同意他们结婚。"

这消息让敏很难过。"她本来会很有前途的，"我们走出村子往回走的时候，她对我说。"我以为她会在外面打工干很长时间。我真的觉得她会有出息的。"

敏和姐姐要离开的前一天晚上，全家人坐在一起看电视。桂敏的男朋友出去上厕所，房间里的气氛突然就变了。桂敏和妈妈开始压低了声音吵架，语速很快——仿佛一场无声的争吵已经在沉默中积压多日。

敏的母亲责怪桂敏找了个不是湖北当地的男人。"如果你跟他结了婚，"她说着，提高了音量，"我可能再也见不到你了。"

桂敏在激怒中斥责妈妈。"每个人头上都有自己一片
天,"她说。"如果你非让我跟他分手,我立刻就可以跟他分
手。我谁也不嫁就是了。"母亲开始哭泣。

男友回来了,又将沉默带了回来。突然之间那些愤怒的
话语都消失了,没有人再开口。桂敏使劲盯着电视屏幕。母
亲起身离开了房间。"去帮帮你妈,"父亲对敏说。她站起来
出去,眼睛睁得老大,激动地闪着光。桂敏开始收拾东西。
父亲继续看电视,仿佛什么都没有发生。

敏试图跟母亲讲道理。"每个人得走自己的路,"她说。
"如果桂敏跟他不幸福,就会回到我们身边来。如果跟着他
很开心,那你就是挡一件大喜事了。"

那天晚上,桂敏跟妈妈没有再讲话,但她们仍然睡在同
一张床上,头脚相对,跟她在家时完全一样。第二天早上,
妈妈帮她准备出发。她们俩像往常那样交谈,就像前一夜的
事情从未发生过。男友也表现得跟往常一样:没人告诉他发
生了什么。桂敏和男友沿着泥泞的小路走到大路上。"那我
们国庆节放假再回来,"告别的时候,男友对她的父母说。
他们点头微笑,仿佛还是欢迎他的。

大年初五,敏离开了家。她的同学胡涛履行诺言,帮我
们买了 3:20 去东莞的车票。那是趟慢车,十六个小时,没
有固定座位,但在节后返城的高峰时间,他能买到票已经很

幸运了。我们跟敏的父母道别，然后爬到摩托车后面，她的一位叔叔骑车送我们进城。告别时母亲只说了一句，"抓紧"。

敏和两个来送行的朋友提前一小时到了车站。火车进站的时候会爆满，很难挤上车去。候车室气氛紧张，大家都聚精会神，就像短跑比赛开场前的最后一刻。没有胡涛的踪影。敏每次打他的电话，都会收到消息说他关机了。

2:45分，宣布了火车停靠的站台，候车室瞬间跑空了。敏到外面找胡涛。她一个人回来，跟朋友刘丽亚商量了一下。也许我们俩应该先上车，然后再跟列车员说说，补上票。刘丽亚表示怀疑。"他们会马上把你们踢下来的，"她说。

三点多一点，胡涛出现了，他还是咬着牙毫无表情，一撇小胡子贴嘴巴上。敏和朋友们朝他直扑过去。

"你去哪儿了？"

"你知道已经三点了吗？"

他不知道。他手机关机，又没戴手表。

"你手机为什么关机？我们打了好多次，还是找不到你。"

他说没电了。

"我恨不得抽你两耳光！"敏说。胡涛一脸茫然，把票递给敏。

我们加入了候车的人群，等待着穿过一道铁门到达站台。警察来回巡逻，大喊着要乘客们不要拥挤。我和敏是最先穿过大门的人，但胡涛落在了后面。"别再管他了，"敏说。火车进站时，人们冲了上去，却发现几乎所有的车门都紧闭着。有一扇门打开，立刻人潮汹涌而来。车里伸出些胳膊和腿，阻止人群冲撞。乘客们都不想让更多的人上车，也许因为车厢已经满员，也许就是他们想给自己的朋友留点地方。有人肚子上挨了一脚；许多愤怒的人高声讲话。火车停留了十分钟，也找不到警察。在这个关键时刻，他们都消失不见了。

终于，在后几节车厢，我们发现了一扇车门开着，跑过去，挤了上去。车厢里满是人，但一个小时后，我和敏挤到座位边坐了下来。胡涛找到了我们，敏把自己的位子让给他，坐到他腿上，两个人一起听她的 MP3。这种亲昵很少见，敏终于来到我身边。"这个男孩就是我从前的男朋友，"她说。

"什么？胡涛？"

去年胡涛住在东莞的时候，敏曾跟他交往过——他就是那个敏丢了手机后失去联络的朋友。她回家第一天胡涛就打电话了，想跟她再续前缘。这些秘密藏得如此之深，以至于我一无所知，我现在只好费尽脑筋把这些片断拼到一起。

"他知道你有男朋友了吗？"我问。

"不知道。"

"你打算告诉他吗？"

"我想先让他在厂里找到工作再说，"敏说。"然后我告诉他，以后就靠他自己了。我们可以做朋友。"她笑自己这么大胆。"他没有我现在的男友好，对不对？我男朋友更可靠。"

还有更多的秘密。桂敏没有像父母想的那样回到东莞。

那天早晨，她登上了一趟去长沙的火车，她男友住在那儿。他们会同居，男友会帮桂敏找工作。"我是唯一知道的，"敏说。"你千万不能告诉我妈。她肯定会更生气的。"她沿着走道回去了。后来我看到她坐在胡涛的腿上，他用手指梳弄着敏的头发。她透过头发和手指望着我，眼神里充满了快乐与羞愧。

那天晚上，我收到桂敏发来的短信。我告诉她我们已经上车了，希望她能解决和父母间的问题。谢谢你，我从来不担心，她回复道。我只是走自己的路。

第二天早上八点，火车到达了东莞。南方很温暖，敏脱掉毛衣，抱怨天气热，完全忘了她在家的时候整天受冻的痛苦。她和胡涛走出车站，搭公交车去工作。她会冲个澡，洗净头发，这些事她已拖延多日，因为家里没有自来水。然后她要好好睡一觉。她还没有计划如何解决两个男友的问题，但最终，一切都会自然而解。那天上午晚些时候，敏会介绍男友和胡涛认识，他们发现对方的存在，都会暴怒。敏会尝试，但未能帮胡涛在她的厂里找到工作。男友会对她说，"如果三天内他不走，我就找人对付他。"敏准备借胡涛三百块钱。然后他就会从敏的生活里消失，大概永远不再出现。

但是现在，在挤满了返城务工者的公交车上，敏的念头飞远了。家里没事可做，只是看电视，她说；她又提醒我，家附近的武穴城是如何乏善可陈。她似乎在回想家里看到的一切，试图弄明白自己的位置。当东莞那些工厂开始出现在车窗外的时候，她一幢一幢望过去，一言不发。"家里是好，"最后，她说，"但只能待几天。"

十　华南茂

　　春明的东莞地图记录了她一路走来的各种身份。十三年来，她在东莞的七个镇生活过，据她粗略估算，搬过十七次家。在偏远的清溪镇，她从工厂文员升到了部门主任，工资涨了五百块。在中山，她加入了直销热的洪流。在广州，她是一名记者，最擅长弄虚作假。在市中心，她跟男友搬到一起同居，还合伙开了个公司——东莞式的一石二鸟——但生意失败，他们的恋情也结束了，她被迫从头再来。

　　从 20 世纪 90 年代后期开始，她销售建筑材料。她大部分的工作时间都在建筑工地和卖涂料、管件、胶水和水泥的建材城里度过。这是个男人的世界，但她应付自如；她喜欢待在户外，不用坐办公室。在我看来，建筑是所有的行业里最世俗平凡的一种，但对春明来说，它意味着自由。

　　有些地方她住过不止一次，但只有最新的模样才会留在她的记忆里，就像电脑文件更新，会自动覆盖旧版本。一个春天的夜里，我和她乘坐出租摩托穿过虎门区。我们经过一个有八百间客房的豪华酒店，房顶的射灯，发出的红蓝绿光线划着大大的弧线扫过夜空。"我是眼看着这间酒店起来的,"春明说。"里面的水管还是我卖给他们的。"那是七年前,她刚刚进入建材销售业时候的事了。虎门是她逃离发廊之后,无家可归游荡的地方。同时,也是她刚从村里出来,开始工作的地方。

春明在东莞生活了几年之后,把这城市当成了自己的家。她的过去凝注在城市的建筑里,在华丽的酒店的供水管道里;她个人的历史,写在了钢筋水泥和石材上。

一天下午,我跟春明一起去公共汽车站附近的一处偏远郊区。在一片巨大的建筑工地上,正建设着全世界最大的购物中心。"将来这里只有世界五百强品牌才能进来,"春明对我说,"就像肯德基,麦当劳这种。"但这个华南商城也搞得她头疼。一家客户抱怨说,她公司卖的涂料有裂痕,要求重新粉刷。当时,他扣下了十四万元的货款不肯付。

Shopping malls(大型购物中心)——中文叫"茂",发音类似摩登的"摩"——是中国零售业的新兴事物。开发商向往着西方购物中心的炫丽和声望,除此之外,基本上就没什么方向了;他们完全不懂在购物中心里,零售业到底是如何运行的。谈到规划,最重要的是造得越大越好。华南商城将覆盖六十五万平米的面积,里面有条两公里长的人工河,上面还有威尼斯式的小船。一份宣传册称这座茂是一个"充满活力的娱乐主题公园",还特别提到了一辆过山车,一家

IMAX影院，银幕有一个篮球场那么大，以及一个天线宝宝教乐中心。

我和春明等着客户的到来。这座购物中心的许多部分已经建起，各自呈现出矛盾冲突的建筑风格。有穹顶，高塔，廊柱；一幢建筑装饰成明显的基督教主题十字架。人行道边的一排广告上写着这座茂的宣传词，每个广告牌上有一个英文单词，就像是没有答案的猜字游戏。

SPIRIT（精神）

STINK（臭气）

ILLUSIVE（幻影——拼错了）

NATURE（自然）

SPORT FUL（运动——拼错了）

POPPLE（人们——拼错了）

GLORIOUS（壮丽）

"你确定他们不会介意我在这里么？"我问春明。

"你不用担心，"她大声说。"这些人素质很低的。"

正在此时，一个精瘦的小伙骑着一辆山地自行车过来，滑动中来了个急刹车，溅得我们鞋上都是土。

"你是穆先生么？"春明略有点困惑。

"是，我是项目经理。"

"那谁是王先生？就是那个，走路有点那个……？"她小心地说。

"他是董事长。"

"啊，董事长。那总经理是黄先生么？"

"没有黄先生。只有王先生。"

春明公司的一个代表来了，带领我们参观。建筑工地是一大片泥浆地，最大的一洼上面铺着木板条。一座又一座的大楼表面裂开很宽的缝隙，有些从下至上贯穿整个楼面。但春明的同事说是工程质量的问题。他说，用那家竞争对手公司的产品粉刷的墙面也同样得返工。

春明点头。"他们只是想赖账罢了，"她迅速得出结论。

她的同事带我们来到一座建筑的角落里。"你看，"他说着，指着地基一处相当明显的裂纹。春明跪下去，用手指戳了戳那个角落。世界上最大的茂就有拳头大小的一块落到了她手上。

她怀疑工程里有腐败。原料价格上涨，许多建筑公司都在偷工减料，拖延债务。在一个鼓励冒险的商业世界里，大家都会扩张过度。我们又转了一圈。春明抬头望着一座高耸向天的铁塔；很快有一天，一辆游乐场的过山车将会载着乘客从六十米的高空坠下。"希望那玩意建筑质量好一点，"她说。客户又骑着单车出现了。"我觉得问题是工程质量，不是涂料，"春明对他说。她鹦鹉学舌般地重复了同事说过的关于钢丝网、混凝土和气泡的话。

承包商难掩为难之色。这座茂的第一期开幕就在两周之后，他说。就现在的情况来看，这很难实现，但就这里的行事惯例而言，却又完全有可能。"我不管是工厂的问题还是谁的问题，"他说。"如果我们不能完工，就拿不到钱。这可不是几千块钱的事，我们这是几百万资金的大项目。"

僵持中，他们分别拿出手机致电给不同的经理。春明的声音最大。"我已经跟瘫子谈过了！"说到中间时她冒出这么一句。三个人都很年轻，说着带有浓重乡音的普通话；很可能三个人这辈子谁也不曾学过一天商业、建筑或是承包。春明转向承包商，冷静地说，"我相信不是涂料的问题。但如果你反对，我会叫我们的技术人员过来。"最终，她的公司同意做些修补，而承包商付了欠款，两周后商城开幕，按时按点。

两年后，一个周末的下午我去了华南茂。麦当劳和必胜客的生意火爆，但其余则一片死寂。一共只有几家店，不是关门大吉，就是从没开过张。大多是些空壳子，玻璃门上着链子锁，只有光秃秃的石膏墙，看样子建筑还没完工。主厅里有两块开放区域，里面摆满了充气跳跳床；家长们只需付几元钱，就可以让孩子在里面跳上跳下。这看起来算得上是创新——但却是整个零售业里，商城室内空间利润最低的用法了。

在我看来，华南茂就像是另一座东莞的历史博物馆。建起一座大楼很容易；难的是弄明白里面要做什么。最后，涂料实在是这座商城最微不足道的问题，在午后的阳光里，整个建筑的外观看起来光鲜亮丽。一座茂可以有不止一种的方式走向衰败。

腐败渗透了东莞的生活。街头拉客的摩托车主穿着印有"安全志愿者"的马甲；这种明目张胆的身份造假被用来规避禁止摩托车商业运营的法规。规定说政府宴请规模限于"四菜一汤"，但官员们自有对策，专点价值几千元的海鲜珍品大菜。连考驾照也是潜规则盛行：想开车得在驾校上满五十个小时的课程，但考试当天还得向考官行贿。"每辆车里有四个考生，"一位工厂经理曾向我解释说，"如果一个人不给钱，可能四个人都考不过。"

买个假驾照就容易得多了，几年前春明就这么干过。之后她上过几堂课——"我知道怎么往前开"——她想，总有一天她会学会其余要懂的东西。"开车没什么难的，"她对我说。"关键是不要跟人家怄气。"

在她的行业里，拿回扣是常规。为了完成销售，她通常要付给买方百分之十的回扣；这就意味着买家常常比卖家赚得还多。有些潜在客户会直接开口问春明：你能给我多少钱？其他人则更婉转。但从他们的住房和高档车，春明说，你能看得出每个人都在吃回扣。腐败扎根于语言之中。"佣金"这个词，可以指卖家获得的合法收入，但也可以指付给买家的非法回扣。单从语言上看，即便你想，也无法分辨交易的合法与非法。春节的时候，客户会收到红包，还有华丽的名茶、酒和香烟，这些都称为"礼"。我从未听过任何人使用"行贿"这个词。

"太黑了，"春明说。"但是哪怕你自己不这么干，也改变不了什么。"她有自己的道德标准：质量不合格，可能伤害他人的产品她不卖。如果她是采购方的话，"我不会开口要，但如果有人给我回扣，我不会拒绝。"

一天下午，她提到她哥哥搬到深圳去了。"他在那儿干什么？"我问。

"他干的活不正经，"她说。"他跟别人干……"她犹豫了一下，索性直言。"基本上他干的事不合法。"她哥哥倒卖二手手机。通常这些手机是偷来的，然后换掉键盘外壳，显得像新的一样。春明不怪她的哥哥；他在老家曾试过做生意但无法谋生。

"东莞比你老家更腐败吗？"我问。

春明摇头。"差不多。只不过这里机会更多。"

又有一天她告诉我说，一个朋友的弟弟参加城市的公务员考试取得了很好的分数。我问她什么样的人会想去当公务员。"大老板们需要政府官员帮忙拉关系，"她解释道。"官员们跟公司一起做事。这是一种合作。所以当官只是换一种方式做生意。"她没有提及工作稳定或者社会地位，或是为国家服务的热忱：当官只是通往市场经济的另外一条路而已。这是我听过的，关于中国人为什么去当公务员的最一针见血的解释。

春明的老板停好了他翠绿色的丰田 SUV 汽车，朝着我们俩等待的地方走来。他四十多岁，方脸没表情，戴着眼镜，就是个普通的商人，穿了套灰西装，里面衬件褐色衬衫。他跟春明打了招呼，无视我的存在。

"陈总，这是我的朋友，"春明主动说。陈总的脑袋转了十五度，刚好我进入他的视线范围。他微笑着跟我握手，仿佛这一刻我才出现。他们是来深圳和经销商谈合约的。第一站是一家店面办公室，他们在一堆标着"瓷砖胶"和"防水材料"的桶中间坐等。等啊等。现在是早上十点，谢老板已经迟到了。

这就是在中国做生意的规则：决不提前计划。决不关手机。决不守时。

春明向一个在办公室工作的年轻女子打探情况，以此打发时间。"我们进来的时候，刚看到一大批德高产品出去，"她说了一个竞争对手的品牌。

"是的。"

"去哪里了呢？建筑工地么？"

"是的，"女子说了一个项目的名字。

"这个产品卖得很不错，是不是?"

"是的。"

"你刚来，对吗?"春明问。

"上个月来的。"

陈总放下正在读的报纸。"这个月销售怎么样?"

"很不错，"女子回答说。

"可你才来了一个月,"他说,"你怎么知道销售'很不错'?"女子脸红了,什么也没说。

陈总问春明在东莞有没有找到适合开新店面的地方。她描述了几个可能的地段,陈总继续看着报纸,眼睛都不朝她的方向瞄,偶尔从嘴边冒出几个问题。春明还在回答的时候,他掏出手机开始拨号。这让她明白,谈话结束了。

谢老板迟到了一个小时,他穿着褐色的西装外套,不配套的黑色西装裤子,吹嘘说客户欠了他九十万元。他对春明和陈总说想要放弃零售不做了。春明说那他得先把完整的客户名单交出来。作为反击,谢老板开始攻击春明公司产品的质量问题。他拿过一块瓷砖,用一块小石头在表面上划了一道明显的印痕。"你看?质量不好。"这个表演看来早有操练;瓷砖上布满了许多陈旧的划痕。

春明马上为瓷砖辩解。"这只是样品。"

"这就是真的瓷砖。"

陈总靠在椅子上,大模大样地吸着万宝路,丝毫没有让谁分享一支烟的意思。他只要开口,多半是打断春明的话。

"我们起草一份合约……"

"合约不重要。最重要是我们把客户名单列出来。"

我想象着,如果有人介绍春明跟陈总相亲,她会怎么说。

他跟我说话的时候,全程都不看我的眼睛!

他穿褐色衬衫配灰西装！

他素质太低了！

但他是老板，因此她缄口不言。

那天下午，春明和她老板去拜访另一个经销商。他们跟对方约好，去建材商城罗老板的店里见面，但他们没找到。他们找的是卖涂料的店，但其实罗老板的店是卖水龙头和门把手的。这是另一条商业规则：疯狂扩大门类，多种经营。

春明宣称他们愿意给他深圳的独家零售权。罗老板很感兴趣。

"你的销售量都输入电脑么？"春明问。

"不，"罗老板说。"我们的销售人员就在市场里。一下去他们就知道情况怎么样了。"

"不一定，"春明说。"你得有准确的数字，才能清楚知道销售情况。"

罗老板什么也没说。别留下书面记录。

陈总发话了。"这些水龙头就别做了吧？"他问。"摆在这里形象不对。"

"这我做不到，"罗老板看起来挺为难地说。"水龙头是我们销售量的大头。"

春明问罗老板他的销售目标是多少，但她的老板又一次打断了她。"这可以以后再算。"作为领导人，陈总看起来表现出许多不称职的特征。但当我读到《方与圆》这本书时，才发现书中的成功法则恰恰描述了他的行为。

面对面而坐时，谁先转移视线，谁就获得主动权。

要保持头上有光圈，提升自己的重要性，你必须尽量少露面。让一个称职的下属代替你出现。只有当一切都搞定时，你才最终出面拍板。

这天完工前春明还得再去一片工地，约见两个同事接着现场解决问题：一个客户抱怨说他们公司的底层涂层——在刷涂料前先刷在建筑物表面的东西——太粉了；这个项目的工头正在开会。春明对我说，将来有一天这个地方将生长出一片高档公寓的丛林。傍晚的阳光将他们的身影拖得很长，春明和同事们谈起他们老家的村庄。就像童年一样记忆中的乡村已经永远消失了。

在老家，我们家后面紧挨着一片坟地。死了很久的人我不害怕。但刚刚埋进去的……

在我们村，我家后面也有片坟地。我亲眼看见过蓝色的鬼火从一个坟头跳到另一个坟头去了。他们说那是人的魂儿。

你多长时间回一次家？

我已经八年没回家了。

工头终于到了，大家聚在刷过底料的一面墙边。墙摸上去光滑干燥，完全正常。春明掌控了局面。"有时候，一批货跟另一批可能会有点细微差别。质量有点不同可能是因为这个原因。"

"如果是质量问题，那可是大问题啊，"工头有些不满。

"如果是质量问题，那对我们更是大问题，"春明安慰道。"你们是我们的重要客户。"

"但袋子上的日期显示，都是同一天的产品。怎么可能质量还有不一样呢？"

春明的技术部同事赖功解释说，厂里一天会出好几批产品。

"你的工人得确保刷好，"春明说。"刷底料和涂料之间不能隔得太久，因为底料会变得太干。现在深圳的天气很干，大家都能感觉到。"将涂料表面拟人化：太棒了。

工头开始啰嗦地道歉。这是中国商务会面中一个常见的标志，表示会谈即将告终。"实在不好意思，麻烦你们这么老远特地跑过来一趟！"

"没事，"春明说。"如果还有问题，直接给赖功打电话好了。赖功，把你的名片给他"——年轻人在电脑包里摸索着——"他会帮你的。"我和春明出去到公路上打车，要跟她约的朋友吃饭。两个年轻男子原本可能期望得到邀请，但却失望而归，一副看起来很饿的样子，朝另一个方向，沿路走了。

那天夜里，我和春明共乘一部出租车返回东莞。"有时

候我感觉需要充电，就好像力气不够，"她说。"我缺的太多
了。我不懂英语，我不懂电脑。我刚进公司的时候，跟老板
讲，我要两年内学好英语。现在我做了快三年了，还是不
会。"她在考虑回到流水线英语学校，她曾上过几次课，后
来放弃了。她还想离开这家涂料公司。

"你想干什么呢？"我问。

"我的朋友，那些自己开贸易公司的，都想说服我，让
我自己开公司。他们一个月能挣两三万。如果我这么做，那
生活就纯粹是为了挣钱了。我想提高生活质量。我想找到新
的快乐。"

东莞的一切仿佛都简化成了数字：销售额，回扣，语言
能力。未来男友的身高。一开始就是数字——你哪一年的？
一个月多少？加班费多少？——然后是其他数字记录着你的
进展：薪资，住房面积，新车的价格。但春明在寻找一种无
法量化的东西。我们飞速行驶在黑暗的公路上，路过两边长
安区的厂房。"如果灯亮着，说明有人在加班，"春明说。
"那么多人好多年都在同一个厂里工作。"已经十一点了，许
多工厂还亮着灯，夜色中，每座厂房都发出冷冷的蓝光，就
像即将陨落的星星。

那之后很快发生了两次关键事件。一是春明的老板毫无
解释地削减了她的销售提成，还有是她的一个好朋友刘华春
买了一辆别克。她才二十六岁。"她曾经是鞋厂里的文员，"

春明对我说。"后来她用哥哥的投资，自己开了厂，从头学习，一年之内，就买得起车了。"

这些事件促使春明采取了行动。2005年春天，她跟朋友合股创业，买卖模具配件——生产从水枪到衣架等一切塑料制品的注模成型机的内部配件。他们投资了十万元，其中有自己的积蓄，也有跟朋友借的钱。她的新合伙人曾在一家五金厂的财务部工作过半年。春明与模具的唯一接触是十年前，她在流水线上做工人的时候，生产过塑料玩具汽车和火车，但她一点都不担心。"无论做什么，最后都是做人，"她告诉我说。"做人做得好，做事就做得好。"

她没告诉老板说自己要走；实际上，她也没走。反正她很少去办公室，陈总也就无从知道他的明星销售员虽然还从他那里领工资，其实已经溜走，自己开公司去了。她仍然跟客户联络，每月领着薪水。从各方面来说，这都是典型的中国办事方式：他没告诉她为什么削减了提成；她也没告诉他不给他干活了。

春明还开始看牙医。她的两颗门牙略微外凸，因此她在考虑要不要做"牙齿美容"，就是把这两颗突出的牙齿拔掉，换上烤瓷的假牙。做完之后就不能咬硬东西了，比如啃肉骨头。春明也在考虑做牙箍，但矫正过程至少要一整年——美容则可以一下就做好。一个朋友的朋友做过。"她的样子全变了，"春明汇报说，"生活也完全变了。"我下一次到东莞的时候，春明给我讲了所有事情的近况，但首先是牙齿的事。模具是职业变化，牙齿是美容，但对春明来说，它们是同一个项目的一部分。她又一次脱胎换骨。

　　新的生意从欺骗开始：两个合伙人的中英双语名片上写着**东莞市煜兴五金模具配件公司**。根本没有这样一个机构；眼下只是一家店面而已。"'公司'听起来更大些，"春明解释说。

　　她与合伙人傅贵正在去深圳的路上。那是第六届中国国际机械和模具产业展览的第一天。在出租车上，春明继续接旧工作的联络电话。"如果标签上写着'油灰添加剂'，那你就可以用，"她朝手机里吼道。"我可以给你看价格表，但你不能拿给别人看。"通话间隙，她还给哥哥打了电话，告诉他老家的坏消息。"叔叔得了胃癌，"她的声音略低了些。"我们要马上寄钱回家。"展会在深圳会展中心举行。中心还没完工，没有正式落成，但已有众多的人群在巨大的场馆里到处转。春明和傅贵加入其中，像两条小鱼被吸进了强有力的漩涡中。

　　"有些机器价值百万！"春明说，激动地眼睛瞪得老大。她走向一架正在吐出塑料衣架的设备。"哎呀！当初我在厂里干的时候，就有这种机器！"一个男人很自豪地递给她一个蓝绿色的衣架，就像新出炉的热烧饼，滚烫的。春明和傅贵在展台前逛着，递出名片，取回一份份产品目录。他们的目标是要见到部件厂商，或是直接从厂家拿货的大分销商，因为他们的报价较低。人人都号称是主要分销商，但一报价，你就知道他们在撒谎。

"你是做什么的？"一个展台前的男人问春明。她提到一种锯片，犹豫了一下，又说，"我们有很多种业务。请看我名片。"她偶尔也会讨价还价。"多少钱？"她拿起一个钻头，在手上掂掂分量，仿佛是在菜场买洋葱。然后说："这么贵？我们来的时候，你一定得给我们个好价钱。"

模具展看得我迷惑极了。一个展台上的产品看起来好像一个超大金电池，另一个则摆着列满孔洞的金属柱，就像老式的卷发器。还有一堆堆色彩明亮的塑料螺旋，就像万能工匠玩具公司的设计产品。展品的广告也不是太有帮助。广告牌上印着金属部件，背景是蓝天，或是城市风光，有时是一堆设备摆成一圈，仿佛沿一定轨道运行。有些说明是英文，但这是一种几乎统统将名词硬拼在一起的语言，就像马克牌大卡车的连环追尾。牵引驱动加速器（TRACTION DRIVE SPEEDACCELERATOR），转塔冲床（TURPET PUNCH PRESS），还有火花电蚀机（ELECTRICAL DISCHARGE MACHINES），无心磨轮（CENTERLESS GRINDING）和合金淬火炉（ALLOY QUENCHING FURNACES）。

这个行业里基本都是些肉肉的男人，一个个看起来很像保镖，偶尔有厂商销售部门的女性临时顶班。展厅里最热门的展台属于亿和精密工业模型。三个年轻女子身穿紧身裙散发传单，身后屏幕上播放着展示设备零件的录像，还伴随迪斯科音乐。

上午才过了一半，春明和傅贵已经拎着装满产品目录的重重购物袋，走不动了，就像是两个疲于奔命的圣诞购物狂。她们收拾好战利品，继续逛。到中午，春明打电话给一个也想入行做模具生意、曾邀请春明入伙的朋友。那个朋友根本还没出门。于是春明知道，跟傅贵合伙，她选对了。

她们的新店面开在长荣国际机械五金广场，这座位于步步高电子厂附近的商城里都是些卖机械配件的商店。店开在一排一模一样的商铺中间。楼下是会谈区，货架上摆放着样品，二楼是她们的生活区；地板上铺着一张床垫，傅贵就睡在这里。一个月后，春明搬了进来。她和傅贵将墙壁重新刷成洁净的白色，小厨房里摆满了春明的锅碗瓢盆和电饭煲。她们将春明的双人床搬上二楼，添置了电视机、家具和沙发，布置成一间舒适的起居室。"如果住的地方不干净舒服，我就没法工作，"春明说。但无论怎么布置装扮，也无法否认她现在住在一座机械配件城的事实。如果说生活中有比挣钱还重要的事，从这里是看不出来的。

关于她的新生活安排，春明有一点不满意——"我不能再往家带情人了"——但她似乎并没有因此减少约会。她曾跟一个从事金融业的男人在一个海滨度假村住过一天；而在跟我讲这个故事的时候，这个男人的婚姻状况从"他结过婚"变成"他结婚了"。她在一家饭店里遇到了一个很帅的男人，虽然对方有女友，他们还是开始了一段关系。当这个男人开始装修房子时，春明跟他断了，觉得这表示那个男人快结婚了。她还跟网上遇到的一个人发生了一段韵事。

"他是个外科医生，"她告诉我。"他很胖，但心很好。他肯定结婚了。"

"他肯定结婚了？"我问。

"我不知道。他不肯说。"

"你没问他吗？"

她问过。"你结婚了，对吗？"她问。

"如果你认为我结婚了，"他回答道，"那我就结婚了。"

冒充未婚的已婚男人是东莞约会的头号风险。春明的合伙人傅贵曾跟一个这样的男人交往过；刘华春，那个最近买了别克车的朋友，也曾被骗过两次。在一个人们条件反射性地为了工作而撒谎的地方，欺骗也就自然而然地渗透进了人际关系。撒谎经常是出于实用原因，因为能帮你得到你想要的东西。最终你的谎言可能会倒戈砸到你自己，但极少有人会想得那么长远。

在这种事情上，春明有她自己的原则。不能有人受伤害，双方都不能提要求。"当然，我想找个合适的人结婚，"她对我说。"但既然还没找到，那么跟不爱的人在一起也没什么。还是可以享受在一起的过程。累的时候，需要安全感的时候，可以把头靠在他的肩膀上。"

我曾问过春明，有没有碰到过比她大但没结婚的男人。问题一出口我就觉得很傻——当然有啊——但她的答案却不是这样。

"很少很少，"她说。她想了一阵。"我从前的老板。"然后她做了个鬼脸。"那些没结婚的都很差劲。"当然，这并不是说结了婚的就不差劲。

春明和傅贵住在机械配件广场的时候，设计了一个办法钓男人。她们在一个本地网站上贴出了一个虚构的二十四岁女性的个人信息，旁边还放了一张从网上下载的美女照。"她身高一米六五，讲英语和法语，从事外贸行业，喜欢爵士乐，"春明告诉我说。她停了一下。"我连爵士乐是什么都不知道。"男人们争相拜倒，来跟她聊天。很多人春明都认识，其中有一个曾跟她短暂相好过，还对她说，他从不在网上结识女人。当春明捉到这个人跟她虚构的爵士乐迷在网上调情之后，就不再跟他联系。她交往过的那个城市规划师——他很丑——也曾来搭讪。但春明拒绝了他；她发现那个人曾经跟别人吹嘘，自己跟春明睡过。"我们吸引男人来跟我们讲话，然后就打击他们，"春明解释说。"但他们脸皮很厚，因为他们还希望有机会接近你。"

她给我看了虚构女子和城市规划师最近的一段交谈。

我觉得你大概跟猪一样，她写道。肥猪。

实际上，我更像是老鼠。

老鼠？那不是更恶心？

她又管那人叫了几次肥猪，而那个男人则想尽办法让谈话继续。后来，我又看到春明同时作为两个人上线，一个是她本人，另一个是那个虚构的女孩。那个女孩立刻被各种信息包围了。

你是湖南人么？

你在干吗？

你的照片看起来都不到二十四岁！

春明无视这些。她本人在跟一个可能的约会对象聊天，可这个人实在是个太不可能的对象：四十二岁，离婚，有一个年幼的儿子。

你明天有空么？

有，你呢？我们见面好吗？

我明天要去看朋友。

那后天一起吃饭怎么样？

她同意了，但又写道：如果见了面我们没感觉，那就不要一起吃饭了。

春明还采取了其他的预防措施。她从不把手机号码给陌生男人；因此如果情况不好对方也无法找到她。她甚至连自己的名字也没告诉他，而是编了个假名字叫玲。春明解释了这些原则和她的详细计划之后，她说，"现在我想认识一个从来没上过网的男人。"

"谁没上过网？"傅桂说。

"自从有了网络，"春明叹道，"人跟人之间的关系就变假了。"

"自从有了手机，人跟人的关系就变假了，"傅贵说。

"随时可以撒谎，不说你真的在哪儿。"

下次见到春明，我问她跟那个四十二岁男人的约会怎么样了。

她皱起了脸。"不好。"

"他哪儿不好？"

她指着自己的头顶。"他脑袋顶上，有一块……"

"什么？一点谢顶？"

"有一块地方头发很稀，"她说。"我不喜欢头发少的男人。从他发给我的照片里，一点也看不出来。"那个人还有个十七岁的女儿，在网上聊天的时候他也没提过。一块秃斑，一个长大成人的女儿——在春明看来，任何一条都足以让她放弃这个人。一个男人若以为这两者能瞒多久，他本身就值得怀疑。

不出意料，春明不再管涂料公司的工作之后，跟老板的关系继续恶化。到 2005 年 4 月——大概跟她搬到机械配件广场同时——陈总削减了她五百块月薪，并且禁止她在深圳接新的客户。5 月，她正式被解雇了。6 月，她了解到公司不打算付她当年头几个月的业务提成。算上遣散费，公司一共欠了她一万一千元。春明试图找陈总接触，但在这件事上，他的管理策略就是不接电话。要保持头上有光环，提升自己的重要性，你必须尽量少露面。一次她跟我和另一个朋友一起吃午饭时，考虑了自己面临的几种选择。"现在，我只好等等看他给我多少钱，"她说。"如果不够，我就告他。"

"要起诉他太麻烦了，"春明的朋友说。"有别的办法帮你拿到钱。"这个人的脸很瘦，两颊皮肤很紧，头发很短，脸上永远有种受惊吓的表情。他从事海运。

"什么办法？"我问。

他说他有个表哥曾被客户欠款。"有一天，我在这个客户公司的停车场，看到一辆奔驰停在那里。'这是公司总裁的车么？'我问别人。是他的车。"春明的朋友又多做了点调查，然后给公司总裁打了电话。"我报了他的家庭住址和他几个孩子的年龄。公司立马付掉了百分之九十的欠款。"

几个星期后，春明决定去省会广州的劳动局提交申诉。"这种申诉对公司内部有很大影响，"她告诉我说。"一旦劳动局开始调查，所有的雇员都开始琢磨，'那公司欠我的钱怎么办？'公司就不得不对他们更好。"她很兴奋，我也一样。生活中有太多不公平，春明比谁都明白。但她相信，她个人的遭遇很重要，因此宁愿上法庭去寻求公正。我本没料到会是这样。

下礼拜一上午，我们乘大巴去了广州。春明跟往常一样打扮入时，一件苗条的黑毛衣，卡其裤，高跟鞋。我们乘地铁到了省劳动局，但立刻就被踢回了区劳动局。

办公室里有很长一排低低的柜台，两边配有椅子，来访者坐外面，公务员坐里面。这种安排应该是为了让政府更容易接近，但实际上，从来不是一个申诉者对着一个公务员，每张椅子边上，至少围着五六个人，推挤着寻找机会开口。等着的时候，他们都在听别人的案子，时不时评论一二。我们到的时候，一个中年男人正坐在椅子上，长篇大论地解释，他的老板如何没付他薪水就消失了。春明挤到前面，蹲低了身体在他面前，就像网球锦标赛上的球童，随时准备。那个人喘口气停下来的时候，她跳了出来。"对不起，我就问一个小问题。"

那个公务员翻看了她的卷宗：她的劳动合同，退工单，公司的营业执照复印件。这些文件明白显示了为什么一个普通工人几乎不可能提出正式申诉的原因。他们极少签劳动合同，更没有办法像春明一样，拿到公司的注册证，春明能拿到是因为她的客户有时要求看这些文件。那个公务员告诉她，她必须拿到公司广州分部的营业执照才行。

但时间已近正午，满城的政府机关都关门了。在一个几乎人人都日夜不停工作的世界里，中国的公务员们享受着两个小时的午饭和午休时间。当春明路过一个机构，咨询一个简单问题的时候，大门口的门卫看起来好像挺生气。"他们还在睡觉呢。"

在一家自助式午餐店里，喝着汤，就着米饭，春明透露了她的备用计划，她打开了名片夹，抽出一张名片。**GORAN WIDSTROM，集团总裁。**这是她前公司的母公司老总，总部在瑞典。几年前，他曾到东莞的办公室来过，在春明的印象中，他人很不错。

"陈总不知道我有韦斯特灵的名片，"她照着这个瑞典名字的汉字音译来称呼他。她用手指抚摩着名片的边缘。一旦韦斯特灵知道发生了什么事，一定会帮她把钱要回来。春明问我能否给他打电话。我看看手表，这个时间瑞典人还在睡觉，就像中国那些公务员一样。我们耽搁一阵，又喝了几杯浓茶。

"有时候我不懂，我为什么要卖力做事，"春明说。"我在一本书里读到，说成功就是想说什么就说什么，想做什么就去做什么。可我现在感觉不是这么回事。"

"你想要做什么?"我问。

"我想学习。我真的很想学英语。"她的眼中突然充满了泪水。她用纸巾去压，很使劲。

又一次，我毫无防备。"你已经做了很多事了，"我说。"读读你自己的日记，就知道你已经走了多远。"

"别管我，"她说。"我很容易哭。人家都觉得我很怪。"她最后一次抹抹眼睛，对我微笑，然后站起身来，去跟官僚主义做斗争。

那天下午，春明为了寻找前公司的分公司执照，跑了三家工商局。市工商局把她推到省里，省里又推到区里。没有两个公务员说的话是一致的。最终，区工商局的一个女人说，付六十元，就可以把执照复印给她。谈话里一旦提到钱，就有了希望。等春明终于拿到营业执照，跑到市劳动局去提交申诉的时候，已经是下午 4:10 了，急匆匆路过的牌子上写着请勿喧哗，吸烟或吐痰。但她又一次跑错了地方。一个公务员告诉她说，是区劳动局，而不是市局，处理外企分公司的案子。他给了春明一本小册子以说明这个问题。

春明赶在五点前到了区劳动局——这是一天内她第三次到这里来了。坐在同一个矮柜台后面的同一个公务员第三次拒绝了她。"你得去市劳动局。他们处理外企案子。"

"他们不接待外企分公司的案子，"春明反驳道，把那本小册子拍在桌子上。他拿了起来；在中国，书面文件总是更更让人肃然起敬。那个公务员读了小册子，然后放下。慢慢地，他终于接受了这个事实，今天他总算得做点工作了。他指点着让春明去柜台末端取仲裁表格。

春明填写表格的时候，意识到仲裁可能比她预计的要更复杂。她得跟从前的老板见面，谈判解决，这是她最不希望发生的。她将需要回到广州来谈判，不论是否能拿到钱，都得付仲裁费用。但没有时间让她想清楚，因为她忙着填表，表格一共有四页，还是双份。那些公务员已经准备下班了，女人们拉上皮包拉链，事儿完了。

"等等，我今天就要提交申诉，"春明喊道。

办公室剩下的最后一个女人站起来，关掉电脑。"5:28

了，你两分钟内能填完吗?"她挖苦道。

"你就不能帮帮忙吗?"我问。"我们今天一大早特地从东莞赶过来的!"

"我住的也很远呢!"那个女人说。

最后春明终于放弃了;她只能改日再来。"这些人办事一点责任感都没有,"当劳动局的铁门在我们身后咣当一声关闭的时候,她对我说。

到了外面的人行道上,春明开始疑虑了。仲裁太复杂了。起诉的话可能会给韦斯特灵带来麻烦;外国投资者在中国很容易受到攻击。她更相信个人干预,哪怕是找一个住在七个时区之外、她几乎不认识的人。"一旦我跟他通上电话,他一定会记得我,"春明说。"然后我们就可以谈事情了。"

我告诉她,最有可能会是他的秘书接电话。韦斯特灵可能会很忙,我说,她不该抱太大的希望。

"我在中国见到他的时候,他举手投足不像个很忙的大人物。我觉得他是个真正懂得生活的人。"她对自己和自己的重要性很有信心。她终于打通韦斯特灵、一个瑞典的涂料公司全球总裁的电话时,满心以为两人能像平等的朋友一样交谈。当然,恰恰是这种盲目的自信,才能让春明走到今天的地位。

我拨通了名片上的号码。正如我所料,对方是应答机,是秘书的声音。我说了春明要我讲的内容。

我代表东莞销售部的伍女士打电话来。2003年底，她在东莞一次公司大会上碰到您。她已经离开了公司，但一直非常仰慕您。

现在她无故被解雇了，公司还欠她提成款未付。她想提交劳动仲裁，但不知道这会对您和您的公司造成什么影响。她希望您能帮她。

韦斯特灵始终没有回电话。

春明没有再回广州提交仲裁。她的前老板提出，要付部分欠款给她，对她来说，这就足够了。她的生活里发生了太多的变化。她决定放弃模具公司，把股份转让给傅贵，让她以后偿还春明的投资款。公司已经有两个固定客户，收支打平了。"我们还没有挣大钱，"春明说。"但是即便我挣到很多钱，也不会满意。挣钱，不代表生活全部的意义。"

她计划着中秋节要回家。在城里住了这么多年之后，春明仍然通过传统节日记录着时间，用这些日子将自己人生的不同阶段划分开来。当她回到东莞之后，会花两年时间学习英语。她对我说，她已经下定了决心。"我想学英语，为了更快乐的生活。"

十一 爱情与金钱

　　自从敏过完年从老家回来之后，对生活中的一切都不满意。工作上学不到任何新东西，工资又低。她知道自己混得有多糟：因为在人事部门工作，她知道厂里别的人挣多少钱。男朋友也让她烦心。阿杰是车间助理，每月比敏多挣三百块，但这份工作没什么前途。他只有初中毕业，这一点敏之前也没提起过。有一次，他提议让敏跟他一同去北京，他可以找份保安的工作。她拒绝了。"大家都看不起保安，"她告诉我。"干这个连普通工人都不如。"

　　阿杰很害羞，这是农村出身最常见的特点，如今也成了问题。一次他们跟敏从前厂里的同事林佳和她的两个姐姐一起吃饭，中间阿杰一句话也没有说过。之后林佳给敏发了条短信，对阿杰评论道：我跟姐姐们讨论过，我们都认为他太软弱。他配不上你。在长沙找到了银行工作的桂敏也发来了她的意见。她说：在这个社会上，太老实的人没办法生存。

　　敏担心阿杰这种无心上进也在影响她自己。"自从我跟他好上以后，就完全没学习过，"她抱怨道。"我不能再像这样光顾着玩了。如果我继续这样过上一两年，这辈子就这样了。"阿杰有理由过轻松日子。厂里三分之二的工人，还有上面全部的领导都来自河南，他的故乡。他在工厂里朋友很多，而敏自从姐姐走了之后，更加形单影只。在工厂里她没有朋友，这是她的主动选择。"如果你跟人走得越近，"她说，"他们就越容易背叛你。"

很长时间以来，我对敏的工厂所知甚少。工厂是香港的，生产手袋——她只说了这些。在回她老家村庄的火车上，她给了我一件意外的新年礼物：一个 Coach 的零钱包，上面有公司品牌标志大写的 C，带着褐色麂皮滚边。我猜这跟东莞的许多东西一样，可能是假货。后来我偶然了解到，敏的工厂为业内许多最大的品牌代工：Coach，LeSportsac，Dooney&Bourke，法国鳄鱼。因此她给我的钱包是真的——在美国这可能要花五十美元。

敏回到东莞后的一天晚上，我问她和阿杰是怎么得到这些包的。"如果你跟保安是朋友，就可以把包从厂里带出去，"阿杰说。

"你是说直接偷走么？"我问。

"我们在车间里工作，"阿杰平淡无奇地说。"如果生产线完成了订货产量，我们可以要他们多做几个包。然后如果你跟保安是朋友，就可以拿出去。"

"工厂不管吗？"我问。

他耸耸肩。"只要我们完成订单产量,他们才不管。"

"我今天才从厂里拿出来一个手提包,"阿杰接着说。"要卖两百美元呢。你要不要?要不你先过来看看?"

我马上说我不需要手提包。"你应该送给你妈妈做礼物。"

"他妈住在农村,"敏说。"她要手提包干吗?"

阿杰和敏的宿舍里堆满了 Coach 皮包:一个印满 C 图案的钱包,一个白线缝制的黑皮夹,还有一个酒红色麂皮精致的手腕包——"那个是化妆包,"敏猜测道。在其中一个包里,我发现了一张英文卡片,夹在一侧内袋里:

美国经典

1941 年,Coach 的创始人从一个经典的美国标志——棒球手套中汲取灵感,他从皮革极具特色的纹路和浓重厚实的光泽中看到了其超越自身的潜力。六位皮件工匠,通过独特工艺对皮革进行精加工,使之更柔软,并保持了韧性与耐用性。在精湛工艺的点化之下,第一款 Coach 手袋诞生了。由十二款手袋组成的第一个 Coach 系列,它们新鲜实用,全世界的女人都爱不释手。每一个都是优雅与魅力的永恒体现——一个全新经典就此诞生。

在敏的宇宙中,这些 Coach 包的价值波动很大。她把那个印着 C 图案的钱包给了她的朋友林佳,在她找工作期间,林佳曾收留过她。林佳的姐姐在本城最豪华的一家酒店举行婚礼时，敏送了个昂贵的手袋做礼物。但大多数时候，这些在美国售价好几百美元的包袋都毫无价值，因为敏的圈子里几乎没人用得到、或者了解它们的价值。敏把钥匙和身份证放在她最喜欢的一个包里——一个灰绿色的鳄鱼牌中型手袋——但从来没带出过房间。她认为，像这么好的东西，肯定一拿出去就会被人偷走了。

敏决定按兵不动。夏天来到珠三角，每天的气温都在三十摄氏度以上。夜晚宿舍里很憋闷；车间里化学品的气味太刺鼻，时不时会有年轻女孩在流水线上晕倒，被人抬出去。进入盛夏，人们的雄心往往暂时停歇，就像动物休眠。

但影响敏决定的不仅是天气而已。2005 年 6 月的一个晚上，吃饭的时候她告诉我，她已经跟领导说她要走，但阿杰求她留下，于是她又收回了辞职要求。"所以我告诉阿杰今年我就待在这里了，"敏说。"明年，我跟他回老家。过完年之后，我就辞职找新工作。下一个新年他就跟我去我们家。"

我们继续聊着天，我逐渐明白了她刚刚说过的话：她为未来两年，为未来的生活画好了蓝图。她才十九岁，已经答应了阿杰的求婚。

"你们什么时候结婚?"我问。

"也许三年以后。"

"你跟父母讲过吗?"

"没有。带阿杰回家过年之前,我都不用告诉他们,还有两年呢。"

"那你明年不回家怎么办?"

"我只要跟我父母说,厂里不放假就行了。"

"你是说,骗他们?"

"对。"现在有事瞒着父母成了她的第二天性。她姐姐现在跟男友一起住在长沙,但她打电话回家的时候,会谎称自己还在东莞,并且让敏替她打掩护。有了这样的先例,敏的撒谎就算不得什么了。

并非每个人都把敏订婚的事当真。她的朋友林佳和她的两个姐姐继续在说阿杰的坏话。河南人太穷了!他没有任何真正的技能。再找别人吧。7月的一个周末,林佳决定把敏介绍给一个她老家的同学;他在偏远的清溪区工作,但那天进城来了。"我已经有男朋友了,"敏表示反对。但她有些好奇,因此没有拒绝。

前一天晚上,她到我公寓来借住。下了公车,敏身上什么也没带,就像乡下人空着手走到别人家门前。我给她找了件T恤和短裤做睡衣,带她出去买了把牙刷。大约十点,我们在看电视的时候,她的手机响了。她接起来,没有寒暄,聊了一会。"我们明天去看林佳,"她说。

电话又响了。我以为两次都是阿杰,但其实是那个要介绍给她的男友。他还没见过敏，就已经开始不停地打电话给她了。"林佳跟他讲我多么聪明漂亮，所以他真的很想见我，"敏说。整个晚上，敏的手机不停地收到那个男孩发来的信息。11:30 左右，我们准备上床睡觉的时候，电话又响了。"我们要睡觉了，"敏说。"如果你不停地给我打电话，我就只好关机了。"

约会的地点是家震耳欲聋的广式茶餐厅。林佳先到了，还有她姐姐林雪、林雪的丈夫和四岁的女儿；她二姐；姐妹们的老父亲，和一个最近刚从乡下来的表哥。那个男孩叫张斌，脸很瘦削，眼睛又黑又圆，脸颊苍白，紧张了就会脸红。他穿着白色正装衬衫，蓝色条纹西裤。他带了个厂里的朋友。这是一场有十一个人列席的相亲会。

我和敏刚坐下来，林雪就朝我们靠过来。"他大学毕业，是一家工厂的车间主任，"她悄声说。"他很勤奋的。"

林雪的丈夫很尴尬地夹在敏和那个男孩之间坐着，一顿饭中间，两人一句话也没说过。桌子对面隔着老远，林佳咯咯笑个不停，时不时提示一句。你今天怎么这么安静？吃完饭你打算去干什么？饭吃到一半，男孩离开了桌子，一个人走到餐馆窗户边，向外望去。他看起来就像中国连续剧里那种浪漫的男主角，随时可能会表现出很夸张的亲密行为。要是在肥皂剧里，敏可能会走过去站到他身边。但她转向我，低声说，"我一般不大喜欢这种样子的男孩。"

午饭之后，林雪的丈夫碰到了同事，过去打招呼。那个男孩终于鼓起勇气转向了我们。"很高兴认识你和你朋友，"他对敏说。我们举杯喝茶，敏一言未发。

那天晚上十一点她给我打电话。"我们刚回来，"她说，声音有点上气不接下气。午饭后，她和林佳跟那个男生和他的朋友一起去了公园。他们爬上山顶，到了电视塔，然后又在城里逛。

"那男孩怎么样？"我问。

"挺好。你觉得他怎么样？"

"我不了解他，"我含糊其辞。"他看起来是个挺好的人。"

"比阿杰好么？"她追问。

"你觉得呢？"

"好，"她说。"他很懂事。"

那天晚上，那个男生又给敏打电话了。敏破天荒地告诉他自己有男朋友了。"只要给我一个机会就行，"那男孩说。

之后，事情发展得就很快了。敏买了张新电话卡。自从跟阿杰交往以来，她一直跟阿杰共用一个手机；办一个自己的号码等于是她的独立宣言。

几天之后，林雪来到我家附近，我们一起吃午饭。"敏很喜欢那个男孩!"她一见到我,马上就说。"现在她想辞职,从阿杰身边逃走。"林雪大获全胜,但自己做媒如此成功,又让她有点担心。"我跟她说别这么着急。她确定吗?"

第二天,敏给我打电话。她有急事,但却跟我预料的不同。"我刚刚跟父母通过话,"她说。

"他们怎么样?"我问。

"我要回家了。我得去拿毕业证。"

毕业证是她跟父母长期以来的一个矛盾焦点。因为敏提前一个学期离开了学校,出来前她没去拿毕业证。用人单位通常要求看这个文件,尽管敏能言善辩,总能得到她想要的工作,但现在越来越难讲得通,为什么她离开学校已经两年,还没有证件。她曾拜托父亲去学校帮她拿,但他不肯:父亲希望能阻止她再次跳槽。在她父母看来,敏有份工作就已经足够了——他们不理解,为什么有些工作会比别的要好。敏试图解释。"干这份工作,我没有前途,"有一次她往家打电话时说。

"你连大学都没上过,"她母亲说。"还谈得上什么前途?"敏听了非常生气,挂断了电话。

几天之后吃晚饭的时候,敏告诉我说那个男孩二十四岁,在一家电子相机工厂当总监。"他很不错,"她说。"他有素质,有教养。他很懂事,也懂得照顾人。无论哪方面看,都比阿杰要好。"敏说等拿到这个月的工资就回家,取毕业证,然后回来在男孩的工厂附近找份新工作。

我问她为什么要这么快离开现在的厂。

"我不敢跟阿杰分手，"她说。"我不知道他会怎么反应。"

"你什么意思？"

几天前，林佳曾收到陌生人打来的电话。"跟你没关系的事你别掺和，"一个男人的声音警告她。"别跟敏说阿杰配不上她什么的。"用威胁恐吓他人的方式来维持恋情：我倒没料到阿杰有这么大胆。

"那你就什么都不打算告诉阿杰么？"我问。

"我离开厂之后再给他打电话，"她说。"我会告诉他我要走了，叫他别去找我。"

"他能接受么？"

她耸耸肩。"不知道。但他不知道上哪找我。"她计划什么都不带就离开工厂，这样就不会有人怀疑她彻底辞职。"我只要带套换洗衣服，还有我这一年获得的经验，"敏严肃地说。"其他东西我可以再买。"

事情并没有这样发展。8月初，我收到敏的邮件，她还在原来的厂里。我的新朋友挺好，她写道，但我们之间的情况不太好。也许我和他更适合做朋友。她的妹妹三儿从中专毕业了，也想来东莞工作。敏发现厂里的货运部有个人老家在他们村附近的镇上；这个人会帮三儿找工作，当运务员。问题是：三儿才十七岁，就是说她年龄太小，不能就业。敏出了三十元，给一个专门帮人改身份证上出生日期的人。三儿新处理过的身份证上显示，她出生于 1986 年 6 月，但敏是同年 2 月出生的。如果有人认真看看这姐俩的身份证，可能就会起疑。不过从没人这么做过。

现在我感觉压力没有从前那么大了，真的，敏写给我的信中说。

那是 2005 年 9 月底，逐渐凉爽的天气是她新的信号。三儿来了一个月以后，敏又跳槽了。她找到一份新工作，在一家五金厂的采购部当助理。这里距离妹妹工作的地方，乘大巴要两个小时。敏没有解决跟阿杰的事就走了。她跟另外那个男孩也不再联络。对这种情感纠葛的解决方法她唯一懂得的技巧是：一走了之。

这次她找工作比较容易，因为她终于拿到了毕业证。她父亲早就从学校拿回来了，但拒绝邮寄给她；他还想阻止女儿换工作。敏骗他说厂里有新规定——没有文凭的人都得开掉。父亲一听到这个，马上就慌了，多付了些钱，用快件把她的文凭寄了过来。敏给我讲这个故事的时候，哈哈大笑。

敏的新工厂生产电源、电脑显示屏以及 DVD 机的金属零件。她的工作时间长达十一个小时，隔周才休息一个星期天。她每月收入有一千元；如果好好做，可能会提升她当独立的采购员。她开始读一本题目叫《生产计划与原料采购》的书。

过去一年里，她寄回家五千元，但她父母认为这太少了。"别人家的小孩上学没你多,"她父亲说。"怎么人家寄回家的钱比你多?"

"别人家的爸爸挣的钱够用,孩子不用出去打工,"敏反驳道。

如今她看父母的眼光多了几分批判。20 世纪 90 年代晚期,敏的父亲曾在温州一家鞋厂短暂地工作过,但因为生病回了家。她母亲也曾出去过一年,没存下什么钱。敏正在他们失败过的地方取得成功,她第一次看清了这一点。"他们尝过出来打工的滋味。他们应该知道这有多难,"敏对我说。"可他们却觉得我们在外面工作,挣钱好像很容易的。"

敏在这里干了五个月之后,升职担任了厂里的铸件采购员。这是她的一大突破:从前担任这个职位的女孩回家探亲,被她父母发现她在城里交了个男朋友。"他们把她关在家里,再也不许她出来了,"敏说,"所以我才有机会。"新工作一个月的工资是一千两百元,还有每月六千到一万元的回扣收入。上任的头半年,她一共存了三万元,寄回家一万一千元。她第一次违背父母的意愿在城里开了一个银行户头。他们希望她把钱都寄回家。

"如果公司知道我拿回扣,肯定会立刻解雇我,"敏对我说。

"可是大家都这么干,不是么?"我问她。

"是啊。可是这种事我们从来不说。"

我们坐在她的厂子附近一家商业广场的麦当劳里。敏点了冰咖啡和薯条;她现在经常出去吃饭。我记得两年前,她平生第一次去麦当劳的情形，她低垂着头，凑到巨无霸汉堡跟前，从上往下，一层一层地吃掉了她的汉堡。她四下打量一番，确定近旁没有同事，压低了声音跟我谈起她的工作。供货商一般会将货款的百分之十作为回扣；敏跟他们约在厂外见面收钱，都是给现金。她的开户银行离厂子很远，这样存钱的时候就不会撞见熟人。厂里干采购的人总是会招人嫉恨，因为他们的工作油水太足了。敏在外面碰到同事的时候，总是主动打招呼，帮他们付钱，收买人心。

成功给她带来了更大的压力。"过去如果我不喜欢我的工作，只要走就行了，"她说。"现在我就担心，万一公司不要我了可怎么办。"

一旦挣钱多了，敏跟父母的关系也发生了变化。他们不再抱怨她寄回去的钱太少，而开始梦想着怎么花掉她的积蓄。他们想在附近的武穴城里买套价值十二万元的套房。她父亲还想饲养小龙虾，这个计划需要三到五万。去年他种棉花赔了钱，没有本金。敏把两个计划都否决了。"你不可能一下子就挣到钱，"她教训父亲道。"你必须一步一步来。"

敏这么快就颠覆了家庭的权力结构，这在我看来非常不可思议。敏居然能远程遥控家里的事务了。她监控着父亲的购买计划，否决了他的商业计划，就因为寄回家的一万一千元让她获得了这样的权威。

像敏这样的农民工来自社会的最底层——如果他们在城

里取得了成功，立刻就能一跃超过所有的家庭成员。很快，敏就开始积极指导弟妹的生活了。她向弟弟许诺，如果他在学校好好读书，暑假就带他到东莞来学英语。她的经济条件改善了，也改变了妹妹秀的命运。秀没考上高中。当初她的三个姐姐考学失败，都去念了中专，然后外出打工。但现在敏付得起额外的钱，秀就能上高中了——三年之后，她就会参加高考。

"你成绩怎么样?"敏打电话回家的时候，问妹妹。

"我不知道，"秀说。她很害羞。

"你知道我在外面打工，才能供你上学吗?"敏问道。"你得好好学，不能让我失望。"

"我知道，"妹妹回答说。"我会的。"

对姐姐的处境，敏的话也很有分量。桂敏的工作和恋情都不成功，她又回到东莞，在一家锻锤工厂工作。敏认为姐姐年纪太大了，不能太频繁地跳槽。"你得在一个地方待下来，有所发展，"敏对她说。

2006年夏天，敏回了一趟家。她给家里带了一台长虹彩电、DVD机，还有五千元钱。她给父亲买了一件价值八十元的衬衫。那是他生平最好的一件衬衫，敏在家期间，他一直都穿着。敏的父亲刚刚过了五十岁大寿，去算了个命。人家说他五十岁以后，运气会转好。多亏了二女儿，好运真的来了。

2007年春节，我回到了敏的村庄。她请了两个星期的假，因为家里有人结婚。敏的一个叔叔，也是隔壁邻居，要跟一个住在几个村子之外的女孩结婚。他在遥远的乌鲁木齐——坐火车四十四小时——干建筑工，而女方则在三小时车程之外的武汉工厂里缝衣服。他们是去年经媒人介绍认识的，然后立刻就订婚了。接下来一年里，他们通过电话谈恋爱。在我看来，顺序刚好反了——你先订婚，然后才开始交往——但尽管如此，这仍是与现代方式达成妥协的结果，一对夫妇结婚前还可以相互了解。

我到的那天晚上，敏带我到隔壁去看那位叔叔。两年前，他家房子里的主卧还是一个空壳子，只有光秃秃的水泥地板。现在这个房间里铺上了瓷砖，塞满了家具：大衣橱，沙发，茶几。双人床上铺着粉红色床垫，上面用花哨的英文字母写着很大的 Happiness（幸福）。床上方挂着表亲和未来新娘的影楼照片，新郎穿着象牙白的三件套燕尾服，新娘身着低胸礼服裙。

"她真漂亮！"敏赞美道。

"她明天就不会漂亮了，"她叔叔开玩笑说。

"你说什么哪！"敏说。"新娘子一辈子最美就是结婚这一天。"

尽管按照传统，儿子婚后应该跟妻子一起住在男方父母的家里，但敏的叔叔和新太太只能住几天，然后就得再出去工作。在中国的乡村里，遍布着数不清的像这样的房间，花了相当多的钱装修，配家具，然后注定一年到头大多数日子里都空着。

　　第二天一大早，村里的年轻男子一起出发去新娘家，扛着传统的藤编篮子去搬嫁妆。几个世纪以来，农民都用肩膀扛重物，但这些年轻人的工作生涯都是在城市里打工，多半在工厂里干。只有一个年纪大些的男子看起来挑竹扁担还算在行。新郎穿着蓝色条纹西装，漆皮皮鞋，还在一路拼命贬低自己未婚妻的长相。"等你今天见到她，"他对我说，"肯定会吓一跳。"敏和姐姐两个要陪伴新娘到新家里来。她们以前从来没有参加过乡村婚礼。

　　在新娘家里，邻居们挤在泥泞的院子里看热闹。主房间堆满了她的嫁妆，看起来就像是一场家用电器商场大甩卖：冰箱，空调，热水器，洗衣机，高清电视机，立体声音响，还有卡拉 OK 机。隔壁房间里，新娘坐在床上，头低垂着，母亲、祖母和姑姑姨妈们在一旁哀恸哭号——用这种传统仪式表示痛惜女儿的离去。

　　小伙子们轮流跑进房里去"偷"嫁妆，而新娘的亲朋好友则作势要赶他们走。过了一个多小时，所有的东西才搬到了院子里，或装进篮子，或捆扎结实，固定在竹竿上。新郎官被迫戴上了一顶纸做的高帽，脸上被画了眼镜和胡子，脖子上挂了个夜壶。他就这样走在最前面，领着人马出了村子。当初"文革"的时候那些受迫害的人就是这样游街的，只不过他满脸带着笑。

在新娘家的婚礼午宴有一定的规矩。一共有十二道菜，上菜式中间要放鞭炮。宴席包括每桌有一条全鱼，一只旁边围着十二个白煮蛋的鸡，还有甜甜的糯米圆子——圆形象征圆满和美。菜是一道一道上的，还没等吃完就撤掉，表示这对新人将过得很富裕。

下午，新娘出发前往新郎的村庄。敏和姐姐给她当伴娘，但许多婚礼客人跟上来，阻止新娘被带走。人群只能走几步就停在路上，大家逼着敏和桂敏唱歌。就这样，人群慢慢前进，停下，要求更多的惩罚。村里的大多数人都跑出来，参加逗弄敏和桂敏的游戏。

唱大声点！

一首歌不够！

这都是游戏，却感觉很严肃。两个壮汉还有几个中年妇女带头发起攻击。敏和桂敏有点慌了神；她们用孩子式颤抖的嗓音唱着歌，眼睛盯着地面。突然间，我感觉自己像个外人——孤单地，隔着一定的距离，望着这熟悉的场景：中国人，被困在自己的群体之中。甚至连集体相亲这样看似无辜的小事似乎也指向这个民族特性中的缺陷，没有能力挣脱出去，采取个人的行动。我意识到，"文化大革命"就根植在中国乡村的机体中，各种仪式都是为了保障这个群体的安全。孤单一人是危险的；在群体中，你会获得信心和力量。当村民们对敏和桂敏大喊大叫，要她们大声唱，或是咒骂她们的表演时，最极端的声音总是能够占上风。两个女孩站在人群的中间，头低垂着，等待这一切的过去。

最后，我们看到新郎的同党出现在路前方。小伙子们一个接一个走上前来，谈判释放新娘的条件，敬烟，即兴表演，尽管村民们继续着恐吓和侮辱。最后，新郎官冲进人群，抱起新娘，送进了等在一旁特地租来的黑轿车里。

在新郎家，大家坐下来享用又一场宴席，尽管还没来得及消化前面那一顿。我一直等待着某种仪式，或者正式宣布两人结合，但始终没有。在这些仪式中，婚姻被赋予了不同的意义：两个家庭之间互换财产，两个村庄之间的对抗和竞争。但所有这些传统都没有突出新郎和新娘之间的协约；两个人的结合看起来几乎无足轻重。斟上酒之后，桂敏转向叔叔和他的新婚太太，说了句传统的祝酒词："早生贵子。"

我余下待的时间过得很快。敏全家爬上山，去给祖先上坟。她去参观一位叔叔靠外出打工当建筑工人挣钱盖的一幢三层瓦房；那幢房子将会空置，直到明年他回来才能有钱装修。另一天，她去拜访一个在城里卖衣服的阿姨，谈谈看有没有可能合伙开店。一天晚上，另一个叔叔带来一个男孩，想介绍给敏的姐姐。整个晚上桂敏一个字都没跟那男的说，直到他上床去睡觉后，她才宣判了人家死刑："他脑子转得不够快。"男孩早餐没吃就走了。

最后一天早晨，敏送我去公交车站——她要再过一个星期才回东莞。她穿着一件西瓜红的系带外套，黑色七分牛仔裤，还有高跟靴。胡涛，那个两年前她带到城里去的前男友，又跟她恢复了联系。他想复合，那天还想介绍敏认识他的母亲。

"如果我找不到别人，几年后我总可以跟他结婚，"敏说。另外一个老乡男孩，在城里开店，也想有机会跟敏交往。敏似乎不太担心嫁人的前景。家里的四姐妹应该按顺序出嫁，就像简·奥斯丁的小说里那样。只要桂敏还是单身，就不会有人给敏施压。

在车站，我买了票，坐上了开往武汉的大巴。我从车窗里向外挥手；敏笑了，也朝我挥手。天开始下雨，她冲到附近的小店里去躲避。我的车开走时，我看到敏正专心地往手机里输短信。她在琢磨下一步应该怎么走，跟往常一样，她总是胸有成竹。

十二　完美健康

　　有时春明在梦里会说英语。她发现自己置身一群外国人中间，就像在东莞图书馆里，她用英文跟人家讲话，别人回应。

　　我问春明，用一种自己不懂的语言做梦，是什么感觉。

　　"我无法形容，"她说。"我只知道在梦里我在说英语。"

　　春明在流水线英语上过几堂课，可是连二十六个字母都没背熟。她完全依赖国际音标来学习发音，这种音标体系经常用于学习外语。这些怪模怪样的字符成了她通往英语世界的钥匙，那里一排又一排的大门紧锁，门后的语言等待着像洪水一样喷薄而出。"我认为学英语的秘诀就在于音标，"春明对我说。我遇到过许多人谈起学英语的事，但没有一个像春明这样，赋予它这么多的意义。

　　如果我学了英语，我就能多看看世界。我就能更享受人生。我想要找到一种新的幸福。如果我不学英语，我会总是感到我的人生受到限制。

　　2005 年 9 月，距离她上次去东莞科技馆九个月之后，春明再次拜访吴先生。他的学校还跟他住的地方在一起，有十二个年轻的女学生。她们免费学习住宿，轮流烧饭；作为交换，她们为吴先生的课本计划编写教材。学生们住在教室后面拥挤的卧室里。每个房间里有四张双层床，洗好的衣服挂着床架上，地上摆着水桶。这些房间感觉就像是厂里的工人宿舍。

我们到的时候吴先生不在；他从前的学生，英语教师刘以霞带我们参观。当天正好断电，春明走过一个个闷热的房间，噘着嘴，很不以为然。

"我们大多数时间都待在这里，"一个叫萧永丽的学生说。"吴老师不让我们出去。"

"他不让你们出去？"春明看起来有些担心。

"他认为那不利于学习。"

"你一出去，就开始有疑心，"刘以霞解释道。"所以姑娘们才都把头发剪得这么短。"

"每个人都必须得剪短头发么？"

"对，那样就不会因为漂亮而分心了。"

我跟萧永丽用英文聊了几句。她说得很快，很有自信。她二十岁，来自四川。她曾在三星的一家工厂工作过，一年前来到流水线英语。现在她每天学习十个小时。

"你周末也学习么？"我问。

萧永丽不得不用中文问我"周末"是什么意思。是的，她说，周末也学。

我问她为什么来东莞。她沉默了一会。我换成中文，问她有没有听懂。"说来话长，"她恳切地说。"我在想应该怎么说。"

最后，她用英文说："我到东莞来工作。"

她想当同声传译员，在东莞，这种职业选择很奇怪，因为这里并不需要联合国水平的译员。"我们老师说那是学习英语的最高水平，"她说。"我想达到最高水平。"显然，萧永丽没有仔细想过她学英语是为了什么；但那些可以稍后再说。眼下，她就是决心本身。

我们之后在他公寓附近的一家咖啡馆里见到了吴先生。他跟春明大讲大脑，右手，左手，眼球，我有一搭没一搭地听着。我注意到，每说完一句话，他都会自动地露出微笑——也许他在某本书里读到，这样会让人更喜欢他。

"我们的学生每个小时可以做六百个句子。"微笑。

"六百个句子……"

"不是所有人，只有最好的才行，"吴先生马上改口。

"你是说，他们每个小时能读六百个句子么？"春明问。

"读？不是！他们每分钟能读一百零八个句子！我说的是写。"

春明转身向我。"你能一个小时写六百句吗？"

"她肯定做不到，"吴先生得意洋洋地说。微笑。

我考虑要不要指出，这未必是一种很重要的技能，但决定还是不说为好。我的头已经开始疼了。

"所以你的意思是说大多数人的潜能没有得到充分开发，"春明说。"这我同意。"她仿佛被吴先生的推销策略给说动了，然后，她又问起吴先生最好的学生。"那刘以霞呢？她学得很好吧？"

　　"她还不错，"吴先生说。"毕竟她在我的学校读了一年呢。但说到写句子，她跟我的学生没法比。那个萧永丽一小时能写六百个句子。"

　　春明问起学校的规矩。吴先生夜间把学生锁在房间里，每天早晨六点钟喊她们起床做健康操。她们每周日晚上允许外出一次，购买个人的生活必需品；每个姑娘每个月可以打一个电话回家。禁止访客。当然了，吴先生说，像春明这样比较年长的学生可以在附近租套公寓，只是白天来上课。但是除非全心投入的情况下，他对春明能否成功把握不大。"学习很艰苦的，"他严厉地说，这次他忘了微笑。

　　春明喜欢全心投入和脱胎换骨的转变这些说法，但学校的生活条件之差和地段之偏让她很不满意。同时，她刚刚投资了一家新公司。这时候辞职去学英语——这种投入至少要一年后才可能见到回报——会让她所有的朋友大吃一惊。乘公交车回家的路上，她仔细考虑了一番。"如果我朋友们听说我刚开了家公司，却立刻就离开去学英语，他们会觉得我很怪。"

　　"可我打赌他们会嫉妒，"我说。我想到经常被陌生人赞叹我英语好的事。

"我不知道，"春明说。"但等我学会了英语，找到新工作，他们就会看到我的成就了。"车窗外，工厂的灯光亮了起来。"我可以两年之内跟所有的朋友切断联络，"春明说，"做成了之后再跟他们相见。"也许她在准备放弃整个世界。但这样一来她又在外面了，疑虑总是在这样的时候到来。

两个月之后，我又见到了春明。她回家去看父母。（"家里总是那样。比从前更穷了。"）她拔掉了两颗牙，准备戴牙箍；她还是决定矫正牙齿，而不是做烤瓷的假牙。回东莞之后的一天晚上，她坐在一个朋友的车里，在十字路口停下来的时候，一辆丰田车急速冲过来，从左侧撞上了他们，然后飞速逃逸了。坐在副驾驶位置的男子被送进医院，头上缝了几针。春明坐在后座，离撞击点很近，她的肩膀挫伤了。

事故发生两天后我见到了她。她肩膀还疼，胳膊抬不起来。"想起来我真害怕，"她说。"你必须珍惜自己所拥有的。"我们坐在机械配件商店楼上那个房间的沙发上。"我碰到了一个新的机会，"春明说。"一想到它，我感觉我的梦想又回来了。"

我等着。

她低声说了两个字："直销。"

她1996年工作的完美公司，在政府禁止传销之后，并没有消亡。完美重组了公司业务，转而推销广泛的健康产品：高纤食品，氨基酸片，花粉营养品。公司发展迅猛：三个创始人，都是马来西亚华裔，全都开上了奔驰车。春明开始每天早上用完美的营养粉冲水当作早餐，并且将产品卖给她的朋友们。

一夜间她变成了健康问题权威。只有百分之五的人是健康的，百分之七十的人都是"亚健康"，她教育我道；亚健康的症状，据她新看的健康读本，就是易疲倦，多梦，易激动，感冒，注意力不集中。她的谈话大多与人体的排泄机能有关，时常穿插着关于某个熟人或历史人物的轶事八卦，比如蒋介石的妻子。我有个朋友四天都没大便。宋美龄经常会清肠排毒。

春明开始参加为完美销售人员举办的励志讲座。她抓过我的笔，写道：

> 读万卷书不如行万里路。
> 行万里路不如见一万个人。
> 见一万个人，不如有一个成功人士为你指路。
> 有成功人士为你指路不如跟随此人一起走向成功。

她把笔放下。"讲座说的就是这些。"

我问春明，她怎么又回到了这个行业。几个月前，一个从前做传销的朋友联系到了她。他加入了完美，想要春明加入他的网络；销售人员从每个下线的销售额里收取提成，他对春明的才干记忆犹新。他对春明说，现在直销行业是合法的，并且给了她一张完美的推广 DVD 光盘。春明当时集中精力在做她的新公司，就对她朋友说的不感兴趣。

一天，春明在新闻里听说，政府通过了一条法律，直销合法化了；看来她的朋友说的是真话。她找到了朋友留给她的 DVD，放出来看。"20 世纪 80 年代，生产录音机的人发了大财，"录像中解说道。"90 年代，因特网造就了许多百万富翁。21 世纪是直销业迅速增长的时代。如果你放弃直销，你就放弃了成功的机会。"录像并没有讳言人们对这个产业的疑虑——事实上，这些疑虑恰恰是完美理论的核心。越多人拒绝完美，那些首先接受完美的人机会就越大。这简直就像宣扬福音一样有吸引力，只是有一点不同：即便你在人生很晚的时候才遇到耶稣，你仍然可以得救。但如果你拖延了加入直销的时间，你将在赚钱上落后于所有那些先于你建立起销售网络的人。

"今天你心里了解了这个机会，"录像里那个男人说。"你就不能再假装说你不知道。"

春明将她在模具部件公司的股份卖给了合伙人傅贵。她从店里搬了出去，在东莞市区租了套宽敞的公寓。在刚进门的地方，她挂了一张从天花板直到地面的大海报，上面是完美工厂，上方还有宣传语"完美事业，完美人生"。她买了一套玻璃柜，往里面摆满了沐浴露、营养餐和饮料冲调粉。公寓内外到处都是海报，宣传芦荟、花粉、蜂王浆、健康茶饮、沙棘，还有"大蒜软胶囊"——"对超重的人有好处，还能抗癌，"春明告诉我说。她从一家机械配件城搬走，住进了一个看似产品陈列厅的地方。

她现在每天吃四种公司的产品：一种清洁消化道的高纤维食品；一种健康茶饮；一种由芦荟、矿物质和花粉构成的美肤营养粉；还有一种早餐用的营养粉。她看起来并不比从前更健康或更不健康，但她终于戴上了牙箍，烫了头发，还染成橘黄色，就像是南瓜派的颜色。她的新《圣经》是《直销致富》，她还背了所有妨碍营养吸收的食物组合。她警告我说，无论如何不能同时吃狗肉和大蒜，高粱酒和咖啡决不能一起饮用。她的一张表上列出了"健康警讯一百条"，里面的症状足以让任何人害上疑病症：皮肤太干或太油——"瞧，我认为你就有，"春明说——口臭，火气大，睡眠不好，不能集中精力，容易落泪。

我忍受了春明的两次宣教之后，终于确定，完美的创始人——开奔驰车的马来西亚人，或者不管他们是什么人——一定是天才。在中国，全国上下都为养生健康着迷。大多数人没有医疗保险，最担心的就是一生病就得破产。而且中国人特别喜欢谈论疑难杂症和民间偏方；即便是刚刚认识的人，也可以大大方方地谈论生育或者便秘，丝毫不会觉得不妥。中医传统有千年之久，其基础就是调节各种食物和药材，达成平衡，这方面人人都自诩是专家。然而一夜之间中国人进入了物质供应充足的新鲜世界，各种垃圾食品就像是病毒，他们还来不及建立起防疫系统。虽然每个人都能看出怎么做才能帮他们改善健康——戒烟，锻炼，少吃脂肪——但完美的处方更加诱人，它提供了一颗包装在科学外衣里的万灵丹。更可以帮你发财致富。

"三年之内，我就能达到目标，实现经济独立和自由，"春明说。"到2008年，我将拿到每月最少十万到二十万的收入。到那时，我会有自己的汽车，时间也可以自由支配。我可以想去哪就去哪，想什么时候去就什么时候去。"

最终我试探着问她："你为什么选择了直销，而不去学英语？"

她点头。这是个新习惯：一听到我问问题，她就点头，因为现在问什么她都有答案。"如果你今天不做这个，明天你就不能做了，"她说。"如果我今天加入，我的朋友就可以进入我的网络。如果我等到明天，我就只能变成他们的网络下线。一两年后，我挣到了钱再去学英语，岂不更好？"一个新的念头进入了她的世界，于是她重新规划自己的生活。上英语课，或者卖螺旋藻和大蒜软胶囊——都只不过是一种变身新人的路径。现在她仿佛已经完全不记得过去发生的事了。

春明加入完美后不久，参加了一次公司的销售大会。来自全国各地的大巴聚集到东莞往南一个小时车程的中山，完美公司的总部就在那里，有一座工厂，还有自己的五星级酒店。只有顶级的销售商才能获得邀请——这家公司的组织原则之一就是要强调等级——但许多经理还是包了大巴，将下线带来，希望他们可以"亲身体会完美"。还是有千百万的中国人，把彻夜乘车去参观工厂看作是度假。

大家都深受震动：只有非常成功的健康产品公司才能拥有自己的豪华酒店。"所有那些经理来培训的时候，都住在这里，"春明说。"很快我就能当上助理经理了。"她身着入时的斜纹料外套，头发扎成两个紧紧的小辫；她眼睛瞪得老大，兴奋不已，就像小女孩头一天去乡村集市。金钻酒店的停车场上挤满了人：眼睛泪汪汪的老人，穿着肥大西装的民工，家庭妇女，长期在农田里劳作导致肩膀倾斜、皮肤粗糙的农妇。他们是社会最底层的成员，因为献身完美才聚集到一起。在我看来，这个聚会，简直就像是某种人才市场的反面教材。

春明穿过人群，一路指点着圈内名人。"哇！我只见过那个女人的照片！她能挣"——迅速估算一番——"每月五十万。"她又走到另外一个中年妇女面前。"我听过你的演讲，《这些产品改变了我的人生》，"春明说。"我太感动了。"

那个女人谦虚地露出微笑。

春明转向我。"这个女人曾经干过洗碗工。"

我们进了酒店，铺满大理石的大堂令人赞叹。女厕所门口排着长队，春明利用这个机会来认识新人，锻炼自己。"你是哪里人？"她问一个穿粉红色套装，衣服臀部饰有多层褶边的女人。

"湖南，"女人回答说。

"湖南哪里？"

"长沙。"

"我听说长沙生意特别好！"春明说。"你皮肤真棒！"那女人进了厕所，春明立刻转向身后的女人。"你是哪里人？"

上午过半，完美总部的人气达到了峰值。人们成群结队，欢欣鼓舞地在大楼入口前合影留念；人们挤在大堂里，电视屏幕上反复播放着完美广告。10:30，收入最高的经理们沿着停车场中间铺好的红毯走过。他们的下线站在两边，许多人举着写有顶尖销售员名字的横幅。当经理们大步走进楼里，如何卖出更多完美产品的为期三天的培训课程开始时，人群开始大声欢呼。

> 我走进一家商店，对老板说，"我来自完美。"
>
> 他说，"出去。"
>
> 我又说了一遍。
>
> 他说，"操。"
>
> （笑声）
>
> 我走了出去。我想，下一个人不会这么差劲。于是我走进下一家店，跟老板说话。他变成了我的顾客，已经买了六万元的产品。
>
> （鼓掌）

那天晚些，春明参加了一场完美销售人员的"分享会"。一百多人聚集在一间漏风的礼堂里听励志演讲，舞台上还挂着庆祝新年剩下的装饰品。一个身穿乳白色长裤套装的女人登上了讲台。她在1996年加入了完美，政府下禁令之后退出，像春明一样，又回来了。

　　我想问在场的女性：你们对现在的生活满意吗？你们想要改变生活么？

　　要！

　　你们满足于嫁个好老公就够了吗？

　　不！

　　我不信。我知道在场的有些女人认为只要嫁个好老公就够了。但是如果你没有知识，没有文化，你能留住你老公么？

　　不！

　　对，我们生活的社会很现实。

所有的发言人都脱稿讲话。他们利用手势，跟观众眼神交流，面带微笑。他们懂得如何重复某个句型，形成一种节奏，挑动人群。他们的手丝毫没有颤抖。一个退休音乐老师走上去，消失在讲台后面，只露出一头烫过的花白头发。她六十岁，讲话声音温柔平和，就像老师的样子。

　　过去，我看起来比实际年龄要老不少。我经常感冒，总是很累。从头到脚，浑身都是毛病：鼻塞，肠道，肺，皮肤，都有毛病，睡不着，心脏病，眼疲劳。

我走路走不到半小时就累了。

2003 年 11 月，一个同事介绍我知道了完美。吃完美一个星期之后，我一侧的鼻子通了。两个星期之后，另一边也通了。

（鼓掌。）

两个星期之后，完美治好了我感冒的全部症状。几个月后，我走一天都没事。

（鼓掌。）

我晚上能睡着了。

（鼓掌。）

我非常感激陈经理。我曾有很严重的健康问题。他教会了我如何使用不同的产品，该用多大的量。

在中国，像这种社会地位卑微的人难得有机会对公众讲话。但他们在这里，每个人都当仁不让，认为自己的个人故事很值得一听。他们比我见到过的大多数中国教授和官员都讲得更好——更是远胜他们国家的最高领袖，在每年一度现场直播的新闻发布会上，看起来就像蜡像，从博物馆里用滚轮车推着进场。

一个穿羽绒服的女人登上了讲台，她皮肤粗红，一看就是个农民，讲话的声音很尖利，带着浓重的广东口音，很难听懂。

过去，我身体很差，每个星期都要去医院，感冒，头晕，头疼。一个朋友介绍我来了完美，我开始去上课。经过完美的培训，我完全改变了自己。

过去，我不会讲普通话，我永远也没胆量站到这上面来，跟别人分享我的经历。我太自卑了。我们都是普通人。但通过完美，变得健康了，经过培训，我们交上了朋友。这些东西是钱买不到的。

销售大会之后的几个月，春明等待着政府给完美发营业执照；没有执照，她就不能招收一批可以帮她赚大钱的下线。但她开始听到令人担忧的传言：完美的高层经理并不是通过销售产品挣钱，而是非法榨取培训费所得。看起来完美——"完美事业，完美人生"——可能也不过是一场传销骗局。

春明又一次掉入了直销的陷阱。她跟朋友借钱租下并装修了市中心的公寓，因此她只得在一家私人开的工厂找了份销售员的工作，卖的是制鞋和皮包用的胶水。她搬进了胶水厂隔壁一座楼房的一个单间里。随着她生活的最新转变，春明的发型也变了：她的发卷长长了，于是将头发剪成了从后面看呈锐利的不对称发型。

但她还来不及失望。一个新的男人进入了她的生活。这是一个五十多岁的美国人，名叫哈维·戴蒙德。

你将亲眼见到多年以来梦寐以求的东西。

哈维·戴蒙德是一个美国的健康大师，他相信大多数药物都有毒，人体有能力自愈。他宣扬定期"单一饮食"——若干天内只吃蔬菜，水果，果汁或者生食——而减少动物类食品，用这种方法来清洁内脏，抗击疾病。他的《健康生活》系列书籍，据宣传材料上说，已经售出了一千二百万册，被译成三十三种语言。

2006年夏天，春明在东莞的一家书店里偶尔了解到他的观点。她立刻就被哈维·戴蒙德的故事吸引了，此人一直苦于健康问题，直到发现了这些健康规则，改变了他的人生。春明从头到尾读了两遍哈维的最新著作。她开始每天用水果或果蔬汁当早饭；午饭和晚饭，她只吃蔬菜和米饭。她每天喝三升的水，走到哪里都带着水瓶遵从哈维的教导。他潜在的哲学吸引了春明。抓紧你的健康，他写道。重塑你的生活。你的行动会带来后果。这些都是美国自助运动的教条，反映了人们狂热相信人生该有第二次机会的现象；对于来自乡村，才刚获得他们第一次机会的年轻农民工来说，这套理论很适合。除了这套蔬菜水果节食法之外，哈维所说的大多数内容都是美国孩子在学校里学到的基本知识：吃蔬菜水果，少吃肉，锻炼。但对春明来说，基本的营养也是一种新发现，足以令她围绕着这一发现重塑自己的整个生活，正如哈维那样。

春明的新住处条件很简陋。房间的绝大部分空间被一张挂着蚊帐的床所占据，一张书桌和一个书架挤在一边。公寓有一个小浴室但没有厨房；门口有张矮桌，上面堆满了芹菜、胡萝卜、橙子、苹果和西红柿。现在，我一去看她，春明所做的第一件事就是抓一把水果，到浴室水槽里洗净切好请我吃。突然之间，蔬菜水果餐变成了宇宙的自然秩序，而她成为了进化生物学专家。

　　尖牙是用来吃肉的，但我们只有两个尖牙。这意味着我们应该主要吃蔬菜，肉吃一点点就够了。

　　我碰到任何人都会跟他们说，"多喝水。"现在我只要看到谁，从他们皮肤的状况，我就能知道他们有没有健康问题。

　　中国人太过迷恋药物。孩子一发烧，他们就给他打针。但发烧是身体对抗疾病的方式。发烧对人是有益的。

　　我发现她说的很多话我也赞同。中国人确实过分依赖药物，而且他们非常害怕饮水。在我看来，全国似乎都永远处于脱水状态。经常有人说，女人不能喝冷水，会伤害她们的子宫，而夜间喝水会造成肠胃问题。但跟往常一样，春明又走极端了。"读了那本书之后，我一个星期都没吃过米饭，"她告诉我说。"我只是把蔬菜和水果打成汁来喝。"就在那一天里，她喝了两杯番茄汁，吃了一个苹果。

　　哈维建议读者逐渐转为生食。你改善健康，防止生病的努力不必是一场艰苦的旅程。可以是个愉快的过程。这不是场比赛！也许他还没碰到过像春明这样的人。她已经能够看到好处：她的鼻子不再冒油；不再便秘，睫毛也掉得少了。她的痣缩小了，腿上的一个伤疤变淡了，牙齿更白了。她不再用牙膏了。

春明对理想健康的追求也给她的新工作带来了好处。在下班时间，她会站在制鞋或制包工厂的大门外，向工人询问厂里老板和生产部门主任姓什么。然后她就打电话给这些管理者，假装曾跟他们有过业务往来，或者认识共同的朋友。在东莞职场的无序中，没人质问过她的身份，几乎人人都同意跟她见面。春明完成业务拜访之后，会寄一封感谢信，附上几本健康书籍作为礼物。在信里她写道：

> 我知道您很忙。我向您推荐这套养生书籍，希望您有空的时候可以翻翻。我认为您会从中受益良多。我是真心向您推荐这些书籍。我认为这是我读到过的最好的健康书。

> 我们能否做生意并不重要。我们还可以做朋友。每个公司都必须自己做选择。当然，如果您愿意给我一个机会，我将非常珍惜，竭诚为您的公司提供最满意的服务。

她用这种方法见到了近一百名潜在客户，并且已经搞定了四个固定客户。

我试图想象哈维典型的美国读者是什么样子。也许是个超重的男人，过去几年里控制饮食，又反弹，来回多次，终于忍无可忍，不然就是个中年女性，担心家族里有乳腺癌的遗传，再不然是个退休人员，每天早晨一起床就得吃一大把各种药物。你可以说，所有这些人都是现代生活、科技、医疗发展和加工食物的受害者。他们渴望一种健康单纯的生活方式。春明生长在乡村，小时候人们吃蔬菜米饭，几乎没有人去过医院，或者食用商店里买来的食品。但现在，她想要的跟美国人一样。不管好坏，至少从这一点可以看出，她已经走了多么远。

几乎我在东莞认识的每个人都是奋斗者。可以说，这是自我选择的结果：一个有雄心的人会更愿意接受新事物，这其中也包括跟我交谈。我不能说敏和春明是中国广大农民工的典型代表。她们只是我碰巧写到、关注，并且最为了解的两个年轻女性。但她们的生活和奋斗象征着她们祖国的今天。最终，跨越了时间和社会阶层，这就是中国的故事：离开家，吃苦受累，创造新生活。在她们这么做的过程中，要应付许多艰巨的困难，但也许，这些挑战相比一个世纪前新到美洲大陆的人所面临的，并不会更可怕。

不论成功与否，迁徙会改变命运。针对新移民的研究表明，他们中的大多数最终都不会回去务农。干得好的那些人很可能会买套房子在新的城市定居下来；其他人或许最终会搬到距离故乡村庄较近的城镇，开商店、餐厅或者美发厅、裁缝铺一类的小店。而这些小生意反过来又倾向于雇用外出打工归来的人，因为在他们看来，这些人比那些从来没出去过的人能力更强。

当我了解这些打工女孩之后，不由得替她们担忧。她们冒了太多的风险，周围的环境充满了腐败和不诚信的人。她们都有悲剧性的缺点：那种帮助她们在世上闯出一番事业的无畏精神恰恰可能会变成她们跌倒的原因。敏最重要的人生决定都是在弹指之间，轻率决策；春明碰上什么流行就一头扎进去。刘以霞太急于按照她想要的方式提高英语水平。从某种意义上看，我可能比她们的朋友们更了解她们。我是个外人——我跟她们的世界距离太远，因此她们可以放宽心对我吐露心声。她们对我的世界也充满好奇，问我美国人吃什么，怎么约会、结婚、赚钱，养育孩子。也许我的出现对她们是一种鼓励，证明她们的经历有人了解，有人关心。但在我认识她们的整个过程中，这些打工女孩从未找过我帮忙，极少寻求我的建议。她们独自面对生活，就像我们刚认识的那天她们告诉我的话。我只能靠自己。

我第一次遇见伍春明，她在一家外企工作，每月赚八千元，住在东莞市中心一套三居室的公寓里。过了两年半，我最后一次见到春明，她在一家中国公司工作，月薪只有一千二百元，住在城里以小鞋厂多、工作条件差著称的地段，只有一个房间。不论从哪方面计算，她都跌得很惨，但她比我任何一次见到她时都更沉着。在一座以奔驰汽车来计量一切的城市里，春明竟然得以挣脱，形成了她个人的道德标准。

"从前我总是很饥渴，"她说。"如果我看到一件喜欢的衣服，立刻就要买。可现在，我吃不到最好的食物，买不起最好的东西，也没什么了不起。如果我看到一个朋友或者家人很开心，那就有意义。"她不再为三十二岁的年龄仍然单身而惊恐不安，也不再跟网上认识的男人发生关系了。"我相信我会变得越来越美，越来越健康，我的经济情况会越来越好，"她说。

春明希望有一天能有孩子，她经常问我美国人养育孩子的观念。"我想要孩子长大能过得开心，为社会做贡献，"她说。

"贡献社会？"我吃惊地问她。"什么意思？"

"我不是说要当个大科学家或者什么，"春明说。"几个人能做到这样？我认为，只要你生活幸福，做个好人，就是贡献社会了。"

我最后一次去东莞是 2007 年 2 月。空气里有烟味儿，很冷，街上满是回乡过年的工人。春明厂里的一个司机正要送八百元的红包给一个客户，顺便参加他们的新年聚餐。他说服春明跟他一起去，因为春明很会讲话，于是春明邀请了我。她说晚宴可能在豪华餐厅，现在好多工厂的年会都这样。

等我们到了丸德皮件厂，她感到很失望。工人们已经围着厂里餐厅的大圆桌，在日光灯下开始吃了。他们平时吃饭就在这里，只是今天每张桌上都有一条鱼。菜做得很油腻；

春明挑着蔬菜吃，菜上也裹着一层油。房间前面，工厂的老板正带领着工人玩音乐椅子和电话的小游戏。他知道员工的名字，还拿那些已经有了男女朋友的开玩笑。"我看得出这个老板人很好，"春明说。

聚餐之后是抽奖。工人们抛下了免费的食物和啤酒，就像部队得到了号令一般，一起向前冲过来。一共有一百多人，大多数都只有十几岁，身穿短袖的制服衬衫。有些男孩小到看起来像是女孩。在每个厂里，抽奖都是新年聚餐的重头戏。在我看来，这个游戏偶然性太强，概率太低；但在工人们看来，这是个难得的机会，人世间终于有一次，可能白得到什么东西。今晚的大奖是羊毛毯，接下来是床罩被子，电吹风和热水瓶。还有五十元，一百元和两百元的现金奖。什么都没拿到的人可以领到一份安慰奖：一条毛巾，以及从一个巨大的袋子里挖一勺洗衣粉。工人们听到这里，跟听到其他任何奖品一样，报以大声欢呼。

春明是厂里的供货商之一，应邀上台为工人抽取一百元的现金奖。她走到前面，抓过麦克风，毫不费力地当起了主持人。

大家是不是都希望 2007 年厂里很旺啊？
是！
大家是不是都希望老板赚大钱，你们就可以涨工资加奖金啊？
是！

大家是不是都有信心今年努力工作，让这些愿望成真啊？

　　是！

　　春明对我说，她当年在厂里的时候，很少能遇到来自外面世界的人。一旦见到，感觉很新鲜，总想尽量多学点东西。现在她跟这些年轻人交谈起来，仿佛跟他们认识了一辈子；她的话音响彻大厅。我跟你们一样。工人们向前拥，为来客欢呼，鼓掌不息，似乎他们也希望这个夜晚不会结束。

参考资料

　　我想要像打工者那样了解工厂的世界——从下至上，由内而外。但在这本书的写作过程中，我同样受益于一些书面材料，为我看到的第一手现实提供了背景资料和语境。我将最为有用的参考资料来源列在这里。

　　在这本书里，我使用的中文人名和地名都是拼音。在国民党统治时期，汉语注音用的是另外一套体系——北京当时叫 Peking 或者北平，战时的首都重庆拼为 Chungking，诸如此类。为清晰起见，我采用的是现代拼音，只有一个例外：在今天的中国，我的姓氏拼写是 Zhang，但我保留了旧拼法 Chang——任何在大陆长大的人，凭此一眼就可以分辨出，我的历史跟他们的不一样。

The figure for minimum wage is for Guangdong Province in 2004, when Min and the other young women I knew in Dongguan were starting out. The minimum wage in that region has since increased to between $70 and $110.

The number of migrant workers in China, as of the end of 2006, comes from the National Bureau of Statistics. It counts rural Chinese who are living away from home.

The yuan-dollar exchange rate used throughout the book is 8:1.

For background on migration in China:

Du Yang and Albert Park. "Qianyi yu jianpin: laizi nonghu diaocha de jingyan zhengju" [Migration and casting off poverty: empirical proof from a survey of rural households]. *Zhongguo renkou kexue* [Chinese Journal of Population Science] 4 (2003): 56–62.

Gaetano, Arianne M., and Tamara Jacka, eds. *On the Move: Women and Rural-to-Urban Migration in Contemporary China*. New York: Columbia University Press, 2004.

Jacka, Tamara. *Rural Women in Urban China: Gender, Migration, and Social Change*. Armonk, N.Y.: M. E. Sharpe, 2006.

Lee Ching-kwan. "Production Politics and Labour Identities: Migrant Workers in South China." In *China Review 1995*. Edited by Lo Chi Kin, Suzanne Pepper, and Tsui Ki Yuen. Hong Kong: Chinese University Press, 1995.

Li Qiang. "Zhongguo waichu nongmingong jiqi huikuan zhi yanjiu" [Research on migrant workers' remittances]. *Shehuixue yanjiu* [Sociological Research] 4 (2001).

Ma, Lawrence J.C., and Biao Xiang. "Native Place, Migration and the Emergence of Peasant Enclaves in Beijing." *China Quarterly* 155 (September 1998): 546–581.

Murphy, Rachel. *How Migrant Labor Is Changing Rural China*. Cambridge, U.K.: Cambridge University Press, 2002.

Pun Ngai. *Made in China: Women Factory Workers in a Global Workplace*. Durham, N.C.: Duke University Press, 2005.

Tan Shen. *Funü yu laogong* [Women and Labor]. Internally circulated
edition. 2002.

West, Loraine A., and Yaohui Zhao, eds. *Rural Labor Flows in China.*
Berkeley, Calif.: Institute of East Asian Studies, 2000.

Zhang Hong. "China's New Rural Daughters Coming of Age: Downsizing
the Family and Firing Up Cash-Earning Power in the New Econ-
omy." *Signs: Journal of Women in Culture and Society* 32.3 (2007).

Chapter 2: THE CITY

There is no official number for the percentage of the Dongguan population
that is female. I have used the figure of 70 percent, based on estimates from
talent market executives, the deputy mayor's office, and surveys in local news-
papers.

For background on the economic development of Dongguan:

Vogel, Ezra F. *One Step Ahead in China: Guangdong Under Reform.*
Cambridge, Mass.: Harvard University Press, 1989.

Chapter 3: TO DIE POOR IS A SIN

For background on China's direct-sales industry:

Ho, Herbert H. *The Developments of Direct Selling Regulation in China,
1994–2004.* Washington, D.C.: U.S.-China Business Council,
2004.

Chapter 5: FACTORY GIRLS

The farming instructions from the traditional Chinese calendar given in this
chapter apply to Hebei Province on the North China plain.

For background on the new generation of Chinese migrants:

Lin Xue. "Liangdai dagongzhe de bieyang rensheng" [The different life
experiences of two generations of migrant workers]. *Dagongmei*
[Migrant Women] 4 (2004): 24–25.

Wang Chunguang. "Xinshengdai nongcun liudong renkou de shehui rentong yu chengxiang ronghe de guanxi" [Characteristics of the new generation of flowing population from rural china]. *Shehuixue yanjiu* [Sociological Research] 3 (2001): 63–76.

For background on the athletic-shoe industry:

Vanderbilt, Tom. *The Sneaker Book: Anatomy of an Industry and an Icon.* New York: New Press, 1998.

Chapter 6: THE STELE WITH NO NAME

For the early history of my family, I relied on an unpublished account by my relative Zhang Tongxian, as well as:

Zhang Dianjun, ed. *Jilin Zhangshi zongpu* [Jilin Zhang Family Genealogy, revised edition]. Unpublished. 1993.

For the history of Manchuria:

Elliott, Mark C. *The Manchu Way: The Eight Banners and Ethnic Identity in Late Imperial China.* Stanford, Calif.: Stanford University Press, 2001.

Gottschang, Thomas R., and Diana Lary. *Swallows and Settlers: The Great Migration from North China to Manchuria.* Ann Arbor, Mich.: Center for Chinese Studies, 2000.

Hosie, Alexander. *Manchuria: Its People, Resources and Recent History.* Boston: J. B. Millet, 1910.

Lee, Robert H. G. *The Manchurian Frontier in Ch'ing History.* Cambridge, Mass.: Harvard University Press, 1970.

For background on the traditional education of Chinese children:

Saari, Jon L. *Legacies of Childhood: Growing up Chinese in a Time of Crisis, 1890–1920.* Cambridge, Mass.: Council on East Asian Studies, 1990.

For the history of Peking University:

Weston, Timothy B. *The Power of Position: Beijing University, Intellectuals, and Chinese Political Culture, 1898–1929.* Berkeley, Calif.: University of California Press, 2004.

For background on Chinese students in America:

Ye Weili. *Seeking Modernity in China's Name: Chinese Students in the United States, 1900–1927.* Stanford, Calif.: Stanford University Press, 2001.

For background on the Kuomintang era:

Eastman, Lloyd E., et al. *The Nationalist Era in China, 1927–1949.* Cambridge, U.K.: Cambridge University Press, 1991.

Sheridan, James E. *China in Disintegration: The Republican Era in Chinese History, 1912–1949.* New York: Free Press, 1975.

For background on Manchuria during the civil war and on the assassination of Zhang Shenfu, my grandfather:

Chang Kia-Ngau. *Last Chance in Manchuria: The Diary of Chang Kia-Ngau.* Edited by Donald G. Gillin and Ramon H. Myers. Stanford, Calif.: Hoover Institution Press, 1989.

Levine, Steven I. *Anvil of Victory: The Communist Revolution in Manchuria, 1945–1948.* New York: Columbia University Press, 1987.

Nie Shiqi. "Jingdao Zhang Shenfu xiansheng" [In respectful mourning of Mr. Zhang Shenfu]. *Central Daily News,* March 13, 1946: 5.

Su Lin. "Shei zhi 'Zhang Shenfu' xiangxi qingkuang" [Who knows the detailed circumstances of Zhang Shenfu]? *Huashang chenbao* [Shenyang Chinese Business Morning View], June 29, 2001: 1.

Tao Gang. "Yizuo bei—yituan mi" [A stele—a mystery]. *Liaoshen Evening News* [Shenyang], May 29, 2000: 2.

Tung Wen-ch'i. *The Reminiscences of Mr. Tung Wen-ch'i.* Comp. Chang Yu-fa and Shen Sung-chiao. Taipei: Institute of Modern History, 1986.

Zhang Lijiao. Drafts of letters to the Heilongjiang and Liaoning Provincial Political Consultative Committees and the Heilongjiang Office for Overseas Chinese Affairs. October 1987.

"Zhang Shenfu beihai shi yubu yinmou" [Zhang Shenfu's murder was a prearranged conspiracy]. *Xinhua Daily News,* March 9, 1946: 2.

"Zhang Shenfu deng yunan jingguo" [Events surrounding the murders of Zhang Shenfu and others]. *Central Daily News,* March 5, 1946: 3.

"Zhang Shenfu deng zao cansha" [Zhang Shenfu and others are murdered]. *Central Daily News*, February 10, 1946: 2.

Chapter 7: SQUARE AND ROUND

Ding Yuanzhi. *Fang yu yuan* [Square and Round]. Guangzhou: Guangzhou Publishing House, 1996.

Guangyi Teaching and Research Section. *Liyi suzhi* [Etiquette and Quality]. Unpublished. 2003.

————*Shejiao koucai* [Social Interaction and Eloquence]. Unpublished. 2003.

Xiao Jin. "Zhuanxing shiqi de Zhongguo jiaoyu gaige zhuanxiang hefang" [China's educational reform in transition: Is it transforming?] *Hongfan yanjiu* [Legal and Economics] 3.2 (2006): 144–83.

Xiao Jin and Mun C. Tsang. "Human Capital Development in an Emerging Economy: The Experience of Shenzhen, China." *China Quarterly* 157 (March 1999): 72–114.

Chapter 8: EIGHT-MINUTE DATE

For background on the impact of migration on Chinese rural women's attitudes toward marriage:

Chen Yintao. "Dagongmei de hunlian guannian ji qi kunrao" [Rural working women's attitudes toward love and marriage and their dilemmas]. *Renkou yanjiu* [Population Research] 21, no. 2 (March 1997): 39–44.

Connelly, Rachel, et al. "The Impact of Migration on the Position of Women in Rural China." Paper presented at Population Association of America Annual Meeting. 2003.

Zhang Hong. "Labor Migration, Gender, and the Rise of Neo-Local Marriages in the Economic Boomtown of Dongguan, South China." *Journal of Contemporary China*, forthcoming.

Zheng Zhenzhen. "Guanyu renkou liudong dui nongcun funü ying-xiang de yanjiu" [A study on the impact of migration on rural women]. *Funü yanjiu luncong* [Collected Studies on Women] 6 (2001): 38–41.

———"Impact of Migration on Gender Relationships and Rural Women's Status in China." UNESCO Research Project. 2006.

Chapter 9: ASSEMBLY-LINE ENGLISH

For background on the Ladder English company:

"Jiazhang zhiyi Jieti Yingyu" [Parents are suspicious of Ladder English]. *Xinwen chenbao* [Shanghai Morning Post], February 2, 2005.

Mu Yi, Zeng Le, and Liu Jun. "Lao yuangong tibao 'Jieti Yingyu' pian-cai shu" [Old employees expose fraudulent tactics of "Ladder En-glish"]. *Xinkuaibao* [Guangzhou New Express Daily], February 2, 2005.

Chapter 11: THE HISTORIAN IN MY FAMILY

For background on Chinese historical writing and traditional genealogies:

Beasley, W. G., and E. G. Pulleyblank, eds. *Historians of China and Japan*. London: Oxford University Press, 1961.

Jing Jun. *The Temple of Memories: History, Power, and Morality in a Chi-nese Village*. Stanford, Calif.: Stanford University Press, 1996.

Meskill, Johanna M. "The Chinese Genealogy as a Research Source." In *Family and Kinship in Chinese Society*. Edited by Maurice Freedman, 139–61. Stanford, Calif.: Stanford University Press, 1970.

Van der Sprenkel, Otto Berkelbach. "Genealogical Registers." *Essays on the Sources for Chinese History*. Edited by Donald D. Leslie, Colin Mackerras, and Wang Gungwu, 83–98. Canberra: Aus-tralian National University Press, 1973.

Chapter 15: PERFECT HEALTH

For background on Harvey Diamond's health and diet plan:

Diamond, Harvey. *Fit for Life: A New Beginning.* New York: Kensington, 2000.

For background on returned migrants, I relied on the work of Gong Weibin at China's National School of Administration, as well as:

Ma Zhongdong. "Urban Labour-Force Experience as a Determinant of Rural Occupation Change: Evidence from Recent Urban-Rural Return Migration in China." *Environment and Planning A* 33 (2001): 237–55.

致　谢

　　正如一个朋友曾对我说的，写书不是群体活动。话虽如此，我仍需要向许多帮助我完成这件作品的人表示深深的感谢。

　　我首先要感谢在东莞结识的那些人，在这座城市里，我们都是外来者，而他们教会了我那么多。吕清敏和伍春明慷慨地向我敞开心扉，给予了我信任、耐心、时间和长久的友谊。张倩倩和贾季梅让我看到了流水线上的生活，蒋海燕和陈英与我分享了她们通过奋斗终于爬上来的过程。刘以霞让我了解到，原来在一个工业城市里，英语可以这样学。

　　裕元公司的卢克·李和艾伦·李让我了解了制鞋厂的工作流程，毫无保留地让我在他们的东莞厂区调查采访。同样要感谢阿迪达斯的威廉·安德森和凯迪·波特帮我的采访铺平道路。智通学校的邓顺章和其他的老师好心地允许我旁听他们的白领课程。东莞交友俱乐部向我敞开了他们的会员资料。本·斯沃尔陪伴我深入探访了卡拉 OK 的地下世界。林雪分享了许多关于工厂生活的见解，她成了我在东莞的第一个好朋友。中国社科院的谭深给了我许多珍贵的建议，教我如何在珠三角这些遍地工厂的城镇里摸清路径。我去敏家乡的村庄时，敏的父母慷慨接待了我。

为这本书做调查研究的过程让我有机会去了解我们大家族的成员。奈丽·赵，卢克·张，还有艾琳·周，他们慷慨地与我分享从前的记忆，给我大把的时间；尤其谢谢奈丽姑姑与我分享她的诗作。张立教的遗孀朱淑兰，以及他们的子女张松、张冀和张银翘把我当成小妹，迎进家门，与我分享我最爱的东北菜，还将从前的信件和往事回忆尽数展现在我面前。张洪花了三天的时间把他所知道的家族历史全都告诉了我。在北京，我的姑姥姥张琏亲自为我烧菜，给我她收集的剪报，还讲给我听她在六台长大的故事。赵宏志带我去了六号我家的老宅，还记得许多旁人都已忘记的细节。在六台，张彤显是个知识丰富的向导——他是我一路上有幸遇到的许多私人历史学家中的一个。

我很幸运，得以与许多天分高又勤奋的同事一起，在《华尔街日报》工作多年。Marcus Brauchli 教会我怎么写导语，自从我们在布拉格一家电影院偶遇的第一天，我就一直珍视他的友情和支持。Ian Johnson 一直慷慨分享他的真知灼见，他还挺用心地审阅了此书的手稿，提供了很有帮助——并且幽默——的意见。Jonathan Kaufman 是我关于流动人口早期文章的热心拥趸，Mike Miller 给我的这些稿子留出了每个记者都认为自己该得的版面。Sophie Sun, Kersten Zhang, 还有崔蓉都为我提供了不可估量的调查协助；我感激他们对我无尽的提问表现出的幽默和耐心。我在《华尔街日报》工作期间，得到了 Urban Lehner，Reg Chua，还有 John Bussey 的支持，我开始写这本书时，他们又给了我假期。Lily Song，窦常路和岳定显在过去这些年里帮了我不少。跟记者同事们的交谈和交往也令我受益匪浅，他们是：Kathy Chen，Charles Hutzler，Karby Leggett，Peter Wonacott，Matt Forney，Matt Pottinger，Jason Dean，David Murphy，Joseph Kahn，Craig Smith 还有 Rebecca Blumenstein。

我要感谢 Doug Hunt，他用心读了第一遍初稿，帮我解决了创作中的大问题。Susan Jakes 提供了无数改进的建议，并且读完手稿之后还指引我找到了许多有用的参考资料——为这些我感激她，更要感激她多年的友情。同样，对于这些人的意见我也心怀感激：Michael Meyer，Terzah Becker，还有科尔比学院的 Zhang Hong，他们都很认真地读了我的手稿。贺红菱和郭道屏耐心地破译了我祖父的日记，还有 Travis Klingberg 对于书的版式设计提供了极有价值的意见。从我第一天决定要写这本书以来，就得到 Jane Lee 和 Jen Lin-liu 的友谊和鼓励，我要多谢她们。

我还要感谢 Cindy Spiegel，我在 Spiegel & Grau 出版社的编辑，她怀着同情和洞察力读了我的书——得编辑若此，作者再无遗憾。还要大大感谢我的代理 Chris Calhoun，他一早就对我抱有信心，一直支持着我，还要感谢 Marcy Posner，她是处理我海外版权事务的专家。

我最深深的感激要献给我的父母，是他们教我中文，教我关于中国的事，然后又许我充分的自由，让我自己去学习良多。父亲耐心忍受了我一轮又一轮的问题，母亲在读过手稿之后，帮我改正了一些错误。是工作将我带到离家万里之外，又将我拉回到了他们身边。还要感谢我的哥哥贾斯汀，他始终鼓励我，理解我，尽管他选择了一条完全不同的生活道路。

　　还有彼得·海斯勒（何伟）——谢谢你指给我生活和写作的可能。每个作家都该有个像你这样的读者。

对话张彤禾

这本书里的两个核心人物吕清敏和伍春明，都从工厂基层车间升到了收入更好的工作。这在多大程度上能代表中国流动人口的状况？

我知道自己想写具有典型流动人口背景的年轻女性，敏和春明都符合要求：她们来自贫穷的农村家庭，她们都没上过高中或是大学，而且都是十几岁就出来到了城市。除此之外，我选中她们是因为她们开朗、好奇并且有趣。在渐渐了解她们之后，我认识到她们每个人都有独特的过人之处——敏是勇气与韧性兼顾，春明则始终在追寻幸福和生命的意义。但她们的雄心和百折不挠的劲头是中国农民工普遍拥有的特质。

在报道书中内容的过程中，我读了许多中国和西方学者关于流动人口的学术研究。大多数材料我都没有放进书里来，但我感到安心的是，我所发掘的故事跟他们的研究发现能够吻合。我描写的许多都是农民工生活中的典型事例——比如春明差点被骗去卖淫，还有敏跟第一个老板吵架，才促使她跳槽另寻高就。

关于中国有许多故事可以写。为什么要关注外来打工者呢？

正如我在书中提到过的，这本书的起始有点源于日常工作：海外媒体，包括我就职的《华尔街日报》已经发表了一些关于中国工厂条件恶劣的稿子。他们倾向于将外出打工描绘成一种绝望的行动，工人们所得了了。我怀疑事情不止于此，也许情况并不是这么黑白分明。对一个来自农村的少年人来说，出门进城的经历可能跟我们美国人的体验大不相同。十六岁离开村庄，去到一个谁都不认识的城市，到流水线上工作，头一次挣到钱，爱跟谁相好就跟谁好，这是一种怎样的生活？你跟家庭的关系会发生什么变化？你的友谊会发生什么变化？你的世界观会怎么转变？我对这些问题都很好奇，我想其他的读者可能也一样。

尽管这些农民工生活在工厂这个有限的世界里，但他们的故事也是当代中国的微观写照。中国的生活变化非常迅速，每个社会阶层的人都生活在一个隔绝的宇宙中：必须得独自学习如何为工作竞争，创业，买房，开车，在一个跟他们的成长环境完全不同的世界里教育孩子。我的一个中国朋友在北京当律师，她读了敏的故事之后对我说，她觉得这也是她和她朋友圈的故事；尽管他们是受过教育的专业人士，他们的生活也同样充满了起伏和戏剧性的变幻。"我觉得敏就是我的一个朋友，我和敏之间没有什么不同，"她对我说。

"她的行为，想法和奋斗，都跟我们一样。"

这本书出版之后，全球经济下滑影响了中国的出口业，导致许多中国工厂关闭。工人们受到的打击严重吗？包括你写到的这些女性，还有整个农民工群体？

像东莞这样的加工业中心绝对受到了重创，业务下滑，工厂闲置，许多工人下岗回家。但这个体制弹性很大，超出你的想象。首先，农民工在乡村的老家起到了一个安全阀的作用——提供一个休息的地方，吃家里做的饭菜，看电视，打麻将，然后可以重新出发。有一些农民工已经又出来了，去了东莞之类的地方，另外一些人在离家近的地方找些零活干。观察家和记者们经常会认为，如果情况没有朝他们所期望的变化，农民工肯定很快会起来抗议，但实际上，他们对经济下滑的反应跟其他所有事一样：灵活，实际，要求很低。20 世纪 90 年代后期亚洲经济危机影响中国的时候，许多工人都回了家。但几年后经济复苏，他们又出来了。

我写到的这几位女性过得都不错，成功度过了经济衰退。敏最近的工资削减了百分之十五，但又跟公司签订了两年合约，这意味着，接下来几个月可能会比较清苦，但从长期来看，她的前景还不错。2009 年初，她怀孕了，厂里给了她三个月的带薪假期，她回家结了婚，对象是一起打工的，她生了个女儿，然后回到东莞。她存够了钱，给父母在离村子较近的镇上买了套房子，她跟她丈夫买了辆二手别克车；她向我保证说她车开得很好。从这本书的结尾开始，春明已经换了四份工作，卖过史奴比尿布，人寿保险，还有人造革；她仍然在寻找她理想的工作，还有与之相配的理想男人。英语老师刘以霞仍然做着三份工作，要攒钱开家幼儿园。

人口流动在中国已经持续了四分之一个世纪，因为有成百上千万人宁肯到城里去试试运气，也不愿意继续当自给自足的农民。只要有的选，农民工就会像这些女性所做的那样，出去寻找他们的财富。

在中国，一切都在迅速变化着。你如何避免写出来的东西过时了呢？

我想，关键在于着眼于个体，而不是话题，在个人身上花大量时间，深入了解他们。因为我花了两年的时间追踪敏和春明，所以我可以不仅写她们的迁徙流动，还有她们与老板和同事的关系，家庭内部的关系，恋爱，以及商业世界里的腐败和她们吸收外来观念、学着认识世界的情况。这些属于人的故事能够超越时间和地点。

如果你仅仅围绕一个话题，就有可能遭遇过时的风险，因为话题会变。在 20 世纪 90 年代中期，学者们争论中国飞速发展的经济会不会导致国家分裂。现在这种争论显然已经不成问题了，如今再看，所有那些有关"中国会不会分裂？"的书看起来都像是久远的历史。一本讲奥运会如何改变中国的书可能在未来几年之后也会带来同样的感受。我想，托尔斯泰《战争与和平》里的名句——拿破仑军队里最底层的士兵的生活,比拿破仑本人的生活更重要——同样适用于这个时期的中国历史。当你回头检视这个时代,很可能那些大事件都已让位于表层下个人的生活变幻,变得不再那么重要。

我们所习惯读到的那些有关中国的内容——不同政见者,抗议,污染——很多在你的书里都难觅踪影。你是否有意识地避免这些话题?

没有,我只是对农民工们愿意谈到的话题做出反应,而以上这些话题几乎从来没有被提起过。传统上记者采访常常会问一些诱导性的问题。当记者在截稿紧急的情况下工作时,这是难免的;要写出一篇报道最快的方法就是选定一个主题,然后据此提出问题。如果你走到一个中国人面前,问:"你对政府满意吗?"很可能你会得到满耳朵的抱怨,说官员无耻又腐败,在全世界的大多数地方,真实情况可能就是这样。但如果你花上两年多的时间,跟某个人长期相处,而有关政府这种话题从来都不会提起,这就足以说明问题,你知道她真正介意的是什么,或者说完全不介意什么。

在为此书做调研的过程中,我放弃了新闻采编的程式技巧,不再提前在笔记本上写出一堆问题,然后在采访中挨个问过去。我发现最好的方法就是跟她们度过一天,静静地观察,看看会发生什么。她们当时想到什么话题,我们就聊什么——恋爱,找工作,跟父母的争执,等等。在我跟敏和春明认识这么久的时间里,她们几乎从不谈论政治,这很能说明问题。有一次敏曾问我,"现在谁是毛主席?"她就用这种方式来描述国家的领导人,对于当前的政治人物,比如江泽民,胡锦涛,她都一无所知。还有一次,春明带我去一家挂着毛泽东像的湖南饭馆,她向我解释说毛是个伟大的诗人,敢于违抗传统,娶他心爱的女人。对她来说,这就是毛主席的全部意义——经过她的再创造,毛成了一个浪漫的英雄。

这种周期长,开放性结局的报道模式有什么缺陷吗?其中有没有哪个故事没有像你预料的那样发展?

花费的时间很长,而且不能保证故事会朝你希望的方向发展。我刚认识敏的时候,她才刚说服老板,从车间流水线调到了文员的职位,我有点担心往后她的生活会太稳定,没什么可写的。但其实情况不是这样。从另一方面讲,我对东莞的报道充满了失败的故事。事实上,这本书一开始就是一个失败的故事,讲的是我在一个广场上遇到两个女孩,却再也没能见到过她们。那件事让我深刻地认识到,在一个工业城市里与人失去联系是一种多么核心的人生经历,于是这成了贯穿此书的线索之一。

关于裕元鞋厂的那一章,从一定意义上讲也是个失败的故事。我最初的想法是一段时间内追踪一个紧密的朋友圈,观察他们如何互动交流,工作,恋爱,互相支持,或是分道扬镳。但我没找到这样一个圈子。我遇到的那些女孩都防备心重,守口如瓶;她们不会吐露心声,经常跟同事和同屋的室友形同陌路。我认识到,我的主角就是鞋厂本身,女孩们在它的阴影之下来去匆匆。这就是读到这一章的末尾时，我希望你留下的印象——铁打的工厂流水的妹子。

春明的故事也没有照我的预料发展。当她决定放弃自己创立的工业模具公司，专心学习英语的时候，我很兴奋——这就是我这本书最完美的结尾，对全球化的一个精妙的隐喻。而我又一次见到春明时，她已经放弃了学英语的计划，加入了一个卖营养品的传销组织。这可不是我想象中的结尾，但在东莞这样一个地方，生活的真相就是这样。我想我学到的教训就是，你得让故事带着走，经常能走到比你想象的更加古怪的地方去。

这本书的灵感来自你在《华尔街日报》上发表的一系列文章。那些故事是怎么从新闻稿件变成书里的版本的？

我必须得学习用一种完全不同的方式写作。比如，书的开头是一个打工女孩的内心活动，她在头脑里复述工厂生活的规则和惯例。按照传统新闻写作的规矩，这样绝对不行——你得开宗明义，讲明故事主题，谁说了什么话，为什么等等。但我觉得我对农民工世界了解得足够多，可以用这样的方式开头写一本书，通过想象，进入一个打工女孩的内心世界。我坐下来开始写的第一天，第一个上午，写了开头大约七百多字。感觉到不可思议的自由——同时也有点害怕，因为我知道，自己再也不会甘心满足于做一个新闻记者了。

你是个美籍华人，一定程度上可以不吸引过多关注而深入中国，这一点增强了你的报道能力。你认为多大程度上，你的中国家庭出身，影响了你理解和讲述这些故事的方式？

我认为我的中国背景和美籍华人身份给我带来了沉重的情感包袱——我是两种非常强大又互相隔绝的文化的产物。在我认识的美籍华人身上，我曾见到这种矛盾以不同的方式呈现出来。有的人对中国完全不感兴趣；另外一些人变得比中国人还像中国人，拥护政府，一听到批评中国就急于辩护。要接受你的华人身份真正意味着什么，这是个艰难的过程，很长时间以来，我都在逃避这个问题，因为我不知道自己应该怎么想。

我在书中写到过一点，是关于中国人对自己的苦难和历史缄口不言。我在为此书做调研的时候，留意到我自己也一样。如果人们问起我的书，我会笼统地说一下，尤其是关于家族史的部分。有几次，我同样也是作家的丈夫会插话解释说这是个很戏剧化、很重要的历史故事，特别是关于我祖父在战后被刺杀的事。后来我对他说，"我不想一碰到别人，就把这样沉重的事告诉人家。搞得对方手足无措，不知如何回应，岂不是很尴尬？"我意识到这种反应就很像中国人。我理解这种有所保留的本能，对于自己最重要的事闭口不谈，因为我也是这样。我在中国见到亲人的时候，交谈好几个小时之后他们才可能透露那些他们独自背负了整整一生的沉痛记忆，或是提到某人自杀的细节，或是某种惨痛的失落。他们的讲述中极少有悲恸或者自怜；只是就事论事，这很可能也影响了我写这些故事的方式。

　　我的确认为自己跟这个地方，跟中国，有千丝万缕的情感纠葛，因为对我来说它跟我的父母、语言和童年的记忆都紧紧相连。在这本书里，我尽量做到公允不偏心，既看到好的，也看到不好的，两方面都写。但我不能掩藏这一事实，我真的很关心中国，我希望中国能好好发展，越来越好。如果家庭出身跟中国无关，我想我不会有这么深的情感投入。

图书在版编目(CIP)数据

打工女孩:从乡村到城市的变动中国/(美)张彤
禾著;张坤,吴怡瑶译.一上海:上海译文出版社,2013.3(2025.9重印)
书名原文:Factory Girls:From Village to City
in a Changing China
ISBN 978-7-5327-6100-5

Ⅰ.①打… Ⅱ.①张…②张…③吴… Ⅲ.①纪实文
学-美国-现代 Ⅳ.①I712.55

中国版本图书馆 CIP 数据核字(2013)第 037482 号

Factory Girls: From Village to City in a Changing China
Leslie T. Chang

图字 09-2012-012 号

打工女孩

[美]张彤禾 著 张坤 吴怡瑶 译
责任编辑/张吉人 装帧设计/邵旻工作室 未氓设计工作室
上海译文出版社有限公司出版、发行
网址:www.yiwen.com.cn
201101 上海市闵行区号景路 159 弄 B 座
上海市崇明县裕安印刷厂印刷

开本 890×1240 1/32 印张11.25 插页2 字数164,000
2013 年 3 月第 1 版 2025 年 9 月第 14 次印刷
印数:71,501-73,000册

ISBN 978-7-5327-6100-5
定价:55.00元